CLV

Holger Klaewer

Børre und die Eisbärschmuggler

clv
Christliche
Literatur-Verbreitung e.V.
Postfach 11 01 35 • 33661 Bielefeld

1. Auflage 2007

Postfach 11 01 35 • 33661 Bielefeld
Internet: www.clv.de

Umschlag: OTTENDESIGN.de
Zeichnungen und Satz: Holger Klaewer
Druck und Bindung: GGP Media GmbH, Pößneck

Inhalt

sprich: ø = ö; æ = ä; å = o

Dieses Buch
handelt von einem **Eisbären.**

Eisbären leben dort, wo es auch Eis gibt – genauer: Treibeis. Sie springen und schwimmen von Eisscholle zu Eisscholle und jagen überwiegend Robben. Eine dicke Speckschicht schützt sie gegen die Kälte. Als ausgesprochener Einzelgänger sucht der Eisbär nur Kontakt mit anderen Bären, wenn er einmal Junge bekommen will. So bringt eine Eisbärendame alle drei bis vier Jahre zwei kleine Bären zur Welt. Der Eisbär ist ein gefährliches Raubtier und hat so gut wie keine Feinde. Er greift sogar seine Jäger an – den Menschen –, um sein schönes Eisbärenfell zu retten. Doch wegen der übermäßigen Jagd auf den Polarbewohner gibt es nur noch etwa 22.000 Tiere. Außerdem trägt die Klimaerwärmung dazu bei, dass sein Lebensraum immer kleiner wird, denn das Eis in den polaren Zonen schmilzt. Daher steht der Eisbär unter Artenschutz.

Ein Fiat bricht aus

Langsam kroch der alte Fiat den Anstieg der Tromsøbro hoch. Die lange Brücke mit ihren vielen Pfeilern, die wie graue Stelzen aus dem Wasser des Tromsesundes ragten, war der ganze Stolz norwegischer Brückenbauer. In der Tat, diese 1.034 m lange Betonbrücke, die sich der italienische Kleinwagen hocharbeitete, hatte es in sich. Zunächst ging die Fahrbahn ungefähr einen halben Kilometer bergauf, ziemlich steil sogar. Dann machte die Brücke einen Bogen nach unten wie auf dem Gipfel einer Achterbahn, um sich anschließend mit starkem Gefälle in den Stadtkern von Tromsø zu bohren. Jeder Fahrradfahrer war froh, wenn er den höchsten Punkt der Brücke erreicht hatte, und dieser Punkt lag immerhin 43 m über der Wasseroberfläche. Danach konnte man das Rad rollen lassen. Und alte italienische Kleinwagen auch. Frau Brusco war jedes Mal erleichtert, wenn der klapprige Fiat noch einmal den Anstieg geschafft hatte.

Wenn die Architekten stolz auf ihre Tromsøbro waren, dann war Frau Brusco jedenfalls stolz auf ihren braven Fiat. Nicht, weil dieses treue Gefährt nach vierzehn Jahren Dienstzeit immer noch solch gewaltige Hindernisse überwand, sondern weil dieser Fiat so ziemlich der einzige Wagen italienischer Abstammung war, der in der ganzen Gegend herumfuhr. Vielleicht war er sogar der einzige Fiat in ganz Norwegen. Und das war allemal ein triftiger Grund für Frau Brusco, den braven Italiener zu fahren, bis sie eines schönen Tages mit dem Sitz durch den durchgerosteten Fußboden brechen würde. Und dieser schöne Tag würde wohl hoffentlich ein Sommertag sein und der Augenblick des Durchbruchs bitte schön erst dann, wenn sie gerade in der blauen Holzgarage neben ihrem Häuschen in dem Vorskeveien Nr. 8 einparkte.

Keuchend näherte sich der Fiat der Kuppe. Suchend tasteten die Scheinwerfer nach dem Asphalt, hoben von der Fahrbahn ab und leuchteten kurzzeitig in die Dunkelheit des klaren Novemberhimmels über Tromsø.

»Geschafft!«, lächelte Frau Brusco, schaltete in den zweiten Gang und blickte siegesbewusst nach rechts. Flavio saß zusammengekauert, beide Hände tief in die Taschen seiner Winterjacke geschoben, auf dem unbequemen Beifahrersitz. Die Heizung des Fiats ging schon mindestens fünf Jahre nicht mehr. Vielleicht hatte die Heizung auch noch nie richtig funktioniert. Möglicherweise besaß ein Fiat gar keine Heizung. Flavio wusste es nicht so genau. Warum sollte ein italienisches Auto, das normalerweise im sonnigen Süden herumkurvte, auch eine Heizung haben? Flavio interessierte sich nicht für Technik. Momentan interessierte er sich nur dafür, schnellstens nach Hause vor den warmen Kaminofen zu kommen. Mürrisch sah er durch die beschlagene Autoscheibe, auf der sich schon an den Rändern seit einer ganzen Weile stumpfe Eiskristalle bildeten.

»Man sollte hier eigentlich ab November kein Auto mehr fahren«, murmelte er fröstelnd vor sich hin, »und man sollte als Italiener auch in Italien wohnen. Jeder vernünftige Mensch wohnt und arbeitet in dem Land, wo er geboren ist. Und wir hausen da, wo im Winter zwei Monate keine Sonne scheint, die Autos eine Standheizung brauchen und die Menschen eigentlich mit einer Wärmflasche auf dem Bauch geboren werden müssten!«

Frau Brusco hörte auf zu lächeln. »In Italien gibt es eben kein Polarlicht«, sagte sie, schaltete noch einen Gang höher und der alte Fiat schnurrte wieder wie ein ganz zufriedener Kater.

Flavio verzog das Gesicht. »Warum müssen Italiener sich auch unbedingt für das Polarlicht interessieren und für dieses Spektakel bis an das Ende der Welt umziehen? Reicht das helle Sonnenlicht Siziliens denn nicht auch? Vater könnte doch in Palermo arbeiten und Opa bei der

Oliven-Ernte helfen. Stattdessen leben wir wie die Eisbären am Nordpol und gucken in den Mond.«

»Na, na«, meinte die Fiat fahrende Frau Brusco, »bis zum Nordpol sind es von Tromsø immerhin noch mehr als 2.000 km und das Polarlicht ist nun mal eine prächtige Naturerscheinung, die man da erforschen muss, wo sie auf der Erde vorkommt. Sei froh, dass dein Vater eine so gute Arbeitsstelle hat. Außerdem scheint hier im Sommer die Sonne viel viel länger als in Italien. Mit diesem Ausgleich solltest du kleiner Ofenhocker nun wirklich zufrieden sein. Mamma mia, was ist denn das?«

Frau Brusco hatte kurz auf die Bremse getreten, um nicht zu viel Fahrt zu bekommen, als der Wagen plötzlich vorne nach rechts wegrutschte. Die Bremsen des alten Fiats waren gut, aber das wiederum war auf einer plötzlich glatt gewordenen Tromsøbro ziemlich schlecht.

»Festhalten!«, schrie Frau Brusco, »Glatteis! Da helfen die besten Winterreifen nichts.« Flavio zog unwillkürlich die Beine an. Für ein paar Sekunden setzte sein Atem aus, wie das immer bei solchen Rutschpartien ist. Ob man nun in Süditalien auf Bananenschalen ausrutscht oder in Nordnorwegen auf einer Tromsøbro losschlittert, leider weiß man nie genau, wo und wie man wieder liegen oder stehen bleibt. Der Fiat jedenfalls sprang mit blockierenden Rädern die Gehwegkante hoch, machte einen weiten Satz über den Bürgersteig, drückte das Geländer ein und blieb dann irgendwie mit einem lauten Knirschen auf der Brückenkante hängen. Und das ist 43 m über einer dunklen Wasserfläche ziemlich unangenehm. Der Wagen schwang nun wie auf einer Wippe langsam auf und ab. Jetzt stockte auch Frau Brusco der Atem.

»Nicht bewegen«, zischte sie zu Flavio herüber und presste sich automatisch mit aller Kraft in die Rücklehne, damit so viel Körpergewicht wie irgend möglich nach hinten verlagert würde. Dabei war diese Gewichtsverlagerung völlig überflüssig, denn die zarte Italienerin wog längst nicht so viel, um mit ihrem Fliegengewicht den wippenden Fiat beeinflussen zu können. Langsam wurde ihr bewusst, dass sie und ihr Spross nur mit fremder Hilfe aus dieser ungemütlichen Lage befreit werden konnten. Vorsichtig neigte sie den Kopf und starrte entsetzt durch die Frontscheibe auf das bedrohlich dunkle Wasser unter ihr.

»Das Handy«, stöhnte sie und schob ihre rechte Hand ganz vorsichtig in die Manteltasche. Doch solange sie auch tastete und fühlte, ein Handy kam nicht zum Vorschein. »Bloß nicht bewegen«, presste sie erneut hervor. »Ich finde das Handy nicht.«

Flavio saß wie erstarrt. Kalte Luft strömte von unten in den Fiat hinein, dessen letzte Stunde jetzt wohl gekommen war. Doch an das demolierte Fahrzeug dachte Flavio nicht. Sogar Frau Brusco, die auf ihrem Autositz 30 cm niedriger saß als ihr Sohnemann, verschwendete keinen Gedanken an den ausgebüchsten Italiener. Vielmehr war sie mit sich selbst beschäftigt, kalte Schweißtropfen blieben in ihren schmalen Augenbrauen hängen. Glücklicherweise schien weder sie noch Flavio verletzt zu sein. Blut konnte sie auf Anhieb jedenfalls nicht entdecken.

Die Minuten vergingen. Keiner sagte ein Wort und das Handy blieb verschwunden. Zu dieser Uhrzeit war die Brücke kaum befahren und schnelle Hilfe nicht zu erwarten. Frau Brusco klammerte sich an dem Türgriff fest, bis die Hand weiß wurde. Endlich meinte der fast zum Eisklotz erstarrte Flavio leise: »Das wäre in Palermo nicht passiert.«
»Schschscht!«, kam es da vom ehemaligen Fahrersitz herübergezischt und Flavio zog es vor, nun doch lieber den Mund zu halten.

Da, irgendwann hörte man schließlich Stimmen hinter dem Wagen. »Endlich«, dachten die beiden Bruscos, denn mittlerweile hatten sie schon angefangen, vor Kälte zu zittern. Wind kam jetzt auch noch auf und das war für die brisante Lage des Fahrzeugs zwischen Himmel und Wasser äußerst gefährlich.

»Nicht bewegen!«, rief jemand von hinten. »Wir ziehen Sie raus, die Feuerwehr ist gleich hier.« Und wieder verging Minute um Minute, ohne dass sich hinter ihnen etwas rührte. Die Knie Flavios schlugen auf und nieder. Nun fuhr ein hell erleuchtetes Fährschiff unter der Brücke hindurch. Frau Brusco hätte fast mit ihren Schneestiefeln die Positionslampen am Mast berühren können, so knapp war die ganze Angelegenheit.

Schließlich konnte sie im Innenspiegel das blaue Blinken der Feuerwehrfahrzeuge erkennen. Die Männer stellten Lampen auf und montierten vorsichtig an der Hinterachse herum, wobei immer wieder der warnende Ruf über die Brückenkante hallte: »Bitte nicht bewegen, bitte keinesfalls bewegen!« Dann gab es einen kleinen Ruck, das Seil der Winde straffte sich und der Fiat fing an zu schwingen wie ein Schwan, der die Reise in den sonnigen Süden antreten will.

Auf der Tromsøbro herrschte jetzt eine Aufregung wie auf dem Wochenmarkt von Pisa. Langsam, aber sicher bewegte sich der Fiat laut knirschend zur Fahrbahn zurück. Frau Brusco musste aufpassen, dass sie sich ihren Fuß nicht einklemmte. Seitlich halfen die Feuerwehrmänner, den Wagen zu sichern, und endlich wurden die verbeulten Türen aufgezogen, um den beiden Insassen herauszuhelfen. Tausend Fragen wurden gestellt und ein Arzt kam mit zwei großen Wolldecken angelaufen, die er den beiden frierenden Italienern um die Schultern legte.

Die Brücke war inzwischen gesperrt worden und in der Ferne verabschiedete sich die hell erleuchtete Fähre mit einem lauten Signalton in die Nacht. Hände wurden geschüttelt und Flavio kam sich vor wie der Bürgermeister von Tromsø, denn überall blitzten nun die Kameras der herbeigelaufenen Zeitungsreporter auf. Die eisglatte Brücke wurde mit Salz abgestreut und nachdem die Personalien notiert und die Unfallstelle aufgeräumt war, verschlossen einige Feuerwehrmänner die Öffnung im Geländer mit rot-weißen Bändern. »Damit hier nicht doch noch jemand über Bord geht«, meinte einer der Männer und ein Polizist murmelte mit einem Kopfschütteln: »Dass die Italiener aber auch so weit im Norden herumfahren müssen!«

Aber das hörte Flavio nicht mehr, denn kurz zuvor war Herr Brusco eingetroffen und hatte seine Familie in einem Volvo verstaut, der nicht weit von der Unfallstelle parkte.

Im Auto ging die Aufregung dann auf Italienisch weiter und erst als man später vor dem lodernden Kamin im gemütlichen Wohnzimmer, Norskeveien Nr. 8, saß, wurde es ruhiger. Als Frau Brusco schließlich Eistee auf den Tisch stellte, meinte Flavio, dass er doch lieber warmen Früchtetee aus der Toskana wolle. Und beinahe hätten sich die Bruscos noch ganz schön in die Haare gekriegt, als die resolute Hausfrau und Mutter aus dem temperamentvollen Süden ihr Handy in der Jackentasche ihrer Tochter Chiara aufstöberte.

Erst eine ganze Weile danach dachte man wieder an den vierzehn Jahre alt gewordenen Fiat, der jetzt irgendwo auf dem Schrottplatz am Hafen seinem bitteren Ende entgegenrosten musste. Frau Brusco war untröstlich, dass jetzt kein Fiat mehr in Norwegen herumfuhr, und vor allen Dingen, dass der Fahrersitz nicht im Sommer durch den Fahrzeugboden gekracht war, sondern am 12. November, mitten auf der vereisten Tromsøbro, dem ganzen Stolz der norwegischen Brückenbauer.

Der inzwischen schon fast Norweger gewordene Herr Brusco allerdings, der einen Volvo fuhr und am Nordlichtobservatorium alle Farben des Polarlichtes erforschte, war überaus froh, dass der alte Fiat nicht in das Wasser gestürzt war und dass er Frau und Sohn ohne irgendeine Schramme wohlbehalten vor dem Kamin sitzen hatte. »Man kann ja mal wieder einen neuen Fiat aus Italien mitbringen«, war sein Kommentar – und damit war der Eistee getrunken. Der Winter in Tromsø hatte begonnen. Das war für Herrn Brusco und seine Beobachtungen des Polarlichtes die beste Jahreszeit. Ja, der Winter war da, mit Glatteis auf der Tromsøbro und einem Fiat, der ausgebrochen war.

Polarnacht in Palermo

Flavio hockte am Fenster und sah den Schneeflocken zu, wie sie im Schein der Straßenlampen durcheinandertanzten, wie Schneeflocken in Tromsø das eben so an sich haben. Ein frischer Vorhang aus Schnee klebte an der Fensterscheibe. Flavio dachte an Italien. Er konnte, seitdem es draußen täglich früher dunkel wurde, an fast nichts anderes mehr denken als an Sonne, Sonne und nochmals Sonne. Und die schien in der alten Heimat jetzt immer noch wenigstens neun Stunden am Tag. Nur hier nicht. Jetzt, eine knappe Woche vor dem 25. November, blinzelte die Sonne nur noch für ein paar Minuten in der Mittagszeit über die Dächer der Eismeer-Kathedrale, der berühmtesten Kirche von Tromsø. In einer Woche würde die Sonne schließlich für zwei Monate ganz verschwinden und erst am 21. Januar wieder zum Vorschein kommen. So lange herrschte in Tromsø ›mørketiden‹ – die Polarnacht. Mittags erschien bei wolkenlosem Himmel über der Stadt nur ein schmaler glutroter Streifen. »Morgenröte und Abendröte sozusagen in einem Aufwasch«, meinte Herr Brusco, den dieses Schauspiel als Naturliebhaber selbstverständlich sehr interessierte. Flavio fand das langweilig.

Überhaupt verteidigte sein Vater fast alles, was mit dem hohen Norden zu tun hatte. Das Polarlicht war für ihn natürlich am schönsten, aber auch den Schnee und das Eis fand er wunderbar und er hatte gleich in ihrem ersten Winter in Tromsø einen 2,50 m hohen Schneemann vor dem Küchenfenster gebaut, der ihnen dann den ganzen Winter auf den Frühstückstisch starrte und aufzupassen schien, ob Flavio auch jeden Morgen seine Vitamintabletten herunterschluckte. Alles fand er schön im Norden, die Dunkelheit, umherschleichende Polarfüchse, sogar das anstrengende Schneeschaufeln auf dem Dach und das Fahren mit Ketten durch riesige Schneewehen. Insgeheim hoffte er sogar, dass irgendwann einmal ein auf einer Eisscholle treibender Eisbär im Tromsøer Hafen andocken würde. Italien spielte bei seinem Vater kaum noch eine Rolle. Manchmal behauptete er sogar, dass nördlich des Polarkreises im Endeffekt mehr Licht vorhanden wäre als am Äquator. Man müsse nur das Nordlicht, die Mitternachtssonne und den Mondschein zusammenrechnen. Und immer dann, wenn er das behauptete, lachte er ganz verschmitzt.

Flavio drückte sich an der Fensterscheibe die Nase platt. Wie kalt die Scheibe doch war. Schnell zog er den Kopf wieder zurück, hielt seine beiden Hände wie eine Schale vor den Mund und hauchte hinein. Die warme Atemluft tat gut. Auf der Straße lag schon fast 30 cm Schnee und die Flocken tanzten immer noch vor seinen Augen hin und her. Tromsø war zwar in der langen Winternacht sehr gut beleuchtet, aber das Licht war matt und gelb. Eben kein Sonnenlicht. Das schönste Licht gab es auf Sizilien, in Palermo, bei Opa Antonio im Olivenhain. Da kam auch das Sonnenlicht in der langen nordischen Mittsommernacht nicht mit. Während es nämlich im Tromsøer Winter zwei Monate dunkel blieb, so blieb es im Hochsommer zwei Monate hell und die Sonne ging nicht unter. Dann genossen die Norweger ihre Mitternachtssonne, saßen mitten in der Nacht im Straßencafé und aßen Vanilleeis mit Himbeersauce. Wie in Palermo am Strand. Oder in Catania unter den Palmen, wo man den Ätna rauchen sehen konnte – den Vulkan, der ab und zu zu spucken beginnt und keine Lust »zum Schlafen« hat. Dagegen hätte Flavio liebend gerne im Sommer geschlafen, aber das war bei dieser Helligkeit kaum möglich. Es war so, wie wenn man von einem dreizehnjährigen Jungen verlangen würde, einen Mittagsschlaf zu halten. Jedenfalls war es um Mitternacht in Tromsø dann fast so hell wie um 12.00 Uhr mittags auf dem Petersplatz in Rom. Erst nach dem dritten Sommer in Tromsø ging es mit dem Schlafen etwas besser. Die Dunkelheit im Winter jedoch blieb für Flavio ein Problem. Daran konnte er sich einfach nicht gewöhnen.

Und er wollte es auch gar nicht. Er war schließlich ein Italiener und kein Hamster, der einen Winterschlaf halten konnte.

Flavio hauchte noch einmal in seine Hände. Auf dem Norskeveien flackerte eine Straßenlampe und ein Auto fuhr am Haus vorbei. Wenn es noch eine Stunde so weiterschneien würde, käme kein Auto mehr vorbei und morgen wäre vielleicht schulfrei. Flavio hätte lieber hitzefrei, aber so etwas gab es hier in Tromsø nicht. Die bunten Häuser auf der anderen Straßenseite trugen jetzt schon dicke Schneemützen. Das sommerlich farbenfrohe Tromsø hatte sich einen schwarz-weißen Wintermantel angezogen. Der Winter in Nordnorwegen sei die Zeit der Besinnung und des Nachdenkens, hatte einmal sein Klassenlehrer gesagt. Aber Flavio fand das viele Nachdenken ziemlich öde. Je mehr er an Italien dachte, umso trauriger wurde er. Flavio klappte das Buch auf, das neben ihm auf dem Tisch lag, blätterte ein wenig darin herum und legte es wieder weg. Lesen konnte man auch nicht ständig. Diese Winter in Tromsø waren das Schrecklichste und Langweiligste, was es für dreizehnjährige Jungen nur geben konnte.

Da erschien Mutter Brusco in der Zimmertür. Flavio hatte sie gar nicht die Treppe heraufkommen hören.

»Ich habe mindestens schon tausendundein Mal gerufen«, beschwerte sie sich. »Geh runter an die Haustür, Børre ist da. Oder soll ich ihn lieber hochschicken?« Die Antwort gar nicht abwartend, rief sie in den Hausflur hinunter: »Komm rauf, Børre, Flavio ist in seinem Zimmer. Aber lass die Schuhe bitte unten!«

Mit einem Schlag war Flavio hellwach. »Mensch, der Børre, natürlich, das ist ein Kerl. Stapft durch den Schnee wie eine Dampfwalze bis in den Norskeveien!«

Børre war sein Freund. Ihm hatte er zu verdanken, dass er sich so schnell mit der norwegischen Sprache zurechtgefunden hatte. Meistens kam Børre in dem Moment, wo es um seine Laune nicht besonders gut bestellt war. Aber man musste nur ein paar Minuten miteinander reden und schon war die schlechte Stimmung wie weggeblasen. Genauso wie durch den Schnee, stapfte Børre nun auch die Treppe herauf. Die Stufen knarrten wie die Planken auf einem alten Dreimaster bei Windstärke zwölf. Børre grinste über beide Ohren, über die die Klappen einer bunten Wollmütze herunterbaumelten.

»Na, du alter Schneehase«, begrüßte ihn Flavio und zupfte seinem Freund an den bunten Ohrenklappen, von denen nun das Schneewasser auf den Teppich tropfte wie ein Wasserfall am Geirangerfjord. »Coole Überraschung, voll der gelungene Überfall!«

»Hallo, du Eidechse aus Sizilien«, sagte der grinsende Børre, zog sich den triefenden »Wasserfall« vom blonden Lockenschopf und warf ihn auf den Aufnehmer neben Flavios Zimmertür. »Ich wollte mal nachsehen, ob ich dich irgendwie aus deiner Winterstarre befreien kann.« Børre schleuderte nun auch seine Handschuhe neben die bunte Wollmütze und schlurfte auf Socken in Flavios gut geheiztes Jungenzimmer. Über dem Sofa hing ein Poster mit einem roten Ferrari, der gerade durch eine Schikane in Imola flog, und hinter dem Bett klebte ein zerknittertes Bild, auf dem der Markusplatz in Venedig mit 134 grauen Tauben zu sehen war. Flavio hatte sie irgendwann einmal gezählt, als er in einer Mittsommernacht wieder einmal nicht einschlafen konnte.

»Gut, dass du kommst«, flüsterte Flavio jetzt wieder todernst, »ich komme nämlich um vor Langeweile.«

»Das hab ich mir heute morgen in der Schule schon gedacht, als ich dein Gesicht gesehen habe«, antwortete der Schneehase. »Da hab ich mir gesagt, heute Nachmittag musst du unbedingt mal in den Norskeveien hoppeln und nach dem Rechten sehen. Ganz schön heiß hast du es hier in deiner Bude. Da werde ich wohl bald ein braunes Fell bekommen.«

»Keine Sorge, Meister Lampe, bei nur 25° C geht das nicht so schnell.« Flavio machte eine abweisende Handbewegung. »Wie bist du denn da draußen durchgekommen? Ging's noch einigermaßen?«

»Ach, ganz einfach«, kam es jetzt vom Fenster herüber. Børre war schnurstracks, nachdem er Flavios Zimmer betreten hatte, zum Fenster marschiert. »Voll cool, sich endlich mal wieder durch verschneite Straßen kämpfen zu müssen. Das ist viel angenehmer, als sich auf grauem Teer qualmende Socken zu holen. Wenn das Schneegestöber so weitergeht, werden wir morgen schulfrei bekommen. Wie langweilig! Was könnten wir bloß mit schulfrei anfangen? Haste 'ne Idee?«

Børre, der fast einen ganzen Kopf größer war als Flavio, ging zum Sofa und ließ sich unter dem roten Ferrari mit seinem ganzen Gewicht in die Polster sinken. Und Børre sank ziemlich tief, so tief, wie man es von einem weißen Schneehäschen eigentlich gar nicht erwartet hätte. Børre wog schon 62 Kilogramm und war in letzter Zeit gewachsen wie ein Steinpilz nach einem warmen Regen im September. Nun gut, er war auch immerhin schon vierzehn, sah aber eher aus wie sechzehndreiviertel. Ein echter Norweger mit blauen Augen. Dagegen wirkte Flavio mit seinen schmalen Schultern eher ein wenig schmächtig. Er zog die Stirn in Falten und setzte wieder seine düstere Miene auf.

»Das ist es ja gerade«, stöhnte Flavio, »mir fällt nichts ein. Stattdessen grüble ich, bis mir die Decke auf den Kopf fällt.«

»Da riskierst du einen Dachschaden«, hob Børre an. »Dann bin ich eben dran. Ich schlage vor, wir gehen morgen mal zum Hafen und sehen nach, ob das Wasser noch da ist.« Grinsend beugte er sich ein wenig mit seinem Oberkörper nach vorne.

Flavio verdrehte die Augen. »Nie im Leben! Für keine 50 Kronen gehe ich bei diesem Wetter auf die Straße. Außerdem sieht man in der Dunkelheit ja doch nichts.«

»Wenn wir nichts sehen können, könnten wir uns die Schuhe ausziehen und wenigstens mit den Zehenspitzen fühlen, ob das Wasser noch da ist«, meinte nun der blonde Børre trocken. Flavios Augen wurden immer größer. Eine Gänsehaut bildete sich auf seinem Rücken. Und das bei 25° C in seinem mollig warmen Jungenzimmer.

»Wir könnten auch im Tromsesund ein Polarnachtwettschwimmen veranstalten. Wir schwimmen im Slalom um die Brückenpfeiler herum. Der Sieger bekommt vom Verlierer ein Eis spendiert.« Børre lehnte sich wieder behaglich auf dem Sofa zurück und sah Flavio herausfordernd von der Seite an.

»Schluss jetzt mit diesen Horrorvorschlägen!«, rief der Sizilianer aufgebracht und fing an zu husten. »Noch ein Wort und ich werfe dich die Treppe herunter!« Flavio griff nach einem Kissen, holte aus und zielte auf Børres Kopf.

»Du wolltest ja keinen Vorschlag machen«, verteidigte sich Børre und tat jetzt ziemlich beleidigt. Abwehrend hob er seine großen Hände vor das Gesicht. An diesen Pranken konnte man erkennen, dass der lange Norweger wohl noch längst nicht daran dachte, sein Wachstum zu beenden. Und weil nun auch der schmale Flavio schnallte, mit welch riesigen Schaufelhänden sich der lange Børre wehren würde, ruderte er zurück und zog den Kopf ein.

»Gegen einen Schaufelradbagger trete ich nicht an«, sagte Flavio kleinlaut und zitterte am ganzen Körper, denn er malte sich soeben aus, wie es wohl sein würde, in dem eisigen Tromsesund gegen solche Hände ein Wettschwimmen starten zu müssen. Und das genau an der Stelle, wo er vor ein paar Tagen beinahe mit dem Fiat abgestürzt wäre. Lieber wollte er in einem Eisschrank übernachten oder freiwillig den Rest seines Lebens Schnee vom Garagendach schaufeln. Polarnachtwettschwimmen – brrrr, Flavio schüttelte sich. Und da, ganz plötzlich nach diesen eiskalten Vorstellungen, kam Flavio wieder die Sonne in den Sinn, und die wunderbare Wärme, und das herrliche Italien – kurz, all das, worüber er nachgedacht hatte, bevor ihn die Mutter vorhin aus seinen Träumen weckte.

»Man sollte die Polarnacht nicht im stockdunklen Tromsø verbringen, sondern in Palermo«, murmelte er nachdenklich vor sich hin. Das wär's. Im warmen Palermo, bei Opa Antonio.«

Børre sah auf. Fragend blickte er seinen Freund an. »Palermo? Da, wo ihr früher gewohnt habt?«

»Genau«, tönte Flavio, »Palermo auf Sizilien. Da, wo auch Silvester die Sonne scheint, und zwar den ganzen Tag.«

»Hmm«, schnurrte jetzt wieder der Schneehase Børre aus Tromsø, »das klingt irgendwie sympatisch. Silvester mit Tageslicht, nicht schlecht.«

»Ja, Polarnacht in Palermo, mit Sonne, Opa Antonio, Oliven und mindestens 12° C plus.« Flavio geriet jetzt ins Schwärmen. »Könnte man das nicht irgendwie hinkriegen?«

»Man müsste wenigstens drei Wochen schneefrei bekommen«, meinte Børre, »und dann ein Flugzeug chartern.«

»Der Flughafen wäre nicht das Problem«, sagte Flavio, »in Palermo gibt es einen. Aber fliegen ist zu teuer. So viel Knete hab ich nicht.«

»Und eine Bahnfahrt dauert zu lange. Außerdem hatten wir drei Wochen schneefrei auch erst einmal. Da war ich noch in der Grundschule. Wir müssten also komplett einschneien. In Tromsø dürfte nichts mehr gehen, absolut nichts mehr.« Der lange Norweger kam jetzt auch ganz schön in Wallung.

»Dann musst du eben einmal den da oben fragen, ob er es nicht noch etwas länger und heftiger schneien lassen kann«, meinte Flavio urplötzlich und zeigte mit dem Zeigefinger zur Zimmerdecke. »Du hast mir doch mal erzählt, dass Gott alles kann und ihr zu Hause 'nen guten Draht zu ihm habt, oder?«

»Hmmmm«, machte Børre jetzt noch länger als eben, »die Sache ist nur die: Wir glauben nicht an einen Wettergott wie die alten Wikinger. Der Gott, an den wir in unserer Familie glauben, ist der Gott, der die Erde, das Meer und die Sterne gemacht hat. Er ist der Schöpfer von allem.« Børre hatte mit seinem Freund schon mehrmals über den Glauben an den Gott der Bibel gesprochen. Als sie sich vor zwei Jahren in der Schule kennengelernt hatten, waren sie auch bald auf dieses Thema zu sprechen gekommen. Flavio wusste, dass Børres Vater an der Universität in Tromsø Bio und Erdkunde lehrte und dass er ab und zu in den Sommerferien mit seinem Campingbus zu dem Volksstamm der Samen in die Finnmark fuhr, um mit ihnen über Gott zu reden.

»Das ist doch dasselbe«, sagte Flavio nach einer Weile. »Aber ich meine, könnte dein Gott die Polarnacht in Palermo nicht irgendwie hinkriegen und uns einschneien lassen oder so?« Flavio blieb hartnäckig.

Børres ›Hmm‹ wurde immer länger. »Für so was bete ich nicht. Vielleicht betet gerade ein anderer Christ in Tromsø für Tauwetter, was soll Gott denn dann machen?«

»Also nicht.« Die Stimme Flavios klang enttäuscht. »Dann kann Gott doch nicht alles. Oder es gibt ihn überhaupt nicht. Was machen wir jetzt?«

»Nun«, lächelte wieder der lange Børre mit den Schaufelradhänden, »mein Vorschlag gilt noch. Wir müssen ja nicht unbedingt ins Wasser, aber am Hafen könnten wir morgen wirklich einmal vorbeischauen.«

»Kein vernünftiger Mensch geht bei diesem Wetter zum Hafen.« Flavio war außer sich. »Da bekomme ich Eiszapfen an der Nase und Schüttelfrost.«

»Okay, dann gehen wir im Tromsesund schwimmen!« Die Stimme des Schneehasen klang jetzt eher wie die Stimme eines Wolfes, hart und entschlossen.

»Nein«, sagte Flavio, »dann lieber zum Hafen.« Der Italiener gab auf. Eins zu null für Norwegen.

»Gut, abgemacht. Die frische Luft wird uns guttun«, lachte Børre. »Hier in deiner Bude würde ich bestimmt ersticken. 25° C in einem norwegischen Jungenzimmer ist auf jeden Fall zu viel. Du brauchst ein wenig Abhärtung, mein Junge.« Børre stand auf und ging zum Fenster. »Es könnte was werden«, sagte er und drehte das Heizungsventil unauffällig bis zum Anschlag zurück. Flavio machte ein dummes Gesicht. »Die Polarnacht in Palermo?«, fragte er zurück.

»Nein, dass wir morgen schneefrei bekommen. Die Autospuren auf der Straße sind schon alle zugeweht – und dass hier bald eine bessere Luft im Zimmer ist. Bei dieser Bullenhitze könnte ich nicht schlafen.«

Børre ging zur Tür. Die beiden Jungen plauderten noch eine Weile im Flur und kurz darauf verschwand der lange Børre wieder unter seiner bunten Wollmütze. Unter Lachen und Scherzen verabschiedeten sie sich. Unterdessen sank die Temperatur in Flavios Zimmer mehr und mehr. Als Flavio später ins Bett gehen wollte, sah er sich irritiert um. Im Zimmer herrschte eine Temperatur wie in einer Tiefkühltruhe für Langnese-Eis. Flavio raste zur Heizung. »Dieser alte Schneehase«, murmelte er, »dreht mir einfach die Wärme weg.« Eilig schraubte er am Ventil herum, bis die 5 zum Vorschein kam und nach oben zeigte. Schlotternd krabbelte Flavio unter die Bettdecke und zählte im Geiste lange noch graue Tauben auf dem Markusplatz, weil er vor Kälte nicht einschlafen konnte.

An der Pforte zum Eismeer

Die ganze Nacht schneite es pausenlos weiter. Und weil in Tromsø vierzig Zentimeter Neuschnee keine Katastrophe ist wie nur *ein* Zentimeter Schnee auf der Bahnhofstraße in Mülheim an der Ruhr, gab es leider auch kein Schulfrei. Als Flavio dick vermummt die Haustür aufmachte, um zur Bushaltestelle zu schleichen, sah der Norskeveien aus, als ob nichts gewesen wäre. Die Straße war frisch geschoben und die Autos mit ihren Spikesreifen knirschten mit hochsommerlicher Geschwindigkeit über die festgefahrene Schneedecke. Sogar der Schulbus »landete« pünktlich wie ein Airbus auf Hawaii. Die Anwohner frönten ungewollt dem Frühsport und waren dabei, ihre Autos auszubuddeln und mit schubkarrengroßen Metallschiebern die Gehwege freizuräumen.

In der ersten großen Pause trafen Flavio und Børre sich am Glascontainer und heckten den Plan für den Nachmittag aus. Damit Flavio nicht noch einen Rückzieher versuchte, versprach Børre vorsichtshalber, ihn um 15.00 Uhr an der Haustür abzuholen. Die Schulstunden verliefen quälend langsam. Und anstrengend war das Lernen bei dem gelben Licht der Neonröhren auch. Lehrer Bjørndalen versuchte der 7b, zu der Flavio gehörte, die Lebensweise der Eisbären nahezubringen, und Frau Mœller erzählte der 8a, wie wichtig ein Dorfbrunnen für die Einwohner von Butitombe in der südöstlichen Sahara sei. Børre fing schon an zu schwitzen, als Frau Mœller mit einem eleganten Schwung die Afrika-Karte ausrollte.

Draußen hatte das Atlantik-Tief ›Helene‹ mit seinen grauen Schneewolken Tromsø fest im Griff. Ab und zu sah es so aus, als ob es sich heimlich davonmachen wolle, aber dann kam auch schon der nächste Schneeschauer und brachte neue Arbeit für die Schneepflugfahrer. Trotzdem klingelte Børre pünktlich um 15.00 Uhr an Bruscos Haustür. Die Tür öffnete sich vorsichtig einen Spalt und eine eiszapfenfreie Nase erschien.

»Sollen wir in meinem Zimmer nicht ein wenig Computer spielen?«, kam es zaghaft von innen. Doch der Norweger Børre ließ sich nicht beirren. »Versprochen ist versprochen!«, sagte er, »also komm jetzt, zieh dich an!«

Flavio brauchte eine geschlagene Viertelstunde, um sich wetterfest zu machen. Er wickelte sich einen gelben Schal fünfmal um den Kopf, sodass nur ein schmaler Schlitz für die Augen übrig blieb, und dann setzte er noch eine dicke Pelzkappe darauf. Das sah fast so aus wie ein gelbes Osterei mit Hut. Børre, der vor der Haustür wartete und schon langsam kalte Füße bekam, schüttelte sich vor Lachen, als das »Osterei« endlich auf den Gehweg trat.

Im Schein der Straßenlampen kämpften sie sich durch die Straßen und Gassen an vielen bunten Hausfassaden vorbei, die jetzt allerdings mit Schnee bepudert waren wie weihnachtliche Knusperhäuschen.

Die Innenstadt von Tromsø war wieder einmal hell und festlich erleuchtet. Fast hinter jedem Fenster waren Lampen oder Kerzen zu sehen. Auf den Straßen huschten nur wenige Menschen vorüber, aber hinter den hellen Schaufenstern der zahlreichen Cafés und Kneipen saßen Studenten und schwatzten. Da tauchte auch schon das ›Le Mirage‹, ein gemütliches Café auf, wo die Bruscos ab und zu einkehrten, um den besten Cappuccino nördlich des Polarkreises zu genießen.

Die beiden Jungen stapften und keuchten. Auf dem Rückweg würden sie den Bus nehmen, beschloss Flavio.

»Wir können das letzte Stück zum Hafen auch im Tunnel zurücklegen«, meinte er nach einer geraumen Zeit. »Da kommen wir besser voran.«

»Du weißt doch, dass ich grauen Asphalt nicht mag«, konterte Børre. »Da geh ich nur im äußersten Notfall her.« Doch im Stillen musste er zugeben, dass diese Idee gar nicht so schlecht gewesen war. Man konnte in Tromsø nämlich unterirdisch durch die halbe Stadt gelangen. Es gab in dem Tunnelsystem unter der Stadt sogar Abzweigungen, wo man die Vorfahrt beachten musste, und darauf waren die Tromsøer ziemlich stolz. Stolz waren sie auch auf ihre Bierbrauerei, das nördlichste Brauhaus der Welt. Die Leute in der größten Stadt Nordnorwegens liebten überhaupt alles, was sehr »nördlich« war. Sie waren stolz auf ihre Universität mit 13.000 Studenten, den Dom, auf die großen Glasmosaiken in der Eismeer-Kathedrale – alles am nördlichsten natürlich. Den nördlichsten Bahnhof Norwegens allerdings gab es in Tromsø nicht. Der stand schon in Narvik, rund 250 km weiter südlich. Deshalb war in Tromsø der Hafen so wichtig, der Dreh- und Angelpunkt des hohen Nordens von Europa.

Als Flavio und Børre im Hafengelände ankamen, herrschte dort trotz Dunkelheit ein reges Treiben. Die Anleger waren hell beleuchtet und die Verladekräne senkten ihre Hälse in die Bäuche der Frachter wie Angler ihre Haken in die Elbe. Die Stahlseile wurden auf- und abgespult und es surrte, brummte und hupte überall. Auf dem Wasser sah man Lichter hin und her schweben und rote und grüne Lampen blinken, die sich auf der Wasseroberfläche spiegelten.

»Dort hinten wird die Ladung der Kohleschiffe aus Spitzbergen gelöscht«, sagte Børre, der sich hier gut auskannte. »Das geht allerdings nur noch so lange, wie das Packeis es zulässt. Und dort vorne liegt ein Forschungsschiff des Instituts für Polarforschung. Nicht umsonst nennt man unseren Hafen ›die Pforte zum Eismeer‹. Wenn dein Vater das Nordlicht mal auf Spitzbergen untersuchen will, wird er wahrscheinlich mit der ›MS Nordkap‹ fahren. Die ist besonders gut für solche Zwecke ausgestattet.« Børre redete und redete. Der sonst recht schweigsame Blonde aus dem kühlen Norden war hier in seinem Element. »Schon Polarforscher wie Fridtjof Nansen und Roald Amundsen fuhren von hier ins Nordpolarmeer. Leider ist Herr Amundsen verschollen, deshalb haben ihm die Tromsøer dahinten ein Denkmal aufgestellt. Aber Expeditionen zum Nordpol starten in Tromsø heute immer noch. Und dort legen die Wal- und Robbenfänger an. Wer im Polarmeer jagen will, kommt an diesem wichtigen Hafen nicht vorbei. Das Jagen wird allerdings durch die vielen Naturschutzbestimmungen immer schwieriger.«

»Du bist ja ein wandelndes Lexikon«, schmollte Flavio.

»Soll das ein Kompliment sein oder planst du einen Aufstand?«, entgegnete Børre.

»Mir ist kalt!«, klagte Flavio.

»Und willst ganz schnell nach Hause, stimmt's?«

Der Italiener nickte.

»Wir warten auf jeden Fall noch die Ankunft der ›Hurtigruten‹ ab. Der Postdampfer läuft erst um 18.30 Uhr ein«, gab Børre ein wenig ärgerlich zurück.

»So lange warte ich nicht«, warf Flavio ein.

Børre machte ein Gesicht wie ein Tourist, der bei Nebel am Nordkap ankommt. »Aber wir sind doch noch gar nicht lange hier, da kannst du doch nicht schon wieder heim zu Mami hinter den Ofen rutschen wollen!«

»Ich will nach Sizilien«, flüsterte Flavio betreten.

»Nach Sizilien?« Børre hob die Schultern an und ließ sie gleich wieder sinken. »Ich paddle gerade in meinen Gedanken im Polarmeer herum und du fängst von Sizilien an!«

»Ja, bei Opa Antonio die Polarnacht verbringen.« Jetzt seufzte Flavio ganz tief und hob ebenfalls die Schultern hoch und runter.

»Kannste vergessen, das haben wir doch schon festgestellt«, sagte Børre. »Komm, wir sehen noch ein wenig bei der Containerverladung zu.« Børre packte seinen Freund am Arm und zog ihn einfach mit sich fort. Flavio hatte keine Chance. Der Griff des langen Norwegers ließ nicht locker. In diesem Moment fegte eine Windböe über den Kai und warf Børre eine ganze Schiffsladung Pulverschnee in das Gesicht. Flavio, der hinter seinem breiten Rücken herstolperte, bekam nur die Hälfte mit. Børre tat so, als habe er nichts bemerkt, und ging zielstrebig auf die Container zu, die wie eine Kompanie Soldaten auf der verschneiten Hafenmole standen. Etwas weiter hinten parkten etliche Lastwagen, deren Ladung noch darauf wartete, an den Angelhaken genommen zu werden, um dann in dem Bauch des Frachters versenkt zu werden.

»Der wird wahrscheinlich morgen auslaufen«, sagte Børre. Sie schlenderten ein paarmal an dem großen Schiff vorbei und bekamen jedes Mal, wenn ein Container zur Bordwand hochschwebte, eine neue Prise Pulverschnee in den Kragen geblasen.

»Können wir uns nicht irgendwo ein bisschen aufwärmen?«, fragte Flavio und sah sich suchend um.

»Ja«, antwortete Børre, »wenn die ›Hurtigrute‹ abgelegt hat. Außerdem gibt's hier nur Seemannskneipen. Aber auf dem Rückweg können wir uns gerne noch einen ›Hamburger‹ bei ›McDonald's‹ holen.«

»Da wollten wir den Bus nehmen«, maulte Flavio durch seinen gelben Schal hindurch.

»Na bitte«, sagte Børre, »im Bus ist es auch schön warm, und im Übrigen gehst du mir so langsam auf die Nerven.«

Flavio, der nichts dafür konnte, dass er nun einmal ein Italiener war und besser mit 40° C im Schatten zurechtkam als mit einer Ladung Pulverschnee im Nacken, zog ein langes Gesicht, sodass das gelbe »Osterei« nun eher wie eine Banane aussah. Eine Banane mit Hut natürlich. Plötzlich bekam die »Banane« Beine und rannte los.

»Halt!«, rief Børre hinterher. »Wo willst du denn hin?«

»Ich muss mal auf die Toilette!«, schrie Flavio zurück und sauste auf ein schwach beleuchtetes Gemäuer zu. Børre zögerte. Doch als er Flavio hinter der Eingangstür der kleinen Hafenkneipe verschwinden sah, setzte er seine langen Beine in Bewegung und schlenderte langsam hinterher. Über dem Eingang hing ein Schild, auf dem ›Gasthaus zur Eismeerpforte‹ stand. Das ›Gast‹ war schon ziemlich verblichen und bei ›meer‹ fehlte ein ›e‹. Widerwillig trat er ein. Dicker Pfeifenrauch schlug ihm entgegen und im ersten Moment dachte Børre, es brennt. Leise Musik dudelte durch den Schankraum und hinter der Theke stand ein bärtiger Norweger der Extraklasse. Damit war der Bart gemeint, denn der war dunkelbraun und fast so lang, dass man ihn hätte fünfmal um den Kopf wickeln können wie Flavio seinen gelben Schal. Børre musterte beklommen den Raum, der dringend wieder einmal einen Anstrich brauchte. An einem Tisch saßen »vier Polarfüchse«, die Karten spielten, und an einem anderen »zwei Seebären« mit roten Nasen, die in ein Bierglas starrten und dem Schaum zusahen, wie er in dem gelben Pils versank. Hinten in der Ecke hockte Flavio, mit dem Rücken an eine Sprossenwand gelehnt, hinter der noch ein runder Tisch stand, an dem zwei Männer mit einer Pfeife, einer dicken Zigarre und einem Stapel Blätter beschäftigt waren. Hier musste wohl auch der »Zimmerbrand« herstammen, denn die beiden qualmten wie einst die Schornsteine auf der Titanic. Børre blieb vor Flavio stehen.

»Warst du schon auf der Toilette?«, fragte er ihn.

Flavio schüttelte den Kopf. »Ich gehe nachher mal hin«, sagte er und rieb sich seine roten Hände.

»Ach, so dringend war die ganze Angelegenheit also doch nicht?« Børre sah Flavio so scharf an, wie der Pfeifenqualm es zuließ. Flavio antwortete nicht.

»Hör mal, lieber Freund«, fing Børre an, »lügen darf man nicht, das ist ein schweres Vergehen bei Gott. Komm, wir gehen, in dieser Spelunke bleib ich nicht.«

»Ich habe schon einen Kakao bestellt«, sagte Flavio.

»Dann bestell ihn eben wieder ab!« Børres Stimme klang jetzt wie der Befehlston eines Kapitäns auf der Kommandobrücke. Flavio sah zu ihm mit großen Augen auf.

»Und jetzt hör *du* mir mal gut zu«, fing Flavio mit glasigen Augen an. »Wenn du wirklich mein Freund sein willst, dann musst du langsam mal kapieren, dass ein Italiener nicht so eine dicke Speckschicht hat wie ein Eisbär. Erst drehst du mir die Heizung ab, dann zerrst du mich durch die Polarnacht zum Hafen, wo mir der Schnee von fünf Wintern in den Nacken weht, und jetzt gibst du Befehle wie Herr Bjørndalen im Sportunterricht. Du bist mir ein schöner Freund! Ich bin eben anders als du. Wenn du wirklich ein echter Kumpel sein willst, dann setz dich hier an den Tisch, bis mir wieder warm ist.«

In diesem Moment brachte der Extraklassewirt den Kakao. »Nimmst du auch einen, junger Mann?«, fragte er Børre und schob ihn auch schon auf den Stuhl.

»Ja bitte«, sagte dieser und zu Flavio gewandt fuhr er fort: »Puh, jetzt hast du's mir aber gegeben.«

Flavio sagte nichts. Er nahm das Glas mit heißem Kakao und trank. Mit trüben Augen blickte er vor sich hin. Auch Børre war ziemlich geknickt. »Vielleicht hast du recht«, sagte er nach einer ganzen Weile. Da tauchte wieder der lange »Bart« neben ihm auf und stellte einen zweiten Kakao auf den Tisch. Plötzlich hellte sich das Gesicht Flavios auf.

»Sei mal still«, sagte er.

»Ich bin doch still«, entgegnete Børre.

»Da spricht jemand Italienisch.« Flavio fing an zu strahlen. »Perfektes Italienisch. Krass!«

»Im Radio?«

»Nein, hinter uns.« Flavio zeigte mit dem Daumen auf die beiden Männer hinter seinem Rücken, ohne sich umzudrehen. Jetzt hörte auch Børre genauer hin. Von dem, was die beiden Männer flüsterten, verstand er kein Wort.

»Tatsächlich«, flüsterte Flavio, »ein Italiener. Wer hätte das gedacht, dass wir fast am Nordpol einen Italiener treffen.« Flavio war ganz aus dem Häuschen. »Der andere ist ein Norweger, spricht auch Italienisch, aber viel schlechter.«

Børre trank jetzt einen Schluck Kakao. »Und?«, fragte er ebenso erstaunt wie Flavio, »kannst du was verstehen?«

Flavio war jetzt ganz schön aufgeregt, hielt den Zeigefinger vor den Mund und machte nur: »Psssst!«

Die beiden Männer wühlten weiter in dem Blätterstapel und sprachen leise miteinander, sodass Flavio genau hinhören musste und dabei rote Backen bekam.

»Die Sache kann überhaupt nicht schiefgehen«, sagte der Norweger mit der Pfeife. »Das Schiff ist als Forschungsschiff getarnt und fällt zwischen Bergen und dem Polarmeer überhaupt nicht auf.«

»Prego, prego*«, flüsterte der Italiener mit der dicken Zigarre, »nicht so laut.« Er warf einen Blick in die Runde und meinte dann leise: »Wenn uns jemand hört!«

»Ach was, mein lieber Benito, nördlich des Polarkreises versteht kein Mensch Italienisch«, gab die »Pfeife« zurück. »Also, nicht so ängstlich. Kommen wir zur Sache. Von jetzt an bis zur Übergabe bist du verantwortlich für die Ware. Die Adressen und alles Weitere, was du wissen musst, steht hier auf den Papieren. Alles klar?«

Die Sprossenwand in Flavios Rücken versperrte zwar den Blick, ließ aber jedes Wort hindurch. Børre sah Flavio fragend an: »Warum sagst du nichts?« Doch Flavio legte erneut den Finger auf den Mund und drehte sein Ohr noch etwas mehr zur Seite.

»Si, si**«, fing Flavio jetzt auf, »alles kapito.«

»Sehr gut«, sagte jetzt der Pfeife rauchende Norweger, »und jetzt kommt die Hauptsache. Ich habe da noch eine Bestellung aus ...«.

* Bitte, bitte ** Ja, ja

Die nächsten Sätze konnte Flavio leider nicht verstehen, weil die Seeleute an dem Tisch, an dem Karten gespielt wurde, laut grölend die Biergläser aneinanderstießen und »Prost!« riefen. Erst kurz darauf konnte er wieder einige Brocken hinter seinem Rücken aufschnappen. Jetzt sprach der Italiener etwas lauter.

»Prego, prego«, sagte dieser gerade, »lieber bringe ich 100 Tonnen rote Gummibärchen nach Südafrika, als Verantwortung für diese gefährliche Bestie zu übernehmen.«

»Nicht so ängstlich, mein lieber Benito«, fing der Norweger wieder an und nahm eins von den vielen Blättern in die Hand. »Hier steht alles drauf, was er frisst und wie du ihn behandeln musst, damit er die Reise übersteht. Und überstehen muss er den Transport unbedingt, denn dafür kassieren wir immerhin das nette Sümmchen von 45.000 Euro. Der Rest ist nicht so wichtig, die übrige Ware ist minderwertig.« Der Pfeifenraucher machte eine kurze Pause und qualmte dann verschmitzt: »Was der Kunde allerdings nicht weiß.« Der Norweger fing an, die Blätter zusammenzulegen, und klopfte seine Pfeife aus. »So«, sagte er, »auf geht's! Wir bleiben in Kontakt. Auf die Mannschaft kannst du dich verlassen. Die hält dicht. Wäre doch gelacht, wenn es uns nicht gelänge, der überflüssigen Naturschutzbehörde ein Schnippchen zu schlagen.«

Die beiden Männer tuschelten noch eine ganze Weile, bis dann auch die Zigarre ausgequalmt war. Flavio rutschte nervös auf seinem Platz hin und her. »Zahlen!«, rief der Norweger dem Wirt zu.

»Und?«, fing Børre noch mal an.

»Erzähl ich dir draußen, los, trink deinen kalten Kakao leer, wir müssen den beiden hinterher. Das ist ein ganz dicker Tintenfisch!«

Während Børre bezahlte, zog Flavio den gelben Schal hervor und schlang ihn zweimal um den Kopf. Für zusätzliche Umdrehungen war jetzt keine Zeit. Der Norweger und der Italiener, der Benito hieß, gingen schon zum Ausgang. Der Italiener steckte noch die letzten Blätter ein und trug ab jetzt auch die Verantwortung für irgendeine Bestie in der Tasche. Børre und Flavio erhoben sich. Als die beiden Jungen die ›Eismeerpforte‹ hinter sich geschlossen hatten und wieder im Schneesturm mit dem Namen ›Helene‹ standen, sahen sie gerade noch im Schein einer Straßenlaterne, wie dem Italiener Benito eine Windböe in den Mantel sauste. Diese riss dem überraschten Mann einige Papiere aus der Tasche und fegte sie über die Hafenmole, direkt vor die Füße der Verfolger. Ohne zu überlegen, bückten sich Børre und Flavio und griffen zu. Da waren die beiden Männer auch schon bei ihnen.

»Habt ihr sie?«, fragte der Norweger bestürzt. »Wirklich alle? Das ist ja noch einmal gut gegangen. Diese Papiere sind nämlich ziemlich wichtig für uns.« Schon streckte er die Hände aus und wollte die Blätter an sich nehmen. Dabei schimpfte er pausenlos auf Benito ein. Børre gab ihm alles, was er aufgesammelt hatte.

Inzwischen starrte Flavio auf ein Blatt mit einer italienischen Überschrift. Langsam reichte er den Zettel seinem italienischen Landsmann herüber. »Prego, Signore«, stammelte Flavio verlegen, »da haben Sie ihre Notizen zurück.«

Schnell riss der Signor das Blatt an sich und ließ es in seiner Manteltasche verschwinden. Entgeistert sah er in die braunen Augen Flavios, dessen gelber Schal jetzt tief in seinen Nacken gerutscht war.

»Du sprichst Italienisch?«, fragte er erschrocken und presste ein Lächeln zwischen seinen gelblichen Zähnen hervor, wie das normalerweise ein Italiener in einem Schneesturm nicht macht. Und weil nun auch der Norweger ganz schnell eine Frage loswerden wollte, brauchte Flavio nicht zu antworten.

»Seid ihr nicht die beiden Jungen, die in dem Gasthaus dort an unserem Nachbartisch gesessen haben?«

»Ja«, sagte Børre, »und dafür, dass wir ihre wichtigen Papiere noch erwischt haben, könnten Sie sich eigentlich noch bei uns bedanken.«

»O ja, natürlich«, antwortete der Pfeifenraucher schnell

und möglichst harmlos fuhr er fort: »Das habe ich in der Aufregung ganz vergessen.« Die beiden Männer warfen sich einen schnellen Blick zu. »Also dann, vielen Dank, ihr beiden. Ihr habt uns einige Unannehmlichkeiten erspart. Tusen Takk*!«

Der Norweger, der jetzt keine Verantwortung mehr für einen gewissen Transportauftrag trug, schüttelte den beiden Burschen die Hand und verschwand hastig mit Benito hinter der nächsten Hausecke, bevor dieser noch mehr dumme Fragen stellen konnte. Der Italiener aber, dem die Verantwortung für den geheimnisvollen Transport jetzt ganz schwer in der Manteltasche steckte, war mit dem Verhalten seines Geschäftsfreundes gar nicht einverstanden und deshalb entstand hinter der Hausecke eine folgenschwere Diskussion.

Unterdessen quetschte Børre Flavio aus wie eine Zitrone.

»Das ist ein ganz dicker Tintenfisch«, wiederholte Flavio, nachdem er alles erzählt hatte. »Ja«, sagte Børre, »ein ganz dicker Hund. Die beiden drehen ein Ding, wir sollten sie im Auge behalten.«

»Oder gleich zur Polizei gehen«, meinte Flavio.

»Nee, das hat keinen Zweck«, antwortete Børre. »Die Polizei hält gerade ihren Winterschlaf. Warum sollte sie auch gleich alle Forschungsschiffe im Hafen überprüfen, bloß weil zwei Jungen ein Gespräch belauscht haben, von dem sie nur die Hälfte verstanden haben. Übrigens, Flavio, hast du eben auf dem Zettel etwas entziffern können?«

»Hmm«, machte Flavio jetzt, »das ist eben der ganz dicke Tintenfisch.« Er kratzte sich am Ohr und tat ganz geheimnisvoll. »Auf dem Zettel stand ›Futterplan für Eisbären‹!«

Børre pfiff durch die Zähne. »Also weder dicker Hund noch Tintenfisch. Ein Eisbärentransport also!«

»Vielleicht sind es Männer, die auf Spitzbergen Eisbären jagen wollen«, meinte Flavio. »Daran ist eigentlich nichts Schlimmes.«

»Für so ein Unternehmen wird bestimmt nicht ein Italiener die Verantwortung übernehmen, der kein Norwegisch

* Vielen Dank

versteht«, sagte Børre. »Eisbären jagen dürfen außerdem nur Personen aus Ländern, die direkt an das Nordpolarmeer grenzen. Dazu sind die Artenschutzbestimmungen für Eisbären sehr genau festgelegt. Nee, nee, die haben was anderes vor.«

Flavio trat von einem Bein auf das andere. »Das war nur so eine Idee«, gab er zu. »Fahren wir jetzt endlich nach Hause?«

Børre überlegte. »Der nächste Bus fährt kurz nach sieben. Da bekommen wir das Anlegemanöver der ›Hurtigruten‹ noch mit.«

»Na gut«, gab der Italienerjunge nach, »wenn es sein muss, gehen wir eben noch zum Anleger hinüber.«

Børre klopfte sich den Schnee von der Jacke und lächelte. Zwei zu Null für Norwegen.

Zwei Jungen wissen zu viel

Inzwischen war die Diskussion hinter der dunklen Hausecke in vollem Gange. Immer wieder spähte der Italiener Benito, der eigentlich Herr Montesanti hieß, um die Mauerkante und ließ die beiden Jungs nicht aus dem Auge.

»Maledetto*«, zischte er, »wer hätte nur im Entferntesten daran gedacht, dass neben uns am Tisch ein Jüngelchen hockt, der Italienisch versteht. Du warst dir zu sicher, Boss.« Aufgeregt fuchtelte Benito mit den Armen.

»Zu dumm, das gebe ich zu«, sagte der Boss, »aber ich wette um 20 fette Walrosse, dass er nichts gehört hat. Die Kartenspieler waren glücklicherweise ziemlich laut.«

»Und ich halte 20 Tonnen Pizzateig dagegen, dass er doch was gehört hat. Jedenfalls hat er deinen dämlichen ›Futterplan‹ gesehen. Wie konntest du mir nur so einen gefährlichen Bären aufbrummen. Wenn ich das vorher gewusst hätte, wäre ich nicht auf dein Angebot eingegangen. Für so ein hohes Risiko verlange ich einen größeren

* So etwas Blödes, Mist

Anteil vom Gewinn. Wenn nicht, setze ich den Bären auf den Lofoten* ab.«

»Untersteh dich!«, drohte der Boss aus Norwegen jetzt und blitzte ganz wild mit den Augen. »Ich pflege nicht die ganzen Kontakte auf Spitzbergen und bezahle viel Geld für das Tier, nur damit du am Ende mal soeben 45.000 Euro auf den Lofoten laufen lässt. Über deinen Anteil können wir ja noch einmal reden.«

Benito Montesanti lugte wieder um die Ecke. »Prego, prego, was machen wir jetzt mit den Burschen?«

»Nichts, wir lassen sie nach Hause gehen«, sagte der Boss.

»Und wenn sie doch was wissen, hetzen sie uns die Polizei auf den Pelz!«

»Ach was«, wehrte der Boss ab, »so pfiffig sehen die nicht aus. Lass sie laufen.«

»Ich trage jetzt die Verantwortung«, raunte Benito, »und du bist fein raus. Wenn sie uns verpfeifen, lande ich im Knast, während du in deinem Reedereibüro dein Pfeifchen rauchst und neue Geschäftsideen ausheckst.«

Der nordische Geschäftsmann machte ein nachdenkliches Gesicht. Herr Montesanti sah jetzt, wie die beiden Jungen sich aufmachten und in Richtung der Schiffsanlegestelle schlenderten.

»Wir müssen erfahren, ob sie wirklich Verdacht geschöpft haben", meinte der Boss nun. »Und ich habe auch schon eine Idee, wie wir das rauskriegen. Komm«, flüsterte er, »wir müssen vor ihnen am Anleger sein.«

Børre und Flavio marschierten den Kai entlang. Mittlerweile hatte sich das Sturmtief etwas abgeschwächt und hier und da sah man wieder Leute auf den Straßen. Hafenarbeiter in ölverschmierten Overalls schlenderten an der Hafenmole entlang. Sie wickelten dicke Taue um verrostete Eisenpfeiler, wobei sie aufpassen mussten, dass sie nicht in das eisige Wasser plumpsten. Jetzt kamen die beiden Jungen an einem Schiff vorbei, auf dem man sich dem Anschein nach für eine Expedition vorbereitete. Es war nicht sonderlich groß, aber mit vielen Kränen, Bei-

* Inselgruppe in Nordnorwegen

booten und Apparaturen ausgestattet, wie das eben für Forschungsschiffe notwendig ist. Lange Antennen ragten in die Tromsøer Polarnacht. An einem Masten flatterte die norwegische Flagge. Børre blieb interessiert stehen und suchte nach dem Namen auf dem Bug. ›Polarstern‹ las er und entdeckte weiter oben an den rot-blau gestrichenen Aufbauten noch die Wörter ›Gesellschaft für Arktisforschung, Heimathafen Hammerfest‹.

»Das ist die nördlichste Stadt der Welt, noch ein paar Inselgruppen weiter oben«, sagte er. »Sie hat 7.100 Einwohner.«

»Und 99 Rentiere und einen Papagei«, lachte da eine Stimme neben ihm. Wie aus dem Boden gewachsen standen die beiden Männer aus der ›Eismeerpforte‹ neben Børre. »Der Papagei gehört nämlich zufällig mir.« Der Norweger, der sich ziemlich witzig vorkam, lachte und lachte.

»Wir, wir haben Sie schon in der Stadt vermutet«, stotterte Børre.

»Was sollen wir denn in der Stadt, wenn wir auf diesem Forschungsschiff arbeiten«, sagte der Norweger. »Ein Kapitän muss immer so schnell wie möglich auf sein Schiff zurück.«

»Ach«, staunte Børre, »Sie sind Kapitän auf diesem Forschungsschiff?«

»Ja«, log der Norweger, der sich für einen vermeintlichen Kapitän ausgab, »und diese Blätter, die ihr vorhin aufgefangen habt, waren die Forschungsergebnisse der letzten Expedition. Die ganze Fahrt wäre umsonst gewesen, wenn ihr nicht so geistesgegenwärtig zugegriffen hättet. Da sind wir euch eigentlich noch ein kleines Dankeschön schuldig, was ich in der Eile vorhin ja fast vergessen hätte.«

»Aber ein Forschungsschiff transportiert doch keine Eisbären«, mischte Flavio sich jetzt ein und bekam für diese unkluge Bemerkung von Børre sofort einen Tritt auf den Fuß verpasst. Der »Kapitän« sah Flavio prüfend an und fragte dann so harmlos wie nur irgend möglich: »Was für einen Eisbärentransport meinst du denn, mein Junge?« Doch diesmal presste Flavio seine Lippen fest zusammen, weil Børre ihm schon auf den Fuß trat, bevor er antworten konnte. Und da nun eine ziemlich peinliche Stille entstand, ergriff der falsche Kapitän wieder das Wort.

»Wisst ihr, Jungs«, sagte er, »unsere Forschungsgesellschaft studiert die Lebensgewohnheiten der Eisbären und weil wir auf Spitzbergen ein krankes Jungtier gefunden haben, haben wir es mitgenommen, um es gesund zu pflegen. Wollt ihr es mal sehen? Wir haben den Bären auf dem Zwischendeck.«

Børre und Flavio sahen sich unsicher an. »Wollen wir?«, fragte Flavio. Børre zögerte. Wenn die Männer nun doch Ganoven waren? Aber weil dreizehn- und vierzehnjährige Jungen sich nun einmal ziemlich stark fühlen und sich andererseits auch manchmal einen Bären aufbinden lassen, nickten sie schließlich.

»Die ›Hurtigrute‹ ist auch noch nicht da«, sagte Børre, »da können wir noch zehn Minuten auf das Schiff. Dürfen wir auch mal auf die Kommandobrücke?«

»Aber klar doch«, sagte der Kapitän, der gar keiner war, und klopfte Børre freundschaftlich auf die Schulter. »Wo ihr uns doch so geholfen habt!«

Der Norweger betrat den Steg, der zur ›Polarstern‹ herunterführte, und der Italiener Benito Montesanti schob die beiden Jungen hinterher. Auf dem Deck mussten die Jungen schwer aufpassen, dass sie auf den vereisten Treppenstufen nicht ausglitten. Unter verschneiten Seilwinden und Auslegern hindurch folgten sie dem Norweger, der einen Papagei besaß und in Hammerfest wohnte.

»Ich zeige euch zuerst die Kommandobrücke«, sagte der »Kapitän«, als er gerade an einem Rettungsring vorbeiging. »Danach können wir einmal sehen, was unser Patient auf dem Zwischendeck macht.« Als sie oben auf der Brücke angekommen waren, fragte Herr Montesanti, der endlich auch mal etwas sagen wollte, aber nur Italienisch sprach, so nebenbei den Flavio: »Ich wusste gar nicht, dass Jungen in deinem Alter schon in Hafenkneipen gehen.«

»Und ich wusste nicht«, entgegnete Flavio, »dass ein norwegischer Kapitän seine Forschungsberichte auf Italienisch schreibt.«

Herr Montesanti wurde verlegen und zog sich schnell ein Taschentuch aus der Tasche, um seine Nase zu putzen.

»Was hast du gesagt?«, fragte Børre seinen Freund und wurde ganz unruhig dabei.

»Ach, war nicht so wichtig«, entgegnete Flavio.

Nachdem der kurze Rundgang über die Kommandobrücke erledigt war, ging es wieder treppab. Diesmal benutzten sie einen ganz schmalen Durchgang innerhalb des Schiffes. Herr Montesanti blieb etwas zurück und wechselte noch ein paar leise Worte mit dem »Kapitän«. Die Jungen kletterten voran.

»Wie weit müssen wir denn noch hinunter?«, fragte Børre, der in dem engen Gang Beklemmungen bekam. »Ich habe fast den Eindruck, dass wir schon unter dem Zwischendeck gelandet sind.«

»Nur noch einige Kilometer!«, lachte der witzige Norweger wieder. »Der Käfig steht vorn hinter der letzten Tür rechts im Laderaum.«

»Wie haben sie den Bären denn hier hereinbekommen?«, wollte nun auch Flavio wissen. Doch der Norweger antwortete nicht. Børre öffnete die bezeichnete Tür und betrat den Raum. Flavio folgte. Es war dunkel und roch stark nach Öl und Diesel.

»Wo ist denn hier der Lichtschalter?«, fragte Børre wieder, dem das Ganze inzwischen doch recht unheimlich vorkam. Er schnupperte ein wenig mit der Nase und drehte sich zur Tür um, wo der falsche Kapitän den Ausgang versperrte. Von Benito war nichts zu sehen.

»Ich schätze, dass ein Bär bei diesem Gestank niemals gesund wird«, bemerkte Børre. »Was hat er denn eigentlich?«

»Malaria*«, antwortete der Norweger diesmal todernst.

»Malaria?«, fragte Børre irritiert. »Sie wollen mich wohl auf den Arm nehmen, oder? Wo steht der Käfig denn?«

»Genau über deinem Kopf«, lächelte nun der Boss, »im La-

*ein Tropenfieber

deraum, wie bereits gesagt. Und nun, meine Herren, wünsche ich Ihnen eine angenehme Nachtruhe. Sie werden sehen, in einem Maschinenraum kann es mollig warm werden. Schließlich dürfen solche vorwitzigen Vögel wie ihr, die ihre Nasen in Angelegenheiten stecken, die sie nichts angehen, nicht erwarten, erster Klasse reisen zu dürfen.« Darauf flog die Eisentür zu und ein Schlüssel wurde herumgedreht. Und damit saßen zwei harmlose Jungen, ein Norweger, dem meistens zu warm war, und ein Italiener, dem es immer zu kalt war, hinter Schloss und Riegel. Über ihnen stand ein Käfig mit einem Eisbär und über dem Eisbär war eine Luke. Und über der Luke leuchtete der Polarstern.

Kreuzfahrt im Maschinenraum

Børre und Flavio starrten mit offenem Mund in die Richtung, wo eben noch der »Kapitän« gestanden hatte. Jetzt sahen sie vor eine schwarze Wand. Auch nicht der geringste Lichtschimmer drang zu ihnen herüber. Die beiden Jungen standen da wie zwei Schornsteinfeger im Heizungskeller, in dem gerade die Glühlampe geplatzt war. Alles rabenschwarz. Erst allmählich dämmerte es Børre, was geschehen war.

»Bist du noch da?«, flüsterte Flavio leise und seine Stimme zitterte ein wenig.

»Wir Idioten«, presste Børre mühsam hervor, »wir sind die größten Hohlköpfe auf der ganzen Nordhalbkugel. Die haben was geahnt und wir haben es nicht gepeilt.«

»Es ist so dunkel hier«, klagte Flavio mit ängstlicher Stimme.

»Nicht dunkler als draußen auch«, antwortete Børre. »Ich könnte mich ohrfeigen.«

»Wir hätten nicht zum Hafen gehen sollen«, meinte Flavio.

»Doch«, sagte Børre, »aber nicht in diese Spelunke.«

»Da war es schön warm«, erwiderte Flavio kleinlaut.

»Und zwei Gauner waren auch da. Du hättest nicht Italienisch reden dürfen. Das hat sie hellhörig werden lassen.«

»Schimpf nicht so mit mir«, brummte Flavio. »Die Sache ist schlimm genug.«

»Entschuldigung«, sagte Børre einlenkend, »aber den Eisbärentransport hättest du auf keinen Fall erwähnen dürfen. Da haben sie sofort gewußt, dass wir Lunte gerochen haben.«

»Hätte, hätte«, sagte Flavio mit gereizter Stimme, »dieses Wort bringt uns jetzt nicht weiter. Was machen wir nun?« Flavio wischte sich mit dem Ärmel die Augen ab und tastete mit dem Fuß ein wenig über den Boden. Mit seinen dicken Handschuhen, die er seit dem Verlassen der ›Eismeerpforte‹ immer noch an seinen Händen trug, griff er vorsichtig nach Børres Arm. »Meine Eltern werden sich Sorgen machen, wenn ich um 19.30 Uhr nicht zu Hause bin.«

Børre überlegte. »Hast du dein Handy dabei?«, fragte er plötzlich. »Dann könnten wir sofort die Polizei anrufen.«

Flavios Gesicht erhellte sich. »Das ist die Lösung«, sagte er. Er zog die Handschuhe aus und fing an, in seiner Jacke zu wühlen. »Es ist nicht da«, sagte er enttäuscht, »Chiara muss es mir wieder einmal aus der Jackentasche geklaut haben. Ich habe es sonst immer bei mir.«

»So ein Pech«, sagte Børre, »ausgerechnet heute, wo es für uns so lebenswichtig ist.«

Nun packte Flavio Børres Arm noch fester. »G...Glaubst du, dass sie uns nicht mehr laufen, sondern einfach verhungern lassen?«

»Man kann nie wissen«, flüsterte Børre beklommen in die Dunkelheit hinein. »Manche Verbrecher bringen ihre Opfer wegen nur zehn Kronen um, und hier geht es um ganz andere Summen.« Flavio schluckte und bekam ein beklemmendes Gefühl in der Magengegend. Zögernd ließ er Børres Arm los und schob die verkrampften Hände tief in seine Hosentaschen.

Während unten im Maschinenraum des getarnten Forschungsschiffes, unter dem Eisbärenkäfig, Ratlosigkeit herrschte und sich eine ungewisse Angst breitmachte, war man oben auf der Kommandobrücke nicht minder in Verlegenheit.

»Maledetto«, schimpfte Herr Montesanti in diesem Augenblick wohl schon zum 28. Mal, »jetzt haben wir ein kleines Problemo. Was machen wir mit diesen Schnüfflern?«

»Das überlasse ich dir, mein lieber Benito«, sagte der Boss. »Nur *eins* solltest du ganz genau wissen. Diese Burschen müssen verschwinden! Sie wissen mehr, als uns lieb sein kann. Schade um sie.«

»Prego, prego, ich kann sie doch nicht einfach verhungern lassen«, warf jetzt Benito ein. »So ein Schlamassel! Es hätte alles so glattgehen können!«

»Das ist nicht *unser* Problem, sondern *dein* Problem. *Du* wolltest sie ja schließlich nicht laufen lassen«, konterte der Boss kaltschnäuzig. »Jetzt musst du sie halt irgendwo im Nebel über Bord gehen lassen.«

Benito machte ein Gesicht wie 30 Tage Regenwetter auf Sizilien. »Zwei Morde?«, hustete er. »Mamma mia, und das alles wegen eines Eisbären, den du mir so nebenbei noch aufgeschwatzt hast? Das geht zu weit!«

Der Boss sah auf die Uhr. »Dass du lieber 100 Tonnen rote Gummibärchen nach Südafrika verschifft hättest, weiß ich ja nun inzwischen. Aber halt mir jetzt den Mund. Du weißt, worum es geht, und die Organisation steht. Dein Anteil ist nicht unerheblich.«

»Maledetto«, jammerte Benito nun zum 29. Mal, »willst *du* dich nicht um die Jungen kümmern ...?«

»Schluss jetzt!«, rief der ungeduldige »Kapitän« mit lauter Stimme und sah wieder auf seine Uhr. »Wir müssen uns verabschieden. Das Schiff wird startklar sein. Und mach mir ja keinen Fehler, das würdest du bereuen!«

Benito Montesanti sagte nichts mehr. Der Boss rief nun den Kapitän, der wirklich einer war, und auch den Steuermann herbei und wechselte noch ein paar flüchtige Worte mit ihnen. »Auf gute Zusammenarbeit«, sagte er kurz. Dann übergab er dem echten Kapitän das Kommando und trat ein letztes Mal auf Benito zu: »Hier hast du die vereinbarte Anzahlung für deinen Job. Sobald das Geld für die Ware und vor allen Dingen das Sümmchen für den Bären gezahlt ist, bekommst du den Rest, okay?« Dann reichte er Benito einen Packen Geldscheine und klopfte ihm wohlwollend auf die Schulter. »Wird schon schiefgehen«, sagte der Boss. Dann drehte er sich um und ging auf die Tür zu. Doch da blieb der Norweger abrupt stehen und griff noch einmal in die Tasche.

»Ach, übrigens«, sagte er, »das hätte ich beinahe vergessen.« Er zog ein Handy hervor und reichte es Benito herüber. »Das habe ich dem Jungen, als er vorhin vor mir die Treppe herunterging, noch aus der Tasche gezaubert, damit er keinen Unfug damit anstellen kann. Außerdem muss das Ding ja nicht unbedingt mit in das Wasser fliegen.« Dann drehte er sich auf dem Absatz um und kletterte von Bord.

Inzwischen suchten Børre und Flavio verzweifelt nach dem Lichtschalter im Maschinenraum. Dabei stießen sie mit ihren Knien und Schultern immer wieder an scharfe Metallkanten. Es vergingen wohl zehn Minuten, aber fündig wurden sie nicht.

»Wenn wir den Schalter nicht finden, ist es zu gefährlich, hier herumzurutschen«, stellte Børre fest. »Wir könnten uns in der Dunkelheit verletzen.«

»Ich bekomme langsam Hunger«, sagte Flavio. »Es ist bestimmt schon 20.00 Uhr.«

»Kann sein«, entgegnete der lange Børre. »Der Lichtschalter kann doch nicht so weit von der Tür entfernt sein. Ich muss erst mal eine Pause machen.« Børre setzte sich. »Erstaunlich«, stellte er nach einer Weile fest, »der Stahlfußboden ist total warm. Wahrscheinlich liegt das Schiff noch gar nicht lange vor Anker. Ich schätze, dass die Motoren Hitze erzeugen, die das Metall ganz schön erwärmt.«

»Was machen wir jetzt?«, fragte Flavio wieder. »Diese Dunkelheit halte ich nicht lange aus.«

Børre antwortete nicht. Er hing seinen Gedanken nach und seufzte tief. Die Situation schien wirklich aussichtslos zu sein. Nach einer Weile sagte er in das schwarze Nichts hinein: »Ich komme mir vor wie Jona in dem Bauch des Fisches. Kennst du diese Geschichte? Steht in der Bibel.«

»Ist das das Märchen, wo ein Wal einen Mann an Land spuckt? Davon habe ich mal irgendwo ein Bild gesehen.«

»Nee, ist kein Märchen«, antwortete Børre. »Ist tatsächlich so passiert. Voll echt. Drei Tage und Nächte hat er in dem dunklen Fisch gehockt, wo es fürchterlich nach Magensäure gestunken hat. So ähnlich fühle ich mich jetzt, nur dass es hier nach Öl und Diesel stinkt.«

»Und das hat er überlebt?«, fragte Flavio.

»Ja«, erklärte Børre, »und weißt du warum? Er hat gebetet. Meistens beten die Leute, wenn sie in der Klemme sitzen. Das sollten wir jetzt auch tun.«

»Hmm, ich kann nichts auswendig«, entgegnete Flavio. »Mach du das mal, wenn's was nützt.«

»Versprechen kann ich das nicht«, sagte Børre, »aber ich will's tun.« Dann legte er seine Arme um die Knie und flüsterte: »Lieber Herr Jesus, du weißt, dass wir in eine ganz blöde Falle getappt sind. Wir wissen nicht, wie wir aus diesem Gefängnis herauskommen können. Bitte mach doch, dass die Männer uns bald wieder laufen lassen und dass unsere Eltern sich nicht zu große Sorgen machen. Amen.«

»Und mehr braucht man nicht sagen?«, fragte Flavio leise. Doch anstatt von Børre eine Antwort zu bekommen, sprangen jetzt die schweren Dieselmotoren des Schiffes an. In unmittelbarer Nähe der Jungen klapperten Ventile und ein lautes Brummen entstand. Børre und Flavio erschraken so heftig, dass ihre Herzen fast bis in ihre Schneestiefel hinunterrutschten.

»Wir fahren ab!«, schrie Flavio auf. »Sie nehmen uns mit! Du Gott von Børre, lass uns hier!«

Børre war aufgesprungen und hämmerte mit beiden Fausthandschuhen gegen die Tür und schrie etwas, was Flavio nicht verstand. Die Motoren brummten jetzt so laut, dass Flavio meinte, sein Trommelfell würde platzen. Das Schiff fing leicht an zu schaukeln und der Dieselgeruch verstärkte sich. Über ihren Köpfen kratzte der unruhig gewordene Eisbär mit seinen scharfen Krallen auf dem Boden des Käfigs und über der Luke schien immer noch der Polarstern. Das Forschungsschiff mit dem gleichen Namen drehte bei und das Dröhnen nahm noch einmal zu. Und das Schaukeln auch, und ebenfalls die Unruhe des Eisbären. Nur die vielen Kisten mit den Fellen von Eisbären, Polarfüchsen und Robben muckten nicht. Die Ware lag friedlich verpackt im Laderaum und leistete dem einzigen noch lebenden Arktisbewohner eine traurige Gesellschaft. Die vielen anderen Tiere hatten nämlich ihre Felle hergeben müssen, weil die Besatzung des getarnten Forschungsschiffes, das in Wirklichkeit einer Bande von Eismeerräubern gehörte, damit auf unerlaubte Weise viel Geld verdienen wollte. Und unter dem Käfig mit dem Eisbär, der sein Fell noch anhatte, hockten zwei Freunde im Maschinenraum, die ungewollt zu einer Kreuzfahrt aufbrachen, die sie ihren Lebtag lang nicht wieder vergessen sollten.

Børre und Flavio saßen zusammengekauert an irgendetwas Hartes gelehnt und weil das Sprechen bei laufenden Dieselmotoren nicht möglich war, hing jeder nur seinen eigenen Gedanken nach. Børre hatte seine Handschuhe längst ausgezogen und bald folgte auch die bunte Wollmütze und die dicke Winterjacke. Damit deckte er sich und seinen Freund nun zu und weil das Schiff inzwischen so gleichmäßig schaukelte wie eine Wiege mit Elektroantrieb, dösten die beiden schon nach einer halben Stunde erschöpft ein. Längst war das Schiff unter der Tromsøbro hindurchgefahren und hatte die bunten Lichter der Stadt, die langsam, aber sicher im Schnee versank, hinter sich zurückgelassen. Zielbewusst stampfte es in die dunkle Nacht hinein.

Eine Panne am Polarkreis

Tief in der Nacht wachte Børre auf. Die Luft war stickig und die Schiffsmotoren dieselten unverändert vor sich hin. Und weil Børre halt nicht in seinem federweichen Bett in Tromsø lag, sondern schon seit Stunden auf einem warmen Eisenfußboden, hatte er heftige Rückenschmerzen. Und heiß war es hier. Børre legte nun auch noch die Winterjacke auf die Seite und zog sich den dicken Skipullover mit dem Norwegermuster aus. Bei dieser Wärme konnte er nicht schlafen. Hier war es ja noch mindestens 5° C wärmer als in Flavios heißer Bude. Doch irgendwann schlief er trotzdem wieder ein, bis er von einer bekannten Stimme aufgeweckt wurde. Børre blickte verstört um sich.

»Buon giorno, Signores*«, hörte er Benito sagen, aber den Rest verstand er nicht, weil Flavio noch keine Anstalten machte, das Gesagte zu übersetzen. Erst nachdem er sich ausgiebig seine dunkelbraunen Augen gerieben hatte, meinte er: »Wir sollen mitkommen. Wir dürfen oben auf die Toilette und bekommen ein Frühstück in der Mannschaftskombüse.«

»Das klingt gut«, gähnte Børre, »hoffentlich gibt's ofenfrische Brötchen vom Bäcker.« Doch die gab es natürlich nicht. Das Frühstück war eher dürftig, weil sie eben nicht erster Klasse reisten. Die Schiffsbesatzung musterte die beiden Jungen wie ein Landarzt, der bei seinen Patienten Flöhe sucht. Die Männer sahen grimmig und müde aus, weil die meisten von ihnen eine anstrengende Nachtschicht hinter sich hatten. Flavio saß neben Herrn Montesanti, der anscheinend froh war, dass er wieder mit jemandem in seiner Muttersprache reden konnte.

»Prego, prego«, sagte er, »wenn ihr euch gut benehmt, dürft ihr an Deck bleiben. Eine Flucht ist unmöglich. So ein Schlamassel! Was soll ich nur mit euch anfangen?«

* Guten Morgen, meine Herren

»Wir könnten Schnee vom Deck schaufeln oder in der Küche abwaschen«, meinte Flavio schnell.

»Ich könnte euch auch auf einer einsamen Insel aussetzen oder dem Bären zum Fraß vorwerfen«, antwortete Herr Montesanti gereizt. »Jetzt muss ich neben einem Eisbären auch noch zwei dumme Jungs durchfüttern. Das ist sehr lästig, großes Problemo, sozusagen.«

Flavio sah ängstlich zu Børre hinüber. »Er will uns dem Eisbären zum Frühstück geben«, sagte er hastig.

»Das glaube ich nicht«, erwiderte Børre. »Er will uns nur Angst einjagen.«

Die Männer erhoben sich und gingen wieder auf ihre Posten. In orangefarbenen Overalls mit großen Kapuzen zerstreuten sie sich auf dem Deck. Das Schiff war in ein gespenstisches Licht gehüllt und wühlte sich beharrlich durch die Wellen. Dabei sorgten die Radar- und Navigationsgeräte für eine sichere Fahrt durch die nordnorwegische Fjordlandschaft. Herr Montesanti, der eigentlich keine feste Aufgabe auf dem Forschungsschiff hatte, außer dass er die Verantwortung für 675 Felle und einen immer hungrigen Eisbären trug, blieb sitzen und kratzte sich hinter dem Ohr. Dann zog er den Zettel, auf dem ›Futterplan für Eisbären‹ stand, hervor und blickte stirnrunzelnd auf das Papier.

»Wo bringen Sie uns denn hin?«, fragte Flavio und versuchte, ein wenig höflich zu sein.

»Sei nicht so neugierig«, gab Herr Montesanti zurück, der gleich zum ersten Mal in seinem Leben ein Raubtier füttern musste. »Wie kann man nur von einem Italiener verlangen, einen Eisbären durch die Weltgeschichte zu kutschieren«, murmelte er vor sich hin. »Da hätte ich mich ja gleich irgendwo als Zoodirektor bewerben können.«

»Für welchen Zoo ist er denn bestellt worden«, fragte Flavio vorsichtig und versuchte jetzt noch höflicher zu sein als Butler James, der seiner Majestät, Königin Elisabeth, den Elf-Uhr-Tee einschenken musste.

»Maledetto«, brauste jetzt Herr Montesanti auf, „du sollst nicht so viel fragen, du Naseweis, sonst stecke ich dich wieder in den Maschinenraum.« Aber das tat Herr Montesanti mit der großen Verantwortung dann doch nicht, sondern schickte, während er zum ersten Mal in seinem Leben einem Eisbären fünf Lachse durch die Gitterstäbe schob, die Jungen in die Schiffsküche zum Spülen. Und anschließend auch noch zum Schneeschaufeln auf das Achterdeck. Und weil Herr Montesanti später noch erfuhr, dass Børre den norwegischen Steuermann so nebenbei gefragt hatte, ob er sich mal kurz sein Handy ausleihen dürfe, mussten die Jungen auch noch die Kartoffeln für das nächste Mittagessen schälen.

Währenddessen fuhr das Forschungsschiff die schönste Kreuzfahrtroute der Welt entlang und begegnete dann und wann einem Dampfer der ›Hurtigruten‹, die mit einer ganzen Flotte zwischen Bergen in Westnorwegen und Kirkenes an der russischen Grenze hin- und herschippert und die Post verteilt. Dabei fährt sie an unzähligen Inseln, Fjorden und Buchten vorbei, die bei Tageslicht wunderschön anzusehen sind. Aber weil das Forschungsschiff immerzu durch die Dunkelheit stampfte und Børre und Flavio Kartoffeln schälen mussten, sahen sie leider nichts von allem, weder den Trollfjorden, wo man fast im Vorbeifahren die steilen Felswände anfassen kann, noch die Lofoten, wo die senkrechten Klippen wie Eisberge aus dem Meer ragen. Und als sie dann zwei Tage später über den Nordpolarkreis fuhren, merkte Børre auch nichts, weil nun einmal an dieser Stelle kein rot-weißes Kugelband um die Erde gezogen ist und Børre außerdem gerade die Bordtoilette schrubbte. Flavio hatte es besser, denn der saß bei Herrn Montesanti, der wieder einmal in seinen Papieren blätterte, und plauderte mit ihm über die Römer. Da kam der Kapitän angelaufen und brachte die Polarkreisnachricht mit, die Flavio dann übersetzen musste. Und als er daraufhin schnell aus dem Bullauge schielte, sah er nur ein paar Sterne funkeln. Ein wenig später, als Flavio zu den Römern nichts mehr einfiel, bemerkte er schließlich harmlos: »Dürfte ich mir den Eisbären nicht einmal ansehen, Herr Montesanti?«

»No, no, bambino! Wenn das der Boss erfährt, streicht er mir den Rest von meinem Anteil. Der Laderaum bleibt zu. Ich hätte euch nach seiner Anweisung schon längst über Bord werfen müssen.« Benito sah Flavio ernst an. »Aber mit wem soll ich mich denn dann unterhalten? Also warte ich noch eine Weile damit. Vielleicht sperre ich euch auch im ›Muness Castle‹ ein und schicke der Polizei später eine nette Ansichtskarte, dass sie euch da rausholen können, wenn wir über alle Berge sind.«

Flavio sah auf. »Muness Castle, wo ist denn das?«

»Potz Blitz!«, schimpfte Benito Montesanti los, »ich habe dir doch schon 100-mal gesagt, dass du nicht so viel fragen sollst.« Und in diesem Moment rief Børre, der soeben mit Toilettenschrubben fertig geworden war, von draußen: »Flavio, komm mal schnell raus, man kann das Polarlicht sehen!« Doch Flavio, der das Polarlicht nicht mochte, weil es seinem Vater viel zu gut gefiel, blieb reglos sitzen. »Was hat er gesagt?«, fragte stattdessen Herr Montesanti.

»Das Nordlicht«, antwortete Flavio gelangweilt und zeigte mit dem Daumen zur Tür. Da sprang der Italiener mit einem Satz auf und rannte auf das Deck. »Das muss ich sehen!«, rief er noch im Hinauslaufen und man merkte ihm an, dass wohl nun ein lang ersehnter Wunsch in Erfüllung gehen würde. Und tatsächlich: Am dunklen Himmel sah man ein seltsames Schimmern, wie wenn jemand grüne und lilafarbene Gardinen hin und her schwenken würde. Und kurz darauf wurde auch noch ein rotes Tuch geschwenkt. Es war wirklich ein wunderschönes Schauspiel. Die halbe Schiffsmannschaft stand an der Reling und Herr Montesanti sagte Ah und Oh auf Italienisch. Nur Flavio hockte noch in der Kombüse und steckte seine Nase ganz fix in die Papiere, die Herr Montesanti in der Aufregung auf dem Mannschaftstisch liegen gelassen hatte. Hastig überflog er die Zeilen eines Blattes. Und da kam Herr

Montesanti auch schon mit Bestürzung auf die Kombüsentür zugeschossen. Flavio ließ das Blatt fallen und hatte gerade noch Zeit, auf seinen Stuhl zurückzuhopsen und gelangweilt die Arme zu verschränken. Und da ging das Licht aus. Urplötzlich. Aber Flavio fand das krass, weil Herr Montesanti nun im Laufschritt vor die Tür knallte und jetzt eine Beule hatte, die ihn noch zwei Stunden lang ablenken würde.

»Maledetto!«, rief Benito Montesanti und rieb sich die Stirn. »Warum springt uns ausgerechnet mitten auf dem Polarkreis die Sicherung heraus?« Wieder testete er mit seinem Finger, ob die Beule auf der Stirn noch dicker wurde. »Alles zappenduster. Flavio? Bist du noch hier?«

Doch Flavio dachte nicht daran, sich bemerkbar zu machen. Sollte Benito doch denken, er sei schon längst nicht mehr im Raum. Herr Montesanti rief nach dem Kapitän. Aber weil der Kapitän kein Italienisch verstand, kam er auch nicht. Der hatte nämlich alle Hände voll zu tun und versuchte mit dem Bordelektriker den Sicherungskasten zu finden. Draußen über dem Meer wurden immer noch grüne und lilafarbene Gardinen geschwenkt, die das Forschungsschiff in ein schimmerndes Licht tauchten. An Bord herrschte eine beklommene Stille, wie das immer so ist, wenn Sicherungen durchbrennen. Und natürlich hat man in solchen unverhofften Momenten auch meistens keine Taschenlampe zur Hand.

Flavio schlich sich vorsichtig aus der Kombüse. Seine Gedanken arbeiteten auf Hochtouren. Das, was er eben auf dem Zettel gelesen hatte, war ein ganz dicker Tintenfisch! Flavio war richtig aufgeregt. Unbedingt musste er so schnell wie möglich mit Børre darüber reden. Børre stand auf dem Achterdeck und bewunderte noch immer die bunten Lichtgardinen am Horizont. Etwas weiter rechts schickte ein Leuchtturm seine gelben Lichtstrahlen über das Wasser und meinte wohl, mit dem Polarlicht wetteifern zu können. Immer noch war es auf dem Schiff stockdunkel. Sogar die Positionslampen am Mast waren ausgefallen und das war auf der Strecke, wo die ›Hurtigruten‹ hin und herdampfte, ziemlich gefährlich. Das wusste auch der Steuermann und blickte angestrengt in die Ferne. Dann trat er an das Funkgerät und schickte eine Warnung in die Dunkelheit. Und als die Scheinwerfer und das Bordlicht nach zehn Minuten immer noch nicht wieder angehen wollten, ließ der Steuermann den ›Elefanten‹ blasen. So nannte er nämlich seine Schiffssirene, die jetzt hinter Børre so laut lostrompetete, dass Børre vor Schreck Herzrasen bekam. Und endlich, endlich, als das Schiff aus dem Heimathafen Hammerfest den Nordpolarkreis einige Seemeilen hinter sich im Meer liegen gelassen hatte, flackerte das Licht wieder auf. Das löste allgemeine Erleichterung aus, besonders bei dem Kapitän. Und als Herr Montesanti seine Blätter nachzählte und feststellte, dass keins fehlte, atmete auch dieser ganz tief durch.

Als Børres Herzrasen langsam nachließ, angelte er sich einen Matrosen, der wahrscheinlich eher ein Seeräuber war und den Tieren auf Spitzbergen die Felle über die Ohren zog, und fragte ihn:

»Hatte der Stromausfall etwas mit dem Polarkreis zu tun?«

»Wohl kaum«, antwortete der Matrose in seinem orangenen Overall, »der Nordpolarkreis ist nur eine gedachte Grenze, die die kalte Polarzone von den wärmeren Breiten weiter im Süden trennt. Der Stromausfall dürfte wohl eher ein Zufall gewesen sein.«

Als Børre und Flavio, die inzwischen mindestens zweiter Klasse reisten und nicht mehr im Maschinenraum übernachten mussten, später wieder in ihren Kojen lagen, fragte Børre seinen Freund: »Hast du bemerkt, dass es mittags schon wieder viel heller ist? Ich schätze, dass wir morgen bei Tageslicht schon eine ganze ›Osloer Allgemeine‹ durchlesen könnten.«

»Ist mir piepegal«, sagte Flavio wie ein aufgeregter Zeitungsreporter, »es gibt jedenfalls wieder einen ganz dicken Tintenfisch. Total krasse News! Das ist *der* Hammer!«

»Was ist los?«, raunte Børre. »Ist in China ein Sack Reis umgefallen oder hat unsere Königin Drillinge bekommen?«

»Es geht um uns«, flüsterte Flavio. „Als Benito das Polarlicht bestaunt hat, habe ich einen Blick in seine Papiere geworfen, die er ratzfatz auf dem Tisch vergessen hatte. Ein ganz dicker Tintenfisch, sage ich dir!«

»Mach's nicht so spannend«, zischte Børre und gab Flavio einen leichten Rippenstoß.

»Die Ware wird übermorgen umgeladen, ich hab's ganz deutlich gelesen. Auf irgendein Schiff, das aus Kanada kommt.«

»Aus Kanada?« Børre war verdutzt. »Meinst du, die Ware und der Eisbär sollen nach Kanada gebracht werden und wir womöglich auch?«

»Weiß ich nicht«, sagte Flavio, »jedenfalls findet die Aktion nicht in einem offiziellen Hafen statt, sondern irgendwo in einer einsamen Bucht, wo ein Gefängnis steht, das ›Muness Castle‹ heißt. Und dort werden wir wahrscheinlich 'ne Weile eingelocht.«

»Das sind ja herrliche Aussichten«, meinte Børre mit belegter Stimme. »Aber es sieht so aus, dass sie uns jedenfalls nicht über Bord werfen wollen.«

»Das ist mir schon länger klar«, sagte Flavio, »Herr Montesanti ist eigentlich ganz in Ordnung und sieht gar nicht wie ein richtiger Gauner aus. Und wie einer, der brave Jungs umbringt, erst recht nicht.«

»›Muness Castle‹ klingt englisch«, sagte Børre nach einer kurzen Gedankenpause. »Das heißt Schloss oder Burg, nicht Gefängnis.«

»Kann sein«, erwiderte Flavio und starrte an die Kojendecke, »leider konnte ich nicht mehr erfahren. In dem Moment kam Benito angerannt und das Licht ging aus.«

»Lieber fahre ich mit nach Kanada, als in einem modrigen Verlies zwischen Ratten und Ungeziefer zu verschmachten«, sagte Børre leise. »Aber so weit muss es ja gar nicht erst kommen. Ich finde, Gott hat bisher ganz gut für uns gesorgt, meinst du nicht auch, Flavio?« Nachdenklich kratzte sich Børre am Ellenbogen.

»Eigentlich schon«, gab Flavio zu. »Im Maschinenraum war es zwar doof, aber mittlerweile reisen wir recht komfortabel. Das Essen schmeckt und frieren müssen wir auch nicht.«

»Was unsere Eltern wohl machen?«, sagte Børre nach einer Weile. »Sie werden fix und alle sein. Wir sind seit drei Tagen spurlos verschwunden.«

»Bestimmt hat die Polizei in Tromsø schon den ganzen Hafen umgekrempelt und sucht mit Spürhunden nach uns«, antwortete Flavio.

»Da müssen sie jede Menge Schnee wegschaufeln«, meinte der lange Norweger trocken. »Schließlich könnten wir verletzt unter irgendeiner Schneewehe liegen oder ins Wasser gefallen sein. Sie haben überhaupt keinen Anhaltspunkt. Auf die Idee, dass wir auf einem Schiff festsitzen, das nach Kanada fährt, kommt die Polizei niemals.«

»Unsere armen Eltern«, sagte Flavio traurig.

»Meine werden total viel beten«, antwortete Børre nun. »Aber weil Gott nicht reagiert wie ein Parkschein-Automat, müssen wir mal abwarten, wie er uns aus dieser Sache rausholt. Manchmal ist sein Handeln ganz schön abenteuerlich.«

Flavio seufzte. »Meinst du, wir sollten es noch mal probieren? Das Beten meine ich. Beim letzten Mal sprangen allerdings die Dieselmotoren an.«

»Ich spreche ständig mit Jesus«, sagte Børre nun, »nicht immer laut, meist leise für mich. Aber ich kann auch noch mal laut reden, dass du was mitkriegst. Gott ist laut oder leise egal, er kann sogar Gedanken lesen.«

Børre schloss die Augen und fing an. Flavio hörte genau hin und fragte sich, ob Gott die einfachen Sätze seines Freundes wirklich hören könnte. Wo war Gott überhaupt? War er hier unsichtbar in ihrer Kabine? Oder war er weit weg – über den Wolken, im Himmel? Bekam Gott überhaupt noch etwas mit, auch wenn er in einer Entfernung von einer Million Kilometern auf irgendeinem Stern wohnen sollte? Er würde Børre später einmal danach fragen. Doch im Augenblick war er zu müde dazu. Das leichte Schaukeln auf den Wellen zeigte wieder seine einschläfernde Wirkung. Und draußen über dem Meer leuchtete noch einmal das rote Tuch und das Nordlicht zeigte sich ein letztes Mal von seiner schönsten Seite.

Nebel in der Belmont-Bucht

»Raus aus den Federn«, weckte Herr Montesanti die beiden Langschläfer am nächsten Morgen. »Es ist schon fast elf Uhr und die Sonne geht gleich auf. Wollt ihr denn die Sonne nicht mal wieder sehen?«

Flavio und Børre rappelten sich hoch. Sie sahen aus dem Bullauge und entdeckten über dem nahen Küstenstreifen einen roten Schimmer. Das Forschungsschiff hatte sich in der Nacht wieder ein beträchtliches Stück nach Süden vorgearbeitet und befand sich ungefähr auf der Höhe Norwegens, wo der Hals bei einer Giraffe anfängt. Herr Bjørndalen hatte im Erdkunde-Unterricht nämlich einmal behauptet, wenn man die Umrisse Norwegens mit einem Tier vergleichen würde, müsse man wohl zuerst an eine Giraffe ohne Beine denken. Børre und Flavio zogen sich verschlafen an und schlenderten mit einem Elan zur Mannschaftskombüse wie zwei Realschüler zum ersten Schultag nach den Sommerferien. Und während nun unsere beiden Langschläfer ihr verspätetes Frühstück herunterschluckten, bekam der Eisbär im Laderaum schon sein zweites: aufgetautes Robbenfleisch aus der Bordkühltruhe.

»Sollen wir uns mal anschleichen und einen Blick durch die Luke riskieren?«, fragte Flavio und biss in sein Marmeladenbrot, sodass sie auf den Tisch kleckerte. »Ich möchte doch zu gern einmal den Eisbären sehen.«

Børre schüttelte den Kopf. »Wenn Benito uns entdeckt, steckt er uns in den Maschinenraum. Hast du denn noch nie einen Eisbären gesehen?«

»Doch«, nickte Flavio, »aber das Tier, um das sich hier ja schließlich alles dreht, sollte man zumindest einmal gesehen haben, bevor es auf einen kanadischen Frachter umgeladen wird.«

»Psssst«, machte Børre und legte seinen Zeigefinger auf den Mund. »Da kommt der Gauner mit einem Matrosen.«

Benito betrat den Mannschaftsraum. »Diese Bestie ist ganz schön verfressen«, stöhnte er. »Bis der Bär an Ort und Stelle angekommen ist, frisst der uns einen ganzen Lkw voll Lachse weg.«

»Hmm«, meinte Flavio und sah ihm forschend in die Augen, »dann bringen wir ihn bestimmt nach Alaska. Oder nach Kanada«, ergänzte er so harmlos wie möglich.

»Oder nach Australien zu den Kängurus«, lachte Herr Montesanti und klopfte sich auf die Schenkel. »Aber da brauchten wir schon eine ganze Schiffsladung Lachse. Das ist viel zu teuer. Bleiben wir also in Europa, ist günstiger.«

»Wir bringen ihn bestimmt in den Londoner Zoo«, sagte Flavio, der merkte, dass Herr Montesanti heute ein wenig gesprächiger war als sonst. Doch da hatte er sich getäuscht. »Finito!«, rief dieser erbost und haute mit der Faust auf den Tisch, dass die Tassen wackelten. Und dann jagte Benito die Jungen auf das Deck hinaus. »Los!«, kommandierte er, »Schnee fegen! Und wenn ihr fertig seid, könnt ihr den Männern beim Fischen helfen, Netze säubern und das Eis von den Fenstern kratzen. Halt! Zuerst den Tisch abräumen!«

Børre und Flavio machten sich an die Arbeit. Die Küche war schnell fertig. Und dann holte Flavio seinen gelben Schal und wickelte ihn wieder fünfmal um den Kopf. Und die Pelzmütze kam auch noch darüber und so kam es, dass man viele Stunden lang ein gelbes »Osterei« mit Hut und eine bunte Klappenmütze auf dem Deck herumwirbeln sah, weil das »Osterei« wieder einmal zu neugierige Fragen gestellt hatte. Aber *ein* Gutes hatte diese Fragerei doch gehabt, denn jetzt wussten die Jungen wenigstens, dass sie nicht nach Kanada verschifft wurden. Sie würden in Europa bleiben.

Am nächsten Vormittag, als es schon um 10.30 Uhr hell wurde, bemerkte Børre zuerst, dass auf der linken Seite des Schiffes kein Land mehr zu sehen war. Und als Børre dann einmal um das ganze Schiff herumgeturnt war und immer noch kein Land gesehen hatte, nahm er seine bunte Wollmütze vom Kopf und fuhr sich mit den Handschuhen ein paarmal über seinen wüsten Strubbelkopf. »Nichts«, sagte er zu Flavio, »wir müssen den Kurs geändert haben.«

»Dann geht's wohl jetzt nach England rüber«, stellte Flavio recht sachlich fest, »oder zu den Schotten, die sagen zu ›Schloss‹ ja auch ›Castle‹«.

»Vielleicht auch nach Irland«, meinte Børre wehmütig. »In der Nähe der norwegischen Küste allerdings war mir wohler ums Herz als hier auf offener See.«

Børre sagte den ganzen Tag kaum noch etwas. Lange stand er auf dem Achterdeck, wo am Geländer die norwegische Flagge wehte, und starrte in den weißen Schaum, den die beiden Schiffsschrauben in die glatte See hineinpflügten. Als es gegen 15.00 Uhr schon wieder dämmrig wurde, bemerkte Børre, dass Nebel aufkam. Zunächst zogen nur einzelne Schwaden vorbei, doch schließlich wurde der Nebel so dicht, dass er kaum noch die norwegische Flagge erkennen konnte.

Beim Abendessen bemerkten die Jungen, dass außer dem Nebel noch irgendetwas in der Luft hängen musste. Die Mannschaft wirkte ein wenig nervös und der Kapitän stopfte sich eine Pfeife nach der anderen. Børre meinte, dass es dem Kapitän sicher unangenehm sei, mit einem Forschungsschiff in englische Nebelgewässer hineinzuschippern. Und Flavio, der seinen Senf auch dazugeben wollte, flüsterte so leise, dass es die anderen nicht hören konnten: »Bestimmt sehen sie schon ihre Felle davonschwimmen.«

Bald darauf sollte sich dann auch schon zeigen, dass beide Jungen, die ja von der Seefahrt nicht die geringste Ahnung hatten, gar nicht so unrecht mit ihren Vermutungen hatten. Denn gerade als der Bordelektriker sich ein neues Glas Bier einschenken wollte, legte sich das Schiff urplötzlich so stark auf die Seite, dass der Fachmann für durchgebrannte Sicherungen sein Bier glatt neben das Glas goss und die gelbe Brühe schräg den Tisch herunterperlte. Gleichzeitig trompetete auf der Kommandobrücke eine ganze Herde Elefanten los und das norwegische Forschungsschiff, das sich offensichtlich im Polarmeer wohler fühlte als im englischen Nebel, geriet in eine bedenkliche Schieflage. Das Schiff schaukelte nun hin und her wie das schwerfällige Pendel einer alten Standuhr. Die Teller auf dem Tisch rutschten von links nach rechts und die Hühnersuppe darin schwappte wie das Heizöl in einem Tankwagen nach einer Vollbremsung. Der Kapitän ließ seine Pfeife fallen und torkelte zur Kombüsentür. Langsam fing das Schiff sich wieder und fand in seinen gleichmäßigen Rhythmus zurück. Doch der Schreck stand den Männern noch ins Gesicht geschrieben. Unter heftigen Gesten und mit lautem Fluchen, wie das bei rauen Seemännern, die anderen das Fell über die Ohren ziehen, nun einmal so üblich ist, stand einer nach dem anderen auf und verließ den Mannschaftsraum. Erst nach einer ganzen Weile trudelten sie wieder ein und debattierten lautstark mit dem Kapitän.

»Das war knapp«, meinte einer der Leute und der Kapitän nickte ernst.

»Das wär's gewesen. Fast so wie bei der Titanic, nur, dass es statt des Eisberges bei uns eine Ölbohrinsel war.« Der Kapitän wischte sich den Schweiß von der Stirn und dann schimpfte er wie ein Rohrspatz weiter:

»Diese Dinger stehen im Wasser wie unbeleuchtete Flamingobeine und wenn dann noch dieser Nebel dazukommt, ist Hopfen und Malz verloren. Da versagt auch die beste Technik. Nur gut, dass unser Steuermann Augen hat wie eine Nachteule. Im letzten Moment hat er das Ruder noch herumgerissen, sonst hätten wir den Pfeiler gestreift.«

»Auf dieser Route muss man damit rechnen«, meinte ein Matrose, »zwischen Bergen und den Shetland-Inseln stehen diese Dinger rum wie Spielautomaten in Las Vegas.«

»Halt's Maul!«, zischte der Kapitän und gab Benito einen Wink, wobei er mit dem Finger auf seine Armbanduhr tippte. Benito erhob sich und zu den Jungen gewandt sagte er barsch: »Avanti, tempo, es wird Zeit!«, und weil Børre nicht kapierte, was er meinte, kommandierte Herr Montesanti wie ein Schiedsrichter, der nach einem Foul die rote Karte zeigt: »Raus!« Dabei deutete er mit seinem ausgestreckten Arm zur Tür. »Ab in den Maschinenraum.«

»Was hat er denn?«, fragte Børre erschrocken. »Haben wir was falsch gemacht?«

»Kannst du dir das nicht denken?«, sagte Flavio leise. »Diese Bande wird nervös wie ein Orchester vor dem ersten Auftritt. Ich schätze, dass das etwas mit der verbotenen Fracht zu tun hat. Lass uns gleich im Maschinenraum weiter darüber reden.« Flavio und Børre mussten ihre Sachen aus der Koje holen und stiegen dann die Treppe zum Maschinenraum hinunter. Benito folgte und schob die beiden durch den engen Gang. Kurz bevor sie dann die letzte Tür erreicht hatten, befahl Herr Montesanti: »Attenzione*, Signores, wir nähern uns dem ersten Etappenziel. Und da können wir keine Zuschauer gebrauchen. In den nächsten Stunden verhaltet ihr euch so still wie eine Kirchenmaus, kapito? Und wenn ich euch nachher hole, haltet ihr die Klappe, bis ich euch was anderes befehle. Seht mal her, Signores!« Damit griff Benito in seine rechte Innentasche und ein Revolver kam zum Vorschein. »Die Sache wird ernst«, sagte er nun und richtete die Waffe auf die erschrockenen Jungen, »keine Fragen, kei-

* Achtung

ne Mucken. Es muss jetzt alles klappen wie am Schnürchen. Und wenn nicht, sind wir miteinander fertig, kapito?« Benito fuchtelte noch einmal mit seinem Revolver und gab den Jungen einen Wink. »Da hinein«, sagte er und schob die beiden Passagiere in das dunkle Loch. Die Tür flog zu und Børre und Flavio saßen wieder einmal in der Extraklasse für Jungen, die einfach zu viel wissen.

Über ihnen stand der Käfig mit dem Eisbär und über dem Käfig war eine Luke. Und über der Luke hing so dichter Nebel in der Luft, dass das Forschungsschiff aus Hammerfest Mühe hatte, die Belmont-Bucht zu finden, wo bereits seit einer halben Stunde ein Containerschiff aus Kanada vor Anker lag. Aber weil die Technik diesmal nicht versagte, und die Funker keine Rauchzeichen geben mussten wie die Apatschen, die in der Prärie die Schwarzfuß-Indianer treffen wollen, schmiegten sich die beiden Schiffe auch schon bald eng aneinander. Und jetzt, wo sie sich gefunden hatten, war beiden Kapitänen der dichte Nebel gerade recht.

Im Maschinenraum hatten sich die beiden Jungen längst von ihrem Schrecken erholt, denn Børre hatte wieder mit seinem Gott gesprochen und da war der bedrohliche Anblick des blinkenden Revolvers schnell überwunden gewesen. Børre hatte diesmal beim Betreten des Raumes aufgepasst, wo der Lichtschalter war, und so saßen sie auch nicht ein zweites Mal in der Dunkelheit wie Jona in dem Fisch.

»Das ist dem Matrosen so herausgerutscht«, sagte Flavio nach einer Weile. »Hast du gesehen, wie wütend der Kapitän wurde? Der arme Kerl hat bestimmt noch eine gehörige Abfuhr bekommen!«

»Aber wir wissen jetzt, dass wir bald in einer Bucht auf den Shetland-Inseln ankern, wo der Eisbär und die Ware umgeladen werden«, stellte Børre fest. »Es reimt sich so langsam eins zum anderen.«

»Eine Südsee-Insel mit Palmen und weißem Sand wäre mir lieber«, seufzte Flavio, »und Sonne, und 30°C im Schatten«, ergänzte er. Er seufzte noch einmal und Børre, dem das Wasser von der Stirn tropfte, weil es in dem Maschinenraum so heiß war wie in einer finnischen Sauna, sagte nichts dazu, sondern ließ seinen Freund ein bisschen träumen. Da wurde plötzlich beiden bewusst, dass die stinkenden Dieselmotoren leiser wurden. Schließlich spürten sie, wie das Schiff beidrehte und an etwas Hartes stieß. Nach etlichen Minuten gingen auch die Motoren aus und das Schiff schaukelte gemächlich hin und her, wobei es bei jeder Welle an der Bordwand leise quietschte. Und nun, wo es im Maschinenraum ganz still war, hörten Flavio und Børre plötzlich, wie der Türschlüssel herumgedreht wurde. Vorsichtig ging die Tür auf und die Jungen staunten nicht schlecht, als sie den Matrosen erkannten, der vorhin die unkluge Bemerkung gemacht hatte. Behutsam sah er sich um und schlüpfte dann eilig zu den Jungen in den stickigen Maschinenraum.

»Ganz schnell«, fing er hastig an, »ich habe nur ein paar Minuten Zeit. Ich bin der Maschinist auf diesem Schiff und besitze deshalb einen Schlüssel vom Maschinenraum. Das, was euch passiert ist, tut mir sehr leid. Und weil mich der Kapitän vorhin so angemacht hat, wird dies meine letzte Fahrt auf diesem Schiff sein. Passt auf: Für uns endet hier die Fahrt und morgen geht's zurück nach Tromsø. Dort bekomme ich meine Knete für diesen Job und dann mach ich mich aus dem Staub. Ich bin hier nur ein kleiner Maschinist und will keine krummen Dinger mehr drehen, Ehrenwort. Wenn ihr wollt, werfe ich euren Eltern eine kurze Nachricht in den Briefkasten. Ich habe Papier und Bleistift gleich mitgebracht. Dafür müsst ihr mir versprechen, mich nicht zu verpfeifen. Ich bin hier wirklich nur ein ganz kleiner Willi und habe keine einzige Seerobbe erschlagen. In fünf Tagen bin ich wieder in Tromsø und dann wissen eure Eltern wenigstens, wo ihr seid und dass es euch gut geht. Und die Polizei kann von mir aus den Kapitän einlochen. Einverstanden?«

Børre und Flavio sahen den Maschinisten mit großen Au-

gen an. »Aber natürlich sind wir einverstanden«, versprachen die Jungen ohne zu zögern und Flavio meinte zum zigsten Mal: »Das ist ja ein ganz dicker Tintenfisch!«

Der Maschinist sah zur Tür. »Ich muss verschwinden. Legt den Zettel mit eurer Nachricht in die Gummistiefel, die dort an der Wand stehen. Da werde ich sie mir später holen. Und vergesst nicht, eure Adressen zu notieren! Was dieser Benito mit euch vorhat, weiß ich allerdings nicht. Mehr Infos über die ganze Angelegenheit habe ich leider auch nicht. Also Jungs, haltet die Ohren steif! Macht's gut.«

Und so schnell wie der Mann aufgetaucht war, so schnell war er auch wieder verschwunden. Das kurze Gespräch hatte höchstens drei Minuten gedauert. Flavio und Børre strahlten und Børre meinte triumphierend: »Der Maschinist ist bestimmt die Antwort Gottes auf unser Gebet. Gott holt uns hier raus, das spüre ich. Los, gib mir mal den Stift, wir müssen so schnell wie möglich handeln, sonst kommt Benito, ehe wir mit Schreiben fertig sind.«

Schnell war die Nachricht auf den Zettel gekritzelt und in dem rechten Stiefel verschwunden. Über der Decke rumpelte und polterte es inzwischen. »Jetzt räumen sie den Laderaum leer«, flüsterte Flavio, »und dann wird's spannend. Entweder verladen sie uns auch oder wir verschwinden hinter den finsteren Mauern von diesem ›Dingsbums-Castle‹.«

Børre antwortete nicht und Flavio sah, wie Børre mit gesenktem Kopf die Lippen bewegte und auf die schweren Eisenplatten auf dem Fußboden einredete. Aber Flavio wusste, dass sein Freund jetzt wieder mit seinem unsichtbaren Gott redete. Und dann versuchte Flavio es auch. Zum ersten Mal in seinem Leben. Seine Worte kamen unsicher und stockend, aber irgendwie hatte er das Gefühl, dass sie nicht in dem Maschinenraum hängen geblieben waren. Über der niedrigen Decke wurde es still und bald hörten die Jungen, wie über ihnen die schwere Luke des Laderaums zugeschlagen wurde.

Kurz darauf erschien Benito Montesanti, der für Felle, Eisbären und unfreiwillige Fahrgäste aus Tromsø die Verantwortung trug. In der Hand hatte er einige dunkelblaue Tücher.

»Avanti, tempo«, sagte er, »es muss jetzt alles hoppla hopp gehen.« Und schon war er dabei, Børre mit einem der Tücher die Augen zu verbinden. Danach kam Flavio an die Reihe und als er sein Werk noch einmal begutachtet hatte, stieß er die beiden Jungen nicht gerade zimperlich hinaus in den Gang. Oben an Deck nahm Benito Flavio an die linke und Børre an die rechte Hand und balancierte mit ihnen bei Nacht und Nebel über einen schmalen Steg, der zu dem kanadischen Frachter hinüberführte. Und nach einem langen Blindflug durch schmale Gänge und über steile Treppen landeten sie schlussendlich in einem kanadischen Raum der Extraklasse für junge Burschen, die hier noch weniger erwünscht waren als auf einem norwegischen Forschungsschiff. Børre und Flavio hörten das zuschnappende Geräusch eines Türschlosses und rissen sich die dunkelblauen Augenbinden ab.

Sturmtief über der Doggerbank

»Hurra!«, rief Børre, als er sich die Binde abgenommen hatte und sich lachend umsah.

»Deine gute Laune hätte ich gern«, sagte Flavio und blinzelte in die trübe Funzel, die über seinem Kopf baumelte. »Wieso hurra? Fällt dir nichts Besseres ein?«

Børre schmunzelte. »In einem englischen Gefängnis hätte ich das nicht gerufen. Wir sind auf dem Kanadier, peilst du das nicht? Und die Kabine ist viel schöner als ein Maschinenraum!«

»Also nimmt uns Benito mit«, überlegte Flavio. »Wahrscheinlich sind wir ihm doch nützlicher als er dachte. Wir arbeiten gut und vor allem günstig. Vielleicht will er uns nun als Nachwuchsgauner in seine schmutzigen Geschäfte hineinziehen.«

»Das glaube ich nicht«, antwortete Børre, »er wird uns laufen lassen, sobald er seinen Auftrag erledigt hat.«

»Oder uns einfach auf dem Frachter lassen, dann ist er uns auch los.« Flavio gähnte. »Sieh mal, unsere Kabine hat sogar ein Fenster, das man öffnen kann.« Flavio drehte am Griff und machte es probeweise auf und zu. Überhaupt war die Kabine gut eingerichtet. Auf der rechten Seite war ein schmales Etagenbett angebracht und links stand ein Einbauschrank aus Kunststoff, der zwei Schiebetüren besaß. Daneben konnte Flavio noch eine Tür erkennen. Neugierig öffnete er sie. »Wow!«, rief er erstaunt. »Wir haben sogar eine Bordtoilette. Das ist ja cool!«

»So steht uns bestimmt eine Kreuzfahrt in die Karibik bevor«, lächelte Børre.

»Wir bleiben doch in Europa, hat Herr Montesanti gesagt.«

»Okay«, sagte Børre, »von mir aus. Dann fahren wir eben nach Athen und sehen uns die Akropolis an.« Und so schwatzten die beiden Jungen noch eine Weile recht übermütig daher, bis sie eilige Schritte auf dem Gang hörten. Da ging auch schon die Kabinentür auf.

»Prego, prego, Signores«, fing der eilige Benito an und reichte den Jungen eine Packung Zwieback herein. »Noch ein paar Punkte zur Schiffsordnung. Der Kapitän war sehr aufgebracht, als er euch sah, und weil ihr hier absolut fehl am Platze seid, hat er euch bis auf Weiteres Quarantäne verordnet. Einzelhaft sozusagen. Die Tür wird abgeschlossen und ich werde euch füttern wie den Bären, kapito?«

»Wir mögen aber kein Robbenfleisch, Herr Montesanti«, protestierte Flavio und weil Børre nichts verstanden hatte, zuckte er nur hilflos mit den Schultern.

»Dir wird der Spaß noch vergehen, du vorwitziger Italiener«, funkelte Herr Montesanti. »Wenn du so weitermachst, bekommst du Wasser und trockenes Brot, basta!«

»Eine ›Pizza Stromboli‹ wäre mir lieber«, brummte Flavio, als Benito die Kabine verlassen hatte. Børre blickte dumm aus der Wäsche und zuckte abermals nur mit den Schultern. Mittlerweile hatten die Matrosen die Taue gelöst, sodass die beiden Schiffe wieder etwas Abstand voneinander bekamen, und nach einem geschickten Manöver im Nebel schlichen sie sich lautlos aus der Belmont-Bucht. Erst weit auf offener See drehten die Motoren hoch und die ›Polarstern‹ stampfte erleichtert Richtung Hammerfest, wo ein Norweger, der einen Papagei besaß, in seinem Büro sein Pfeifchen anzündete und neue Geschäftsideen ausheckte. Der kanadische Frachter aber, dem ein Maler ›Ontario‹ auf seinen Bug gepinselt hatte, nahm Fahrt nach Süden auf und schraubte sich mit langen weißen Furchen in die Nordsee hinein. Und weil immer noch dichter Nebel herrschte, gab der zweite Offizier auf der Kommandobrücke ganz besonders acht auf unbeleuchtete »Flamingobeine«, die auch in der Nordsee zu Dutzenden aus dem Wasser ragen.

Inzwischen saßen der Italiener Benito Montesanti und ein raubeiniger Herr aus Kanada, der wie ein Holzfäller aussah und einen schwarzen Dreitagebart hatte, im Salon und versuchten miteinander ins Gespräch zu kommen. Und das war gar nicht leicht. Denn Herr Montesanti konnte nur Italienisch und der Holzfäller, der Tom Greenwood hieß, sprach nur Englisch. Und weil der Boss ein Norweger war und mit dem Italiener und dem Kanadier Geschäftsbeziehungen pflegte, war die Verständigung halt ziemlich problematisch. Herr Montesanti versuchte es mit Händen und Füßen und Herr Greenwood mit Mund und Nase. Jetzt saßen sie sich frustriert gegenüber, weil die Füße von Herrn Montesanti einfach nicht kapierten, was die Nase von Herrn Greenwood wollte.

»Maledetto«, schimpfte Benito, »der Boss hat an alles gedacht, nur an die englischen Vokabeln nicht.« Und der »Dreitagebart«, der ein Neufundländer war, sagte betreten: »Well, der Boss hat an alles gedacht, nur an die italienischen Vokabeln nicht.« Und dann kratzte er sich am Ohr und das verstand Herr Montesanti aus Italien, denn er kratzte sofort zurück. Da schien dem kanadischen Tom von der neufundländischen Küste eine Blitzidee zu kommen, rief: »Momento, momento!«, und verschwand auf der Treppe. Nach fünf Minuten war er wieder da und hatte einen blonden Burschen im Schlepptau, der glatt rasiert war und einen intelligenten Eindruck machte.

»Ich heiße Tim Thompson«, fing der Mann im Schlepptau auf Italienisch an. »Ich habe einen kanadischen Vater und eine italienische Mutter und der Kapitän hier ist mein Onkel. Er hat mich auf diese Tour mitgenommen, weil ich mich etwas um den Robbenfellcontainer Nr. 42 aus Kanada kümmern soll.« Der Bursche Thompson hielt sich verstohlen die Hand vor den Mund und raunte leise: »Ich bin in alles eingeweiht. Außer mir und zwei, drei anderen hat keiner von der Mannschaft eine Ahnung, was sich in Nr. 42 und dem neuen Container befindet.«

»Bella, bella*«, sagte Herr Montesanti erleichtert, »sehr gut, dann können Sie uns ja übersetzen, warum nicht gleich so.« Er gab Herrn Thompson ein Zeichen und forderte ihn auf, Platz zu nehmen. »Nenn mich einfach Benito«, flüsterte er und dann winkte er dem Ober.

»Der spricht nur Französisch«, sagte Tim Thompson, »wie die meisten hier auf der ›Ontario‹. Bei uns in Kanada spricht man ja Englisch und Französisch. Die meisten Kanadier sprechen beides, aber dieser Ober scheint leider ein wenig unbegabt zu sein. Ich werde übersetzen.«

Der Ober trat an den Tisch heran. »Monsieur?«, fragte er kurz und dann fing der intelligente Neffe des Kapitäns an, eine französische Bestellung aufzugeben, sodass Herr Montesanti aus dem Staunen nicht herauskam. Der Ober machte eine knappe Verbeugung und ging in die Schiffsküche. Später brachte er drei Gläser und schenkte Rotwein ein. Ab und zu schaute er an dem Tisch mit den drei Herren aus Kanada und Italien, die über einen Norweger sprachen, vorbei, und erkundigte sich jedes Mal sehr höflich, ob er ihnen noch etwas nachreichen dürfe. Währenddessen entwickelte sich ein lebhaftes Gespräch, wobei der

* Sehr schön, vortrefflich

dolmetschende Tim Thompson immer wieder zum Essen und Trinken aufforderte. »Das geht alles auf die Rechnung meines Onkels«, sagte er. »Langt nur kräftig zu!«

Und so kam es, dass, während zwei Jungen in einer abgeschlossenen Kabine gerade einen trockenen Zwieback herunterwürgten, drei Herren im Salon ein internationales Abendessen veranstalteten. Herr Montesanti blätterte dabei in seinen italienischen Papieren, sein kanadischer Kollege in seinen englischen und der schlaue Neffe sprach Italienisch, Englisch und Französisch. Und der Boss war ein Norweger, der alle Fäden in der Hand hielt. Deshalb hatte der kanadische Frachter mit dem Namen ›Ontario‹ mittlerweile zwei gleich aussehende Kühlcontainer mit den Nummern 37 und 42 an Bord und schaukelte in dunkler Nacht über die Nordseewellen.

Inzwischen hatte sich der englische Nebel verzogen und eine frische Brise fegte quer über den Golfstrom von Island heran. Und als die Brise in der Nacht an den Shetland-Inseln vorbeisauste und in die Nordsee einbrach, bekam die ›Ontario‹ ganz schön Rückenwind. In den folgenden Stunden verstärkte sich das Nordseetief, dem die Wetterfrösche den Namen ›Olga‹ verpassten, zu einem heftigen Orkan. Und ›Olga‹ schob den kanadischen Frachter dann über den 152 m tiefen Fladengrund hinweg, mit aller Gewalt nach Süden. Vorbei an schlecht beleuchteten Ölbohrinseln, die dem Nordseegrund das Erdöl wegpumpten, schlingerte die ›Ontario‹ gegen Morgen über die Doggerbank*, wo das Sturmtief seinen Höhepunkt erreichte. Der Schnee war längst in Regen übergegangen und kräftige Schauer schlugen fast waagerecht gegen das Schiff. Hier über dem sandigen Grund der Doggerbank, wo ein Schiff nur wenig mehr als zehn Meter Wasser unter dem Kiel hat, tanzte die ›Ontario‹ auf den Wellen wie einst Christoph Kolumbus mit seiner Santa Maria auf dem Atlantik. Und weil das nun einmal der gesündeste Eisbär nicht verträgt, gab es in dem Kühlcontainer Nr. 37 ein kräftiges Gebrumme. Børre und Flavio lagen seit Stunden wach in ih-

* große Sandbank in der Nordsee

ren Kojen und ihre Gesichtsfarbe glich dem gelben Fell des scharrenden Eisbären. Jeder hatte griffbereit eine Plastiktüte am Kopfende liegen, denn die aufgepeitschte Nordsee brachte die Mägen solcher Landratten, wie Børre und Flavio es waren, vollkommen durcheinander.

»Glaubst du, dass wir untergehen?«, fragte Flavio irgendwann im Morgengrauen.

»Nein«, gab Børre langsam zurück. »Seitdem ich weiß, dass der Maschinist auf dem ›Forschungsschiff‹ mit unserer Nachricht unterwegs ist, bin ich fest davon überzeugt, dass wir heil wieder nach Hause kommen.«

»Hoffentlich«, flüsterte Flavio. »Die Gauner werden allerdings bei diesen Brechern ganz schön zu kämpfen haben.«

»Sie werden schon die norwegischen Küstengewässer erreicht haben«, meinte Børre, »da sind die Wellen nicht so hoch. Gut, dass unser Frachter wesentlich größer ist und höheren Seegang vertragen kann.«

»Warum haben diese Typen uns nur umgeladen?«, bohrte Flavio weiter. »So ein Aufwand.«

»Das Forschungsschiff würde hier wahrscheinlich auffallen«, gab Børre nachdenklich zurück.

»Wo sind wir denn?«, fragte Flavio wieder.

»Woher soll ich das wissen?«, gab Børre zurück. »Jedenfalls südlich der Shetland-Inseln, in der Nordsee vermute ich, irgendwo zwischen England und Dänemark.«

Flavio würgte und griff schnell zur Plastiktüte. Nach einer Weile flüsterte er: »Wir haben bestimmt Windstärke elf oder zwölf. Mir ist total schlecht, und dir?«

»Es geht«, antwortete Børre, »noch kann ich's einigermaßen ertragen. Ich musste eben wieder an Jona denken. Aber diesmal an die Situation, wo die Mannschaft noch in Seenot war.«

»Mensch, diese Kerle werden ganz schön geflucht haben«, griff Flavio Børres Bemerkung auf. »Wie die Typen auf dem Forschungsschiff, als wir fast die Ölbohrinsel gerammt hätten. Seeleute fluchen immer, beten können die wahrscheinlich gar nicht.«

»Denkste«, antwortete Børre, »die haben zu Gott geschrien. Ich will's auch noch mal tun.«

Flavio richtete sich mit einem Ruck auf. »Was? Schreien? Erst flüsterst du und jetzt willst du Gott anschreien? Dann glaubst du also doch, dass wir kentern!«

»Nee, glaub ich nicht«, entgegnete Børre, »hab ich dir doch schon gesagt. Aber schreien heißt: seine Bitte total ernst nehmen. *So* hab ich das gemeint. Gott mag nämlich keine Leute, die ihm was vorheulen und im Grunde genommen so bleiben wollen, wie sie sind.« Børre senkte schweigend den Kopf und Flavio ahnte, dass er jetzt wohl im Stillen mit Gott reden würde. Oder schreien. Jedenfalls wusste er, dass sein Freund seinen Glauben an Gott ernst nahm. Børre hatte es gut. Wenn er selbst doch auch nur so fest glauben könnte. Das wäre schon toll. Aber was war das überhaupt genau für ein Glaube? –

»Und wenn wir doch untergehen?«, flüsterte Flavio nach einer Gedankenpause.

»Dann komme ich in den Himmel«, sagte Børre kurz, »und da ist es noch viel schöner als bei deinem Opa im Olivenhain.«

»Hmm«, machte Flavio nachdenklich, »kommen eigentlich alle Menschen in den Himmel, wenn sie mit einem Schiff untergehen oder mit einem Auto von der Brücke stürzen?«

»Nein, alle nicht«, sagte Børre leise. »Viele sind auf das Sterben nicht vorbereitet. Da muss man nämlich zuerst sein Leben in Ordnung bringen, aufräumen sozusagen und alles bereuen, was Gott nicht gefällt. Weil man bei Unfällen dazu aber meistens keine Gelegenheit mehr hat, sterben viele im Unfrieden mit Gott und kommen in die Hölle.« Flavio versuchte nachzudenken, aber weil ihm immer noch so schlecht war und er wieder zur Tüte greifen musste, ergab sich mit Børre kein längeres Gespräch mehr. So dauerte es auch nicht lange, da nickten beide ein. Doch jedes Mal, wenn das Schiff auf einem Wellenberg so schief lag, dass die Jungen aus ihrem Etagenbett zu fallen drohten, waren sie wieder wach. So war an einen festen Schlaf bis zur Bärenfütterung am Morgen nicht zu denken. Als die Jungen gegen 7.00 Uhr Schritte auf dem Gang und ein leises Klopfen an der Tür hörten, blickten sie sich erstaunt an, denn geklopft hatte Herr Montesanti noch nie.

Nachdem sich die Tür öffnete, schob sich ein dunkelhaariger Herr mit einem weißen Hemd und einer schwarzen Anzugjacke herein. In der Hand hielt er ein Tablett und es war ihm tatsächlich gelungen, dieses Tablett durch das schlingernde Schiff zu balancieren, ohne etwas zu verschütten.

»Buon giorno«, sagte er auf Italienisch und zog hinter sich die Tür ins Schloss. »Ich bin der neue Kammerdiener und bringe den Herren das Frühstück.« Dabei zwinkerte der Kammerdiener, der wie ein schwarz-weißer Kaiserpinguin aussah, mit dem rechten Auge. Er stellte das Tablett ab und setzte sich auf Børres Bettkante. »Ich heiße Luc Villeneuve und arbeite im Salon als Ober. Weil Herr Montesanti gestern Abend ein wenig mehr Rotwein getrunken hat, als gut für ihn war, liegt er heute Morgen mit einer Katze im Bett. Pardon, ich meine, mit einem Kater. Der starke Seegang hat sein Übriges dazugesteuert. Also habe ich den Auftrag vom Kapitän bekommen, euch das Frühstück zu bringen. Und das ist gut, sehr gut sogar. Natürlich glaubt er, ich könne nicht mit euch reden, weil ich gewöhnlich nur Französisch spreche. Aber da täuscht sich der Herr Kapitän. Ich spreche nämlich nur Französisch, wenn es angebracht ist. Sonst rede ich meistens Englisch, Italienisch, Spanisch und wenn es sein muss auch noch Deutsch. Aber das darf hier auf dem Schiff keiner wissen.«

Børre und Flavio sahen den »Kaiserpinguin« mit großen Augen an. »Mann«, sagte Flavio und übersetzte Børre, was er soeben erfahren hatte, »das sind ja fünf Sprachen!«

»Ich gebe zu«, lächelte Herr Villeneuve, »das ist ein bisschen viel für einen gewöhnlichen Ober, aber das hängt mit meinem Hauptberuf zusammen.«

»Ach«, sagte Flavio und betrachtete den Ober etwas genauer, »Sie helfen hier nur aus?«

»So ungefähr«, schmunzelte Herr Villeneuve, »aber ich will's kurz machen. Ich muss nämlich schnellstens zurück in die Küche. Keiner darf wissen, dass ich mit euch geredet habe, kapito? Ich arbeite für die Kriminalpolizei in Toronto und bin einer kanadischen Schmugglerbande auf der Spur, die Seerobbenfelle in Europa vertreibt. Ich habe auf dem Schiff als harmloser Kellner angeheuert und halte meine Augen auf. Dabei habe ich schon eine ganze Menge herausgefunden. So, ihr beiden, damit ich mich nicht verdächtig mache, gehe ich noch einmal in die Küche zurück. In einer halben Stunde komme ich zum Abräumen wieder und dann erkläre ich euch den Rest, kapito?«

Der Ober verschwand im Gang und Flavio erzählte die Neuigkeiten noch einmal auf Norwegisch.

»Das ist ja ein Ding«, sagte Børre aufgeregt.

»Ja«, raunte Flavio, »der dickste Tintenfisch, von dem ich jemals gehört habe. Ich bin mal gespannt, wie die Geschichte weitergeht. Meinst du, die Besatzung steckt mit dem Boss aus Norwegen unter einer Decke?«

»Ich fresse einen Besen, wenn es nicht so wäre«, meinte Børre. »Jedenfalls muss wenigstens der Kapitän Bescheid wissen.«

»Und ich fresse gleich eine ganze Besenfabrik, falls wir uns täuschen sollten«, erwiderte Flavio.

Inzwischen steckte Børre wieder in seinem Pullover mit dem Norwegermuster und Flavio in seinem italienischen Rollkragenpulli. Draußen schlug der Regen gegen die Scheibe und der Frachter schlingerte immer noch auf halb acht. Mühsam schluckten die Jungen ihre Brötchen herunter.

»Mir ist so schlecht«, sagte Flavio. »Bei dieser Schaukelei bleibt mir jeder Bissen im Hals stecken.«

Pünktlich auf die Minute kehrte Herr Villeneuve nach einer halben Stunde zurück.

»Voilà, Messieurs«, lachte der »Pinguin«, machte eine galante Verbeugung und fuhr dann auf Italienisch fort: »Wo waren wir stehen geblieben?«

»Wir wissen immer noch nicht, warum Sie sich uns zu erkennen geben«, hob Flavio gespannt an.

»Si, si«, nickte Herr Villeneuve. »Passt auf! Das ist so: Gestern Abend musste ich euren Herrn Montesanti und zwei Männer aus Kanada bedienen. Der eine steht bei mir schon auf der Fahndungsliste, den anderen kannte ich noch nicht. Etwas Besseres jedenfalls hätte mir nicht passieren können. Ich habe erfahren, dass die Leute, denen ich auf den Fersen bin, mit Herrn Montesanti unter einer Decke stecken. Herr Greenwood, das ist Herr Montesantis kanadischer Partner, übernimmt im nächsten Hafen den Robbenfell-Container mit der Nummer 42 und transportiert ihn weiter nach Osten, nach Österreich schätze ich. Und Herr Montesanti will mit Nummer 37 nach Süden. Das alles weiß ich erst seit gestern Abend. Anscheinend hat er dort einen Abnehmer für eine Ware, die ihm unheimlich viel Geld einbringt.«

»Das muss der Eisbär sein«, meinte Flavio.

Herr Villeneuve pfiff durch die Zähne. »Ein Eisbär? Du meinst wohl ein Fell!«

»Nein, nein«, entgegnete Flavio, »ein lebendiger Eisbär, der zentnerweise Lachse verdrückt!«

»Donnerwetter!«, raunte Herr Villeneuve von der kanadischen Kriminalpolizei. »Mich laust der Affe. Das habe ich nicht gewusst. Da werde ich meinen Plan wohl ändern müssen. Von euch habe ich übrigens in dem Gespräch am Tisch auch erfahren. Und da ist mir eine Idee gekommen, wie wir diese Bande aufs Kreuz legen können. Aber leider habe ich die Adressen der europäischen Abnehmer noch nicht.«

»Wir?«, wiederholte Flavio, »wer ist wir?«

»Wir müssen zusammenarbeiten«, sagte der Kriminalbeamte, »ihr und die Polizei. Herr Montesanti hat vor, euch laufen zu lassen, wenn sein Geschäft abgeschlossen ist. Es wird euch also nichts passieren. Bis dahin könnt ihr mir wertvolle Nachrichten zuspielen und am Ende lassen wir die Falle zuschnappen. Hinter dem Kanadier muss die Kripo aus Holland her. Ich verfolge besser die Spur des wichtigeren Containers nach Süden. Wir müssen unsere Augen in Rotterdam offen halten. Etwas Besseres konnte mir nicht passieren. Jungs, ihr werdet noch ganz wichtige Zeugen sein, wenn der Bande der Prozess gemacht wird.«

»Wir fahren nach Rotterdam?«, fragte Flavio.

»Ja«, sagte Herr Villeneuve, der mit Vornamen Luc hieß, »merkt euch die Nummern 37 und 42. Das sind die Containernummern mit der Schmuggelware. In 37 muss auch der Bär stecken. Ich werde gleich noch mit der Hafenpolizei telefonieren.«

Nachdem Herr Villeneuve den Jungen noch einige Fragen gestellt hatte, überreichte er Flavio ein Handy und sagte: »Damit wir in Kontakt bleiben können. Leider reicht der Empfang nicht bis nach Tromsø. Also wird die Hafenpolizei mit euren Eltern sprechen und alles erklären. Versteckt das Handy gut und stellt den Vibrationsalarm ein. Und nun macht's gut, Kollegen. Ich muss zurück in den Salon. Und denkt daran, wir kennen uns nicht, kapito?!«

»Kapito!«, nickte Flavio eifrig, »Sie können auf uns zählen, Herr Villeneuve. Tausendprozentig.«

Als Flavio seinem Freund alles übersetzt hatte, bekam Børre ganz rote Wangen vor Aufregung und die beiden Jungen erfasste eine Art Fieber, wie es eigentlich nur die Detektive bekommen. Die Stunden bis zum Nachmittag zogen sich unendlich hin. Das Mittagessen wurde ihnen wieder von Herrn Montesanti gebracht, der noch eine ganz rote Nase hatte, und Herr Villeneuve sprach wieder Französisch. Nach dem Mittagessen musste Flavio dann doch noch in seine Plastiktüte spucken, weil ›Olga‹ das Schiff immer noch fest im Griff hatte. Und am Nachmittag musste die ›Ontario‹ noch einige Ehrenrunden vor dem Europoort in Rotterdam drehen, weil die Sturmflut das Lotsenboot noch nicht aus dem Hafen ließ. Erst als sich der

Sturm nach drei Stunden etwas beruhigte, konnte der Frachter, der 450 Container auf dem Buckel schleppte, in die große Seeschleuse einlaufen. Und in dem Kühlcontainer mit der Nr. 37 beruhigte sich ein seekranker Eisbär, der heute keinen einzigen Lachs gefressen hatte. Bei der Hafenpolizei ging ein ziemlich langer Anruf ein und anschließend machte sich ein getarnter Ober daran, seinen »Pinguinanzug« zu verpacken. Herr Montesanti war wieder einmal nervös wie ein Dirigent bei seinem ersten Auftritt, weil ein Hafen mit Polizei und offiziellen Zollbehörden eben doch etwas anderes war als eine neblige Bucht auf den Shetland-Inseln, wo es keine Frachtkontrollen gab.

Gaunerstück im Europoort

Als sich das zweite Tor der großen Seeschleuse zum Hafen hin öffnete, beschleunigte die ›Ontario‹ und fuhr langsam in den Europoort ein. Børre und Flavio sahen erleichtert aus dem Fenster. Wie ruhig das Schiff jetzt auf dem Wasser lag! Und wie lange es draußen noch hell war! Rechts vom Schiff standen riesige Öltanks und etwas weiter weg erkannte Børre eine Raffinerie.

»Hier legen die Öltanker an, die aus aller Welt das Öl für Europa besorgen«, sagte Børre. »Das hat uns Herr Bjørndalen erzählt. Rotterdam ist der größte Hafen in Europa, noch größer als der Hamburger Hafen.«

An gewaltigen Lagerhallen, Kränen und Werften vorbei kroch die ›Ontario‹ im Schritttempo zum Containerterminal. Der Lotse dirigierte das Schiff zu einer 200 m langen Lücke, wo der Frachter zwischen einem Australier und einem Schiff aus Ghana anlegte. Schwere Ketten rasselten und dann saß die ›Ontario‹ an der Kaimauer so fest wie eine Fliege auf dem Klebestreifen.

Langsam wurde es über dem Europoort dunkel. Doch im

gesamten Hafenbezirk wimmelte es wie auf einem Ameisenhaufen. Kräne schwenkten, Rangierloks ratterten und Schiffssirenen hupten. Genauso wie in Tromsø sausten Hafenarbeiter in ölverschmierten Overalls über den Kai, nur, dass sie hier gefahrloser arbeiten konnten, weil kein Schnee lag. Das harte Hafenpflaster war grau und kalt und die Wiesen grün, wie das meistens im holländischen Winter so ist.

An Børres und Flavios Kabinentür drehte sich der Schlüssel im Schloss und Benito Montesanti erschien. Er zog die dunkelblauen Tücher aus der Tasche und verband den Jungen die Augen.

»Wir müssen wieder einmal umziehen«, brummte er mürrisch. »So langsam werdet ihr mir lästig. Ich hätte euch doch besser auf den Lofoten gelassen. Los, Jungens, avanti, tempo, folgt mir!« Und schon zerrte Benito die beiden durch das Labyrinth von Gängen, Treppen und Abzweigungen des kanadischen Frachters. Irgendwann auf Deck blieb er stehen, sah sich nach allen Seiten vorsichtig um und fing an, mit einem schweren Vorhängeschloss zu hantieren. Dann hörten die Jungen das leise Quietschen einer Stahltür und wurden durch eine Öffnung nach vorne geschoben. »Da drin liegen ein paar Decken«, sagte Benito, »macht es euch gemütlich. In ein paar Stunden sehen wir uns wieder.« Schnell schwenkte er die Tür zurück und schob den Riegel vor.

»Und jetzt?“, fragte Flavio. »Was meinst du, wo wir sind?«

»Jedenfalls nicht in einem Maschinenraum«, antwortete Børre und riss sich die Augenbinde herunter. »Hier riecht es anders.«

»Ja«, sagte Flavio leise, »hier stinkt's! Und dunkel ist es auch mal wieder. Und kalt!«

»Wo liegen denn die Decken?«, fragte Børre und bückte sich. Tastend suchte er den Boden ab. Und plötzlich stieß er mit dem Kopf an etwas Hartes. Er streckte die Hände noch ein wenig nach vorn und berührte in der Dunkelheit eine kalte Metallstange. Und da spürte er vor sich eine Bewegung und zugleich bekam er einen heißen, übel riechenden Luftzug in die Nase, der von einem tiefen Brummen begleitet wurde. Instinktiv ließ er die Stange los und sprang entsetzt einen Meter zurück. Immer weiter rutschte er nach hinten, bis die kalte Stahltür ihm den weiteren Rückzug versperrte. Børre entfuhr ein kurzer Schrei und dann hörte er in der Dunkelheit ein Wimmern neben ihm. Flavio kam angekrochen und umklammerte Børres Arm mit krampfhaftem Griff.

»W...W...Was war d..das?«, stotterte Flavio und sein Atem hörte sich an wie bei einer Dampflok, die den ›Brocken‹ im Harz hochkeucht. Nur langsam löste sich Flavios Griff und als Børre nach einigen Schrecksekunden seinen Schock überwunden hatte, stellte er flüsternd fest:

»D...Der Bär. Wir stecken in dem Bärencontainer!«

»Hilfe!«, jammerte Flavio, »l...läuft er hier frei herum?«

»Nein, er sitzt im Käfig!«, sagte Børre nun etwas lauter. »Wir müssen Abstand halten, sonst erwischt er uns mit der Tatze. Er könnte durch das Gitter greifen!«

»Ob Benito uns dem Eisbären doch zum Fressen geben will?«, fragte Flavio ängstlich.

»Jetzt beruhige dich doch mal«, sagte Børre. »Wir müssen jetzt ganz cool bleiben. Wenn wir uns still in die Ecke hocken, kann uns nichts passieren.«

»Wir werden ersticken«, schluckte Flavio.

»Ach was, hier sind überall Luftschlitze, sonst wäre der Eisbär doch auch schon längst tot.«

»Dann erfrieren wir«, sagte Flavio endlich etwas ruhiger. In diesem Moment fühlte er etwas Weiches. Es waren die gesuchten Decken. Die Jungen hüllten sich ein und allmählich wurde ihnen wärmer. Nach einer ganzen Weile meinte Børre: »Zu dumm, jetzt hocken wir schon einmal direkt neben dem Eisbären und können ihn immer noch nicht sehen, wirklich, zu dumm!«

Da saßen nun die beiden Jungs und konnten weder die Hand vor Augen noch den Eisbären erkennen. Sie saßen und warteten. Und wenn zwei dreizehn- und vierzehnjährige Jungen viele Stunden in einer dunklen Bärenhöhle warten müssen, ist das eine nervenaufreibende Sache, die außerdem ganz schön in die Knochen geht.

Inzwischen hatte sich hinter ihrem Rücken, an der Außenwand des Containers, etwas verändert, was nicht im Organisationsplan des norwegischen Bosses vorgesehen war. Dort hing nämlich mittlerweile eine Tafel mit der Nr. 42. Und diese Tafel hatte bis vor wenigen Minuten noch an einem Container weiter vorne gehangen. Im Schutz der Dunkelheit hatte ein schwarzer Schatten unbemerkt die Ziffern ausgetauscht, sodass jetzt die Nr. 37 an dem Container hing, in dem die grauen Robbenfelle aus Kanada geschmuggelt wurden und der genauso aussah wie die Nummer 42. Und wenn Flavio das gewusst hätte, dann hätte er wohl wieder einmal von einem ganz dicken Tintenfisch gesprochen.

Ein paar Minuten später steckten oben im Salon die Herren Montesanti und Greenwood die Köpfe zusammen, um die letzten Einzelheiten ihres Planes zu besprechen. Und Herr Thompson hing mit seinem Kopf dazwischen, um zu übersetzen.

»Die Ladung wird noch heute Nacht gelöscht«, flüsterte Herr Greenwood auf Englisch, und Herr Thompson flüsterte es auf Italienisch weiter. »Alle Container werden auf dem Kai aufgestapelt. Nur wenige, mit ganz eiligen Expressgütern, werden direkt auf Lkws geladen. Unser Zugfahrzeug mit Auflieger steht auch bereit und übernimmt sofort die Nr. 42. Dann verschwinden wir durch eine Hafenausfahrt für Angestellte des Europoorts. Ohne Zollabfertigung, versteht sich. Da haben wir jemanden sitzen, der ein paar Euro vom Boss bekommen hat und uns die Schranke hochmacht.«

»Und wann kommt der Binnenschiffer mit der ›Loreley‹?«, fragte Benito.

»Er wird sich gegen 5.00 Uhr früh vor uns und den Australier schieben«, flüsterte Herr Greenwood, »übernimmt deine 37, und ab geht die Post! Dann kannst du gemütlich den Rhein heraufschippern. Unser Lkw ist um 5.00 Uhr wahrscheinlich schon über der Grenze.«

»Perfeto«, lächelte Herr Montesanti, »der Boss ist ein schlaues Kerlchen.«

»Und wie bekommst du die beiden Früchtchen auf den Kahn?«, fragte der Dreitagebart. »Kinder fallen doch um diese Uhrzeit im Hafen sofort auf.«

»Das kannst du mir überlassen«, sagte Benito kurz angebunden.

»Ich würde sie einfach auf dem Frachter lassen«, meinte Tim Thompson. »Meinem Onkel würde schon eine Lösung einfallen. Die stehen einem doch nur im Weg herum.«

Während die Männer noch eine Weile miteinander tuschelten, wurde es auf der ›Ontario‹ lebendig. Laufkräne kamen herangerollt und ließen lange Stahlseile mit schweren Eisenhaken auf den Frachter herunter und begannen damit, die Container auf den Kai zu hieven. Dort wurden sie von Arbeitern in Empfang genommen, die mit einem Zettel in der Hand herumliefen und genau wussten, wo die schweren Dinger stehen sollten. Etwa sechs oder sieben Lkws parkten in der Nähe, um die Container mit dem Expressgut auf den Buckel zu nehmen. Gerade wurde die Nummer 42 an den Haken genommen. Flavio, der die Stimmen der Arbeiter, die über ihren Köpfen herumturnten, hörte, stieß Børre in die Seite: »Jetzt nehmen sie uns an den Angelhaken«, flüsterte er ängstlich. »Was ist, wenn der Kran uns fallen lässt?«

»Keine Sorge, Kleiner«, antwortete Børre, der in dem einzigen Tromsøer Kaufhaus gerne mit dem Aufzug fuhr, »das ist ein ganz tolles Gefühl.« Und als er das gesagt hatte, schwebten sie auch schon durch die Luft. Und weil Eisbären sich lieber auf Eisschollen treiben lassen, als mit dem Aufzug zu fahren, fing der unsichtbare Geselle im Container wieder laut an zu brummen. Auf dem Kai stand Herr Thompson bereit und dirigierte den heranschwebenden Kasten zu einem Lkw mit einem österreichischen Kennzeichen. Behutsam setzte der Kranführer den Container auf den Auflieger, wo er von dem Fahrer festmontiert wurde. Dann nahm der Fahrer die Tafel mit der 42 ab und drückte sie einem Arbeiter in die Hand. Tim Thompson gab Herrn Greenwood, der soeben mit einer Tasche und einem Koffer an der Reling erschien, einen Wink. Im gleichen Augenblick klingelte bei der Hafenpolizei das Telefon. Am Apparat war Herr Villeneuve aus Kanada, der seinen Pinguinanzug schon im Koffer hatte und auf dem Absprung war. Er stand mit einem Fernglas hinter einem Bullauge des Frachters und beobachtete die Vorgänge auf dem Kai. Schnell hatte er sich das Kennzeichen des Österreichers notiert und zum Handy gegriffen.

Inzwischen saßen die zwei Kanadier und der Fernfahrer aus Tirol, der Italienisch verstand, im engen Führerhaus des Lkws und kurvten um mehrere Hafenbecken herum auf eine unscheinbare Ausfahrt zu. Herr Thompson stieg aus und sprach mit dem Pförtner. Kurz darauf drückte dieser mit einem Schmunzeln auf einen Knopf und die Schranke ging auf. Der Fernfahrer aus Tirol schmunzelte zurück, hob grüßend die Hand und trat auf das Gaspedal. Im Schritttempo verließ der Lkw den Europoort. Die Männer im Führerhaus lehnten sich aufatmend zurück, lachten, klopften sich auf die Schenkel und hatten eine Laune wie Politiker, die soeben die Landtagswahl gewonnen haben.

Im gleichen Augenblick, wo der Lkw das Hafengelände verließ, startete ein silberner Audi, der in einer dunklen Ecke gegenüber der Ausfahrt gewartet hatte, den Motor. Während der Mann auf dem Beifahrersitz noch einmal das Kennzeichen mit einer Nummer in seinem Notizbuch verglich, klemmte der Fahrer sich wie ein heimlicher Schatten hinter den Lkw und nahm in sicherem Abstand die Verfolgung auf.

Unterdessen saß Herr Montesanti in seiner Kabine und nahm sich die Papiere seines Chefs in Norwegen zur Brust.

Bis 5.00 Uhr hatte er noch sechs Stunden Zeit. Und so vertiefte er sich noch einmal in die Einzelheiten der Etappe Rotterdam - Basel.

»Also«, sagte er zu sich selbst und nahm noch einen Schluck aus einer angefangenen Cola-Flasche, »der Binnenschiffer schaukelt den Container im hinteren Laderaum mit der Abdeckung hoffentlich sicher durch den Zoll, im vorderen Laderaum der ›Loreley‹ bleibt das Verdeck auf und die Kohle guckt raus, sehr gut, Kontrollen auf dem Schiff kommen so gut wie nie vor, nur die Papiere werden geprüft, dann haben wir Ruhe bis zum Rheinhafen in Basel. Bärenfütterung ist wieder morgen früh um 7.00 Uhr, momento, was steht denn morgen auf dem Futterplan?« ... Benito blätterte in den Unterlagen. Und weil er ihn nicht gleich fand, blätterte er noch einmal. Als er die ganze Geschichte schließlich ein drittes Mal durchgeforstet hatte und immer noch nichts gefunden hatte, kratzte er sich am Kopf und murmelte ärgerlich vor sich hin: »Ich muss mir doch endlich einmal einen Schnellhefter anlegen.« Nun, kurz und gut: Der Futterplan war weg. Herr Montesanti ging in den Salon und suchte dort. Nichts. »Maledetto«, schimpfte er mit sich selbst, »dann bekommt er eben nur noch Lachs und Robbenfleisch.« Wieder in der Kabine angekommen, legte er sich ein wenig aufs Ohr und versuchte zu schlafen. Und dann war es schließlich so weit. Herr Montesanti nahm seine Sachen und verließ gegen 4.30 Uhr das Schiff. Die Nummer 37 kam an den Haken und landete sachte in dem hinteren Laderaum der ›Loreley‹, die schon im Schatten der hohen Kaimauer seit einigen Minuten gewartet hatte. Der ganze Vorgang war in einer knappen Viertelstunde erledigt und schon löste sich der Binnenfrachter aus der Dunkelheit, um in die ›Neue Maas‹ hinüberzugleiten. Dann machte der Schiffer die Beleuchtung an, passierte den Stückguthafen, schlich unter der großen Eisenbahnbrücke hindurch und tuckerte in langsamer Fahrt durch die Vororte Rotterdams der ›Waal‹ und dem ›Rhein‹ entgegen. Unterdessen stapelten sich neben der ›Ontario‹ die Container und ein ehemaliger Ober, der nur Französisch sprach, verließ das Schiff, um anschließend mit fünf Sprachen wieder seinem Hauptberuf nachzugehen. Natürlich hatten seine Luchsaugen gesehen, wo der Container Nr. 37, dem er bis zu seiner Bestelladresse nachzuschleichen gedachte, verladen worden war. Nur die Jungen hatte er nicht entdecken können und das bereitete ihm ein wenig Unbehagen.

Børre und Flavio hockten unterdessen zusammengekauert unter ihren warmen Wolldecken und hielten sich von Zeit zu Zeit die Nasen zu. Und wieder saßen sie im Dunkeln. Genauso wie zu Hause in der Polarnacht. Vor 24 Stunden hatte ›Olga‹ sie geschüttelt, bis ihnen schlecht geworden war, und jetzt schüttelte sie ein Lkw, dessen Fahrer die Kurven Rotterdams nahm wie früher Michael Schumacher die Dunlop-Kehre auf dem Nürburgring. Und es stank. Und zwar entsetzlich. Herr Montesanti hatte zwar sehr auf das leibliche Wohl des Bären geachtet, aber auf die Idee, seinen Käfig einmal auszumisten, war er noch nicht gekommen. Das stand ja auch nicht auf den Papieren. Und so saß der Eisbär in seinem Mist und hatte schon ein ziemlich schwarzes Hinterteil.

»Hier stinkt es nach Magensäure«, bemerkte Flavio irgendwann gegen Mitternacht.

»Wie kommst du denn da drauf?«, fragte Børre.

Flavio nahm einen langen Anlauf. Schließlich meinte er: »Du hast mir erzählt, dass es in dem Bauch des Fisches, wo dieser Josua in der Magensäure rumgepaddelt ist, fürchterlich gestunken haben muss, und weil ...«

»Halt!«, rief Børre. »Ich hab's kapiert. Jona meinst du. Und weil es hier so dunkel ist und stinkt, siehst du gewisse Parallelen zu einem Fischmagen.«

»Genau«, bestätigte Flavio, »und mir ist wieder schlecht wie auf dem Schiff. Hast du vielleicht 'ne Tüte?«

»Nee, woher denn«, antwortete Børre. »Beiß die Zähne zusammen. Was hältst du davon, wenn ich noch mal bete?«

»Wieso?«, entgegnete Flavio. »Wir sind doch nicht in Seenot? Oder glaubst du, der Lkw fliegt gleich aus der Kurve?«

»Christen sollten ständig mit Gott reden, nicht nur wenn's brenzlig wird«, hob Børre an. »Gott ist wie ein guter Vater für mich, mit dem ich nicht nur rede, wenn mich so ein doofer Sturm über die Nordsee schiebt, sondern auch dann, wenn mir die liebe Sonne auf den Pelz knallt. Verstehst du, was ich meine?«

»Von mir aus«, nickte Flavio achselzuckend. »Wenn du vielleicht meinst, diese chaotische Fahrt im stinkenden Bärencontainer sei mit einem Sonnenbad am Strand von Mallorca vergleichbar – dann fang an!«

Børre schluckte, aber er schwieg. Mittlerweile hatte die Schüttelei auf der Ladefläche aufgehört und der Lkw lag ruhig auf der Straße. »Wir müssen auf einer Autobahn sein«, dachte Flavio. Endlich faltete Børre die Hände und dann sagte er, sodass Flavio es verstehen konnte: »Lieber Vater im Himmel, danke, dass du da bist und dass wir Herrn Villeneuve kennengelernt haben. Du siehst uns hier in diesem kalten Container, wo es so stinkt. Bitte hilf uns weiter. Mach alles gut und tröste auch unsere Eltern in Tromsø. Amen.«

»Und das war ein Sonnenscheingebet?«, fragte Flavio nach einer Pause. »Klang doch ganz normal, äh, oder eher nach Regenwetter oder so.« Flavio schluckte. Dann machte er einen neuen Anlauf: »Sag mal, Børre, der Olivenhain, äh, ich meine, der Himmel ..., woher weißt du eigentlich, dass es im Himmel viel schöner ist als bei Opa Antonio im Olivenhain? Darüber habe ich mir seit der Tour auf dem Frachter schon die ganze Zeit den Kopf zerbrochen.«

»Hm«, räusperte Børre sich und zog sich die Decke über die Schultern, »ich glaube eben an das, was in der Bibel über den Himmel steht. Der Himmel ist wie eine Stadt aus Gold, dort wird niemand mehr weinen, keiner mehr sterben, alle fröhlich sein – und da ist es immer hell und warm.«

»Immer warm?«, fragte Flavio.

»Ja«, flüsterte Børre, »da gibt es nämlich keinen Winter. Es ist eben alles anders und tausendmal schöner als hier auf der Erde.«

»Nicht schlecht«, meinte Flavio und sein Gesicht erhellte sich. »Kein Winter, kein Schnee – krass! Und warum kommt man da nicht automatisch hin? Irgendwas hast du von ›aufräumen‹ gefaselt, oder so ähnlich. Da war ich schon ziemlich müde und hab's nicht mehr geschnallt.«

»Nun ja«, fing Børre an, »automatisch läuft bei Gott nichts. Wenn du's aber genau wissen willst – hast du schon mal deine Bude im Norskeveien aufgeräumt?«

»Klaro«, sagte Flavio, »ist 'ne ziemlich öde Angelegenheit.«

»Okay, dann kannst du dir also was darunter vorstellen«, stellte Børre fest. »Klamotten in den Schrank hängen, CDs sortieren oder Zeitschriften und Poster aufheben, damit man den Teppich wieder sehen kann. Also, in der Bibel steht, dass es im Leben der Menschen auch so unordentlich aussieht und dass Gott da einfach keinen Platz hat. Aufräumen heißt in diesem Fall: unser Leben von allem zu befreien, was Gott nicht gefällt, und das sind unsere vielen, vielen Sünden.«

Flavio gähnte. »Sünden? Meinst du etwa Lügen und so'n Zeug?«

»Ja«, antwortete Børre, »lügen, klauen, blöde Witze erzählen. Aber das ist längst nicht alles.«

»Was denn noch? Dass man keinen umbringen darf, weiß ich schon. Hab ich auch noch nicht gemacht – obwohl, den Bjørndalen, den könnte ich manchmal ...«

»Da siehst du's!«, unterbrach ihn Børre, »schlechte Gedanken kommen auch noch dazu. Übrigens steht in der Bibel, dass alle Menschen schon von Geburt an Sünder sind und nicht in den Himmel kommen, ganz automatisch ...«

»So, so«, hakte jetzt Flavio ein, »es geht also doch was automatisch!«

»Äh, leider!«, seufzte Børre. »Für den Himmel braucht man Sündenvergebung und in die Hölle kommt man automatisch. Da braucht man nur so weitermachen wie bisher.«

»Hat dir das alles dein Vater erzählt?«, fragte Flavio nach einer Weile.

»Ja, hat er«, antwortete Børre, »und in der Bibel kannst du es selber nachlesen. Im Neuen Testament. Wir können uns, wenn wir wieder in Tromsø sind, mal treffen und die Bibelverse suchen.« Nun machte auch Børre eine Pause und gähnte.

»Wo fahren wir wohl hin?«, fing Flavio jetzt ausweichend an. »Herr Montesanti hat es gut, der sitzt im warmen Führerhaus und kann Radio hören. Und da stinkt's auch nicht.«

»Halt dir die Nase zu«, sagte Børre und gähnte wieder.

»Ich muss mal«, klagte Flavio.

»Mach in den Käfig«, flüsterte Børre und kurz darauf hörte Flavio nur noch ein leises Schnarchen.

Vorne im Führerhaus saßen zwei Männer und freuten sich wie die Schneekönige über ihren gelungenen Streich. Noch nachdem sie schon viele Kilometer auf der Autobahn zurückgelegt hatten, sprachen Herr Greenwood und Tim Thompson mit Begeisterung von ihrem Gaunerstück.

»Hier sind der ›Futterplan für Eisbären‹ und die Adressen«, lachte Tim Thompson gerade, »Benito war bei dem Essen auf der ›Ontario‹ so betrunken, dass es eine Leichtigkeit war, an die Papiere heranzukommen.«

»Ja«, sagte Herr Greenwood, »und noch einfacher war es, an den Eisbären heranzukommen. Du spielst ab jetzt Benito Montesanti, wir liefern ordnungsgemäß die Felle aus Spitzbergen ab und anschließend kassieren wir noch das Geld für den Bären. Das bringt uns insgesamt mehr als nur die 60.000 Euro für die Robbenfelle aus Kanada.«

»Ein genialer Plan«, meinte Tim Thompson. »Warum sollte der Boss das Geld allein kassieren. Wir behalten die Knete nach der Übergabe und setzen uns ab. Was Benito mit den Robbenfellen macht, kann uns egal sein. Der Containertausch war einfach spitze!«

»Und wenn der Boss die Kunden warnt?«, fragte Herr Greenwood, aus dessen Dreitagebart schon fast ein Vollbart geworden war. »Wenn Benito den Tausch merkt, wird er sofort den Boss anrufen. Und der Norweger wird die Kunden informieren, dass möglicherweise der falsche Lieferant kommt.«

»Erst wird der Boss uns anrufen«, antwortete Tim Thompson, »dann tun wir so, als ob wir von der Verwechslung noch gar nichts wüssten. Vielleicht lässt er uns ganz offiziell die Lieferung nach Basel bringen und Benito fährt nach Salzburg.«

»Hmm«, meinte Tom Greenwood nachdenklich, »das werden wir also abwarten müssen. Wenn er Lunte riecht, wird er verlangen, dass die Container wieder ausgewechselt werden.«

»Gut, abwarten und Tee trinken. Ich rechne mit dem Anruf vom Boss gegen 7.00 Uhr. Dann ist Bärenfütterung und Benito wird bemerken, dass kein Bär zum Füttern da ist.« Herr Thompson lehnte sich zurück. »Ist das eng hier«, sagte er. »Ich glaube, ich lege mich in die Kabine und schlafe etwas.«

»Da liegen unsere Koffer«, sagte Herr Greenwood.

»Dann müssen wir auf dem nächsten Rastplatz kurz anhalten und die Koffer in den Container schieben«, meinte Tim Thompson und sprach mit dem Fahrer. Dieser nickte und als nach ein paar Kilometern der nächste Parkplatz auftauchte, blinkte er und verließ die Autobahn. Hinter dem Lkw blinkte auch ein silberner Audi und schob sich in sicherer Entfernung in eine Parklücke.

Der Boss sieht rot

Tim Thompson kletterte aus dem Führerhaus und gähnte. Dann machte er unbeholfen einige Kniebeugen und ließ sich von seinem Komplizen die Koffer und Taschen herausreichen. Mit dem Gepäck schlurfte er zur Containerklappe am Ende des Aufliegers und sah sich vorsichtig um.

Die Luft war rein. Langsam löste er die Entriegelung und machte die große Heckklappe einen Spaltbreit auf. Herr Thompson nahm Schwung und hievte die erste Tasche auf die Ladefläche. Und da hörte er von innen jemanden fragen: »Darf ich mal kurz hinter den Baum, Herr Montesanti? Ich muss mal ganz dringend.« Erschrocken ließ Herr Thompson die zweite Tasche fallen und starrte entgeistert in das Dunkel des Containers. »Maledetto!«, entfuhr es ihm. »Ihr? Wie kommt ihr denn hier herein?« Hastig schlug er die Tür zu und rannte zum Führerhaus, wo Herr Greenwood sich gerade eine Tasse Kaffee einschenkte. »Die Jungen!«, zischte er, »die beiden Jungs sitzen hinten drin.«

»Welche Jungs?«, fragte Herr Greenwood, der nicht sofort schaltete.

»Na, die beiden Grünschnäbel, die Benito mit auf das Schiff gebracht hat«, erklärte der blonde Bursche Thompson aufgeregt. »Die haben uns gerade noch gefehlt!«

»Mist!«, entgegnete der Kanadier, der wie ein Holzfäller aussah, und verschluckte sich an seinem Kaffee. »Wie kommen die denn da hinein?«

»Jetzt wird mir alles klar«, raunte Herr Thompson. »Benito wollte die Jungen im Container auf das Binnenschiff befördern, das hätten wir eigentlich ahnen können, wir Deppen.«

»Die lassen wir kurzerhand verschwinden. Mit denen geben wir uns nicht ab«, entgegnete Herr Greenwood kühl.

»Aber wie?«, fragte der sonst so schlaue Tim.

»Das überlegen wir uns unterwegs. Bist du hinten fertig?«

»Nein, nicht ganz. Ich muss noch einmal kurz zurück.« Wieder öffnete Tim Thompson die Containertür und schob auch noch den anderen Koffer hinein. »Haltet da drin bloß die Klappe«, zischte er in die dunkle Öffnung hinein. »Besonders, wenn wir anhalten. Sonst könnt ihr was erleben.«

»Wer sind Sie denn überhaupt?«, fragte Flavio von innen.

»Das kann euch egal sein!«, fauchte Herr Thompson.

»Darf ich denn kurz auf die Toilette?«, fragte Flavio noch einmal. »Es ist wirklich ganz dringend.« Der blonde Tim sah sich um und da in einiger Entfernung ein einsames Dixiklo stand, sagte er nachgebend: »Okay, aber ich behalte dich im Auge.«

Flavio kroch zur Öffnung, schob zuerst seine beiden Beine über die Ladekante und sprang hinunter. Herr Thompson schloss unverzüglich die Tür und zeigte auf das Häuschen. »Dorthin«, raunte er, »und mach keinen Ärger!« Der kurze Ausflug in der Dunkelheit war schnell erledigt. Die Tür wurde verriegelt und der Fahrer ließ den Motor an. Die beiden Männer in dem silbernen Audi sahen sich an und dann telefonierte der Beifahrer mit Herrn Villeneuve. Es dauerte nicht lang, da vibrierte das Handy in Flavios Jackentasche. Flavio, der das Handy ganz vergessen hatte, griff erschrocken zu.

»Hallo?«, flüsterte er, »sind Sie es, Herr Villeneuve?«

»Ja«, ertönte es am anderen Ende, »ich habe gerade von meinen holländischen Kollegen erfahren, dass ihr noch wach seid und dass etwas ganz Dummes passiert sein muss. Ihr seid also nicht bei diesem ›Montedingsbums‹ auf dem Schiff?«

»Nein«, erwiderte Flavio, »wir sind seit Stunden auf einem Lastwagen unterwegs.«

»Grand malheur*«, entgegnete Herr Villeneuve, »da muss etwas schiefgegangen sein. Herr Montesanti ist mit dem Bären jedenfalls auf dem Schiff. Euch habe ich da allerdings auch vermutet.«

»Das kann nicht sein«, raunte Flavio, »der Eisbär liegt neben uns im Käfig und stinkt ganz fürchterlich.«

»Was?«, rief der Kriminalbeamte, »der Bär ist bei euch? Er müsste eigentlich da sein, wo Herr Montesanti auch ist. Er wollte doch mit dem Binnenfrachter nach Süden!«

»Im Führerhaus sitzen Männer, die wir nicht kennen«, sagte Flavio nun.

»Das werden Greenwood und Thompson sein“, erklärte der ehemalige Ober, »Tim und Tom, sozusagen, von denen ich euch schon auf dem Schiff berichtet habe.« Und dann gab der Agent weiter, was er von seinem Bullauge aus alles

* Das ist schlimm!

beobachtet hatte. Danach war Flavio an der Reihe und musste einen kurzen Lagebericht geben.

»Haltet die Ohren steif«, sagte Herr Villeneuve, »auch wenn's stinkt. Haltet durch und macht euch keine Sorgen. Für die gute Mitarbeit lassen wir uns eine nette Belohnung einfallen. Übrigens, herzliche Grüße von euren Eltern. Es ist ihnen ein ganzer Steinbruch vom Herzen gefallen, als wir ihnen mitteilten, wo ihr steckt und dass es euch gut geht. Und jetzt muss ich mich erst einmal mit den Kollegen abstimmen, wie es mit euch weitergeht. Die holländische Polizei ist euch auf den Fersen. Wenn sie euch nicht gesehen hätte, wären wir noch auf dem falschen Dampfer. Ihr könnt ganz beruhigt sein. Wenn die Gauner euch etwas antun wollen, greifen sie sofort ein.«

Nachdem der Beamte aus Toronto den Jungen noch einmal Mut gemacht hatte, durchzuhalten, verabschiedete er sich. Flavio ließ das Handy in der Tasche verschwinden und erzählte Børre, was Herr Villeneuve gesagt hatte. Dann zogen die Jungen ihre Decken hoch und irgendwann war die Müdigkeit größer als ihr Unbehagen. Neben ihnen lag der Eisbär in seinem Käfig und stank. Immer noch. Und als sie dann über die Grenze nach Deutschland fuhren, änderte sich nichts an dieser Tatsache. Aber weil an der Grenze keine Kontrollen mehr durchgeführt wurden, fiel der Geruch niemandem auf. Und dem Stinkebären war der Mief egal.

Am nächsten Morgen klingelte das Telefon in einem Hammerfester Büro, wo ein Papagei in einem Käfig saß. Der lange Norweger, den bestimmte Personen immer ›Boss‹ nannten, nahm schlecht gelaunt den Hörer ab.

»Hallo?«, fauchte er in den Hörer hinein. »Wer stört mich da schon so früh am Morgen?«

»Hallo«, krächzte der Papagei neben ihm.

»Was? Benito? Was gibt's denn, Schwierigkeiten?«

»Benito, Benito«, krächzte der Papagei wieder.

»Moment mal«, sagte der Boss. »Dummes Vieh! Halt den

Schnabel ... Nein, nein, dich mein ich nicht, Benito, sprich weiter.«

»Waaas? Sie sind mit dem Bären durchgebrannt? Das darf doch wohl nicht wahr sein!«

»Ja«, sagte Herr Montesanti gerade, »als ich heute Morgen den Eisbären füttern wollte, war er weg. Und was sehen meine Augen stattdessen? Graue Robbenfelle!«

»Bist du ganz sicher, dass nicht eine Verwechslung im Europoort stattgefunden hat?«, kam es aus Hammerfest aufgeregt zurück.

»Nein, Boss, es muss Absicht gewesen sein. Der Futterplan und die Liste mit den Adressen ist auch weg«, sagte Benito aufgebracht. »Wenn sie wenigstens Kopien gemacht hätten, wäre ich nicht so schnell darauf gekommen, dass es nur die Kanadier sein konnten. Aber so wusste ich sofort, wo der Hase entlangläuft. Greenwood und Thompson wollen selber das große Geld verdienen, haben die Adressen geklaut und sind mit dem wichtigeren Container durchgebrannt. Was soll ich machen? Ich sitze hier auf der ›Loreley‹ fest und muss warten, bis ich bei der nächsten Gelegenheit vom Schiff runterkann.«

»Wie konnte das passieren, du Schwachkopf!«, wetterte es fast vom Nordkap durch die Leitung. »Warst du besoffen, oder was?« Und wie ein heiseres Echo hörte Herr Montesanti im Hintergrund: »besoffen, besoffen ...«

»Kannst du nicht mal dem blöden Papagei eins auf den Schnabel geben?«, rief Benito gereizt in den Hörer. »Die Tatsachen sind jetzt nun einmal so. Sag, was soll ich machen, Boss?« Und nach einer kurzen Pause antwortete der Norweger aus Hammerfest, nachdem er den Papagei in das Nebenzimmer geschoben hatte: »Hör zu, Montesanti, seh zu, dass du den Bären wiederkriegst. Und wehe, wenn nicht! Du musst so schnell wie möglich vom Schiff runter. Nimm ein Taxi oder einen Leihwagen, jedenfalls musst du vor Greenwood in Basel sein.«

»Der hat sechs Stunden Vorsprung«, erwiderte Benito.

»Das holst du auf!«, schrie der Boss jetzt in den Apparat.

»Unbedingt! Ein Pkw ist schneller als ein Lastwagen. Der Robbencontainer kommt auch ohne dich in Basel an. Den befördern wir von dort aus nach Salzburg. Aber der Bär darf uns nicht durch die Lappen gehen, hörst du? Wenn doch, bist du dran!« Und damit hörte Herr Montesanti ein Klicken in der Leitung. Und dann ein Tuten. Der Boss hatte aufgelegt, und der Papagei durfte wieder zurück in das Büro. Aber es dauerte ziemlich lange, bis der Boss sich wieder beruhigt hatte.

Und jetzt wurde es auf der ›Loreley‹ lebendig. Herr Montesanti sauste los. Aufgebracht rannte er zu dem Schiffer und gestikulierte, was das Zeug hielt. Aber der Schiffer konnte kein Italienisch und deshalb dauerte es zehn Minuten, bis er begriff. Und dann noch einmal zwanzig Minuten, bis Herr Montesanti verstand, dass ein Frachter auf dem Rhein nicht überall anhalten kann wie ein Linienbus auf dem Kudamm in Berlin. Doch schließlich konnte Benito in Nimwegen an Land springen und eine Autovermietung ausfindig machen. Aber bis der Azubi hinter seiner Theke kapierte, dass Herr Montesanti bis Basel buchen wollte und nicht nur bis Bonn, liefen dem Italiener schon dicke Schweißperlen die Stirn herunter. Und als der holländische Azubi ihm dann einen schlappen Toyota mit 60 PS andrehen wollte, war es um Benito fast geschehen. »Mercedes, BMW!«, schrie er dem armen Jüngling ins Gesicht, »avanti, tempo!« Doch dann klappte auf einmal alles wie am Schnürchen. Schließlich saß er in einer nagelneuen S-Klasse mit 184 PS unter der Haube und rauschte mit eingeschalteter Klimaanlage gen Süden. Langsam beruhigte er sich wieder und mit versteinerten Zügen begann der Wettlauf mit der Zeit. Während Benito mit 200 Sachen auf die Jagd nach dem Eisbären ging, stank dieser im Kühlcontainer langsam vor sich hin. Und im Führerhaus machte sich eine nervöse Stimmung breit, weil der Boss um 12.00 Uhr mittags immer noch nicht angerufen hatte. Auch der Eisbär wurde ungeduldig, denn er hatte heute noch kein Frühstück bekommen. Børre und Flavio hockten mit dem Rücken vor einer Kiste mit Fellen und spürten alle Knochen. Ihre Mägen knurrten und die Beine waren schon ganz steif. Die Männer im Führerhaus saßen müde nebeneinander und hörten der Musik zu, die aus den Lautsprechern dudelte. Ein Banjo plärrte und eine Mundharmonika leierte dazu, dass man Zahnschmerzen bekommen konnte. Endlich sagte der Fernfahrer aus Tirol, als sie sich einen Berg hinter Montabaur hochquälten: »Gleich müssen wir anhalten, da kommt ein Rastplatz. Ich muss die Ruhezeiten einhalten, sonst bekomme ich Schwierigkeiten mit der Polizei, falls wir in eine Kontrolle geraten und der Fahrtenschreiber überprüft wird.«

»Und wie lange müssen wir pausieren?«, fragte Herr Thompson ungeduldig.

»Vier Stunden«, sagte der Tiroler. »Ich bin total platt, schließlich bin ich die ganze Nacht durchgefahren!«

»So lange?«, sagte Tim Thompson nervös und rutschte auf seinem Sitz ein wenig hin und her. Dann übersetzte er ins Englische, und Herr Greenwood antwortete: »Die Pause können wir uns leisten. Der Kahn braucht laut Organisationsplan vier Tage bis Basel. Da haben wir Zeit genug. Nur, dass wir noch nichts vom Boss gehört haben, kommt mir verdächtig vor.«

»Hmm«, brummte Herr Thompson, »meinst du, er ahnt etwas?«

»Wir sollten vorsichtig sein«, gähnte der »Vollbart« aus Kanada, »der Boss ist mit allen Wassern gewaschen. Wir sollten jetzt erst mal die Knirpse verschwinden lassen und dann den Eisbären.«

»Den Eisbären?«, fragte Herr Thompson und zog die Augenbrauen hoch. »Wie meinst du das?«

»Ich halte es für gescheiter, wenn wir den Bären von den Fellen trennen«, sagte Herr Greenwood. »Wenn etwas schiefgehen sollte, dann haben wir immer noch den Bären.«

»Das könnte sinnvoll sein«, meinte der sonst so schlaue Tim nun wieder. »Lass uns mal darüber nachdenken. Und was machen wir mit den beiden Jungs?«

»Fesseln, knebeln und in den nächstbesten Müllcontainer stopfen«, sagte der bärtige Tom, dem es scheinbar egal war, ob er in Kanada Robben totschlug oder in Deutschland zwei Jungen verschwinden lassen musste.

»Solange sie hinten im Container stecken, können sie uns eigentlich nicht schaden«, entgegnete der blonde Tim. »Ich schlage vor, wir ›vergessen‹ sie heute Abend in der Dunkelheit irgendwo am Straßenrand.«

Inzwischen rollte der Lkw auf den Rastplatz. Der Fahrer suchte etwas abseits vom Gedränge eine Parkmöglichkeit und schaltete den Motor aus. Im gleichen Moment machte ein Polizist in Nimwegen den Motor an. Auf dem Beifahrersitz saß Herr Villeneuve von der Kriminalpolizei in Toronto. Es war gar nicht so leicht gewesen, der ›Loreley‹ vom Ufer aus zu folgen. Aber bis Nimwegen hatte er es geschafft und dort hatte er den Italiener Montesanti gerade noch hinter der Tür der Autovermietung verschwinden sehen. Als dieser dann mit einem dicken Mercedes davongebraust war, betrat er das Büro. Und da erfuhr Herr Villeneuve, nachdem er dem stotternden Azubi seinen Kripoausweis vorgezeigt hatte, dass der Mercedes bis Basel gemietet worden war. Er notierte sich die Adresse, wo der Wagen übergeben werden musste, und forderte telefonisch ein Sonderfahrzeug der Polizei in Nimwegen an. »Bringen Sie mich schnellstens zum Düsseldorfer Flughafen«, sagte er dem Kollegen, »und veranlassen Sie, dass inzwischen ein Flug nach Basel gebucht wird.« Der Azubi staunte hinter seiner Theke nicht schlecht, als er den Sonderwagen der Polizei vom Hof davonjagen sah.

Einige Stunden später saß Herr Villeneuve gut gelaunt in einem Flugzeug, das pünktlich in Düsseldorf gestartet war, um nur eine Stunde später in Basel wieder zu landen. Damit lag der Kriminalbeamte von allen Personen, die nach Süden unterwegs waren, zeitlich an der Spitze. Herr Montesanti bockte zur selben Zeit auf dem Randstreifen der Moseltal-Autobahnbrücke seinen Benz hoch, dem der rechte Hinterreifen geplatzt war. Mitten auf der

Brücke hatte es einen Schlag gegeben, wie ihn der Italiener selten erlebt hatte, doch glücklicherweise hatte er den Wagen abfangen und zum Stehen bringen können. Immerhin hatte der Bremsweg fast 300 m betragen.

Auch der Eisbärentransport war wieder auf Achse. Mit satten 90-100 Sachen brummten sie gerade am Frankfurter Flughafen vorbei, als über ihrem Lkw eine Boeing 747 zur Landung ansetzte. Unwillkürlich zogen die drei Männer ihre Köpfe ein. Der flexible Fernfahrer aus Tirol, der eigentlich für die Tour ›Rotterdam - Salzburg‹ vorgesehen war, jetzt aber kurzerhand nach Basel brummte, saß hinter dem Steuer wie Kutscher Johann, der es gewohnt war, dass ihn seine Herrschaften von Hü nach Hott dirigierten. Lässig hing er hinter seinem Steuerrad, während Tom Greenwood den Straßenatlas studierte. »Hier ist Weil am Rhein, da findet die Übergabe der Felle an den Kunden statt. Die Adresse liegt nur drei Kilometer von Basel und der Schweizer Grenze entfernt. Vorher müssen wir den Bären zwischenlagern. Aber wo?« Herr Greenwood sah Tim Thompson fragend an. »Du hast doch sonst immer so gute Ideen.«

»Wir besorgen uns am besten einen 7,5-Tonner, laden den Bären um und parken ihn in der Nähe des Kunden«, antwortete Tim. »Noch besser wäre ein Viehtransporter.«

»Alles gar nicht mehr so einfach«, sagte der »Vollbart«. »Für das Umladen brauchen wir einen Gabelstapler.«

»Und wenn wir bei einem Lkw-Verleih mal eben einen Bären umladen, müssen wir uns auch dumme Fragen gefallen lassen. Das ist alles zu kompliziert.«

»Und was spricht dagegen, wenn wir den Container beim Kunden entladen, den Bären drin lassen und dann weiterfahren? Das hätte Montesanti doch auch so gemacht«, antwortete Herr Greenwood.

»Hmm«, überlegte Tim, »das ist ein hohes Risiko. Fahren wir erst einmal, wie geplant, zum Rasthof ›Schauinsland‹ bei Freiburg. Dort müssen wir noch einmal tanken. Bis dahin bekommen wir bestimmt eine gute Idee.«

Inzwischen war Herr Villeneuve in Basel gelandet und ließ sich mit einem Taxi vom Flughafen zu der Autovermietung bringen, wo Herr Montesanti in den nächsten Stunden eintreffen musste. Es war kalt in Basel und es nieselte leicht. Glücklicherweise war schräg gegenüber der Autovermietung ein Café. Der Beamte aus Toronto trat ein, bestellte sich ein Kännchen Kaffee und suchte sich einen Fensterplatz. Dann führte er noch einige Telefonate und beobachtete den gegenüberliegenden Geschäftseingang. Und tatsächlich, nachdem Herr Villeneuve schon drei Kännchen Kaffee heruntergeschüttet und vier Stückchen Sahnetorte verdrückt, dazu noch eine komplette ›Frankfurter Rundschau‹ durchgelesen hatte, fuhr gegenüber ein blauer Mercedes mit holländischem Kennzeichen vor. Herr Villeneuve zahlte. »Wir wollten auch gerade schließen«, lächelte die Bedienung. Der Schmugglerjäger Luc Villeneuve schlüpfte in seinen Mantel und trat zur Tür.

Mittlerweile hatte der österreichische Lkw den Rastplatz bei Freiburg fast erreicht, als es hinter ihm im dichten Freiburger Feierabendverkehr zu einem Auffahrunfall kam. Zwei, drei Pkws waren ineinander verkeilt und blockierten die Fahrbahn. Augenblicklich entstand ein Stau von mehreren Kilometern Länge. Und mittendrin steckte ein silberner Audi aus Rotterdam. Und weil er weder vor noch zurück konnte, verlor er den Lkw aus den Augen. Dieser bog nach einigen Kilometern ab und blieb an der Dieselzapfsäule der Autobahntankstelle stehen. Es dauerte eine ganze Weile, bis der Tank gefüllt war. Die Männer standen neben dem Führerhaus und vertraten sich ein wenig die Beine. Und dabei kam ihnen ein herrlicher Duft aus der Raststätte entgegengeweht. Die müden Brummifahrer sahen sich an. »Zigarettenpause!«, entschied Herr Greenwood. »Zehn Minuten.«

»Sollen wir die Jungs mal rauslassen?«, fragte Tim Thompson und sah sich auf dem großen Parkplatz um. Er schien ziemlich überfüllt zu sein. In der Nähe standen zwei lange

Schwertransporter, die etliche Plätze blockierten, und weiter hinten erkannte Herr Thompson eine ganze Reihe Zirkuswagen, die auch nicht gerade wenig Parkfläche beanspruchten.

»Meinetwegen«, sagte Herr Greenwood jetzt. »Sollen sie mal aufs Klo gehn. Wir können ihnen auch ihre Henkersmahlzeit geben, bevor wir sie gleich rauswerfen. 'Ne Bockwurst oder so.«

Der Fahrer musste nun einige Male um den Parkplatz kurven, ehe er sich in eine Lücke neben einem Wagen schieben konnte, auf dem ›Zirkus Trappatoni‹ stand. Der Lkw parkte nun ziemlich eingekeilt, sodass Herr Greenwood kaum beobachtet werden konnte, wie er die Heckklappe öffnete und zwei steife Jungen herausschlüpfen ließ. Børre und Flavio reckten und streckten sich, bevor sie mit Herrn Greenwood im Nacken zur Toilette humpelten. Inzwischen war es dämmrig geworden und der Parkplatz wurde von zahlreichen Laternen in ein gelblich-rotes Licht getaucht. Da stolperte Flavio plötzlich über etwas Weiches. Überrascht bückte er sich und hob eine schwarze Brieftasche auf. Doch in dem Moment, als er nach dem Mäppchen griff, rutschte ihm dummerweise das Handy aus der Jackentasche, und es fiel mit einem scheppernden Geräusch zu Boden. Herr Greenwood war sofort zur Stelle, hob das Handy auf und schob es blitzschnell in seine Hosentasche. Dann deutete er mit dem Zeigefinger streng auf das Mäppchen. »Give me, boy«, sagte er auf Englisch, »damit kannst du doch nichts anfangen.« Und weil der Italienerjunge nichts verstand, zuckte er nur unwillig mit den Schultern.

Gegen 19.00 Uhr klingelte in Hammerfest wieder das Telefon und ein Papagei wurde vorsichtshalber schon vor dem Abnehmen des Hörers aus dem Büro geschoben.

»Ja?«, hörte Herr Montesanti am anderen Ende der Leitung, »Benito? Ah, endlich. Wo steckst du?«

»Hör zu, Boss«, stieß Benito in den Apparat, »es hat geklappt. Aber so eine Tour mach ich nie wieder, darauf kannst du Gift nehmen. Lieber verkaufe ich am Nordpol Eis am Stiel, als in diesem Tempo durch Deutschland zu fliegen. Ich bin mindestens dreimal geblitzt worden.«

»Mach's kurz«, rief der Boss ärgerlich ins Telefon und im Nebenzimmer krächzte ein rotes Federvieh wie ein Echo hinterher: »Mach's kurz, mach's kurz ...«

Benito atmete tief ein und sagte: »Also, ich habe Luigi erreicht. Er hat geschimpft wie ein Schimpanse auf dem Affenbaum. Aber er macht mit. Sollten Greenwood und Tim Thompson so blöd sein und hier aufkreuzen, hast du deinen Bären morgen wieder!«

»Das ist auch dein Glück!«, sagte der Boss in Norwegen aufatmend. »Wenn nicht, streiche ich deinen Anteil. Aber wir wollen das Beste hoffen. Sobald du ihn wiederhast, verhalte dich nach Plan. Ruf an und halte deine Augen in Zukunft offen, du Trottel!«

Doch den ›Trottel‹ hörte Benito zum Glück nicht mehr, denn in diesem Moment gab es ein Knacken in der Leitung und dann war es still. Wahrscheinlich war irgendwo im norwegischen Schneesturm ein Baum auf die Telefonleitung gekippt.

Schiebereien vor der Grenze

In der Autobahn-Raststätte ›Schauinsland‹ saß inzwischen eine ziemlich internationale Truppe an einem Tisch und machte ihre Zigarettenpause. Eine Zigarette hatte allerdings niemand im Mund. Stattdessen kaute der kanadische Robbenhändler Greenwood an einem Kotelett und sein jüngerer Kollege Thompson auf einer Frikadelle herum. Der Brummi-Fahrer aus Tirol hing über einer Cola und die beiden Jungs aus Norwegen bissen in eine Bockwurst mit Senf. Klare Geschichte: Die Zigarettenpause würde länger dauern als nur zehn Minuten! Außer für

Flavio und Børre. Nachdem sie ihr Würstchen verschlungen hatten, brachte sie der Fahrer schleunigst in den Lkw zurück und schloss sie im Container ein. Herr Greenwood zog die gefundene Brieftasche hervor und sah sich ausgiebig den Inhalt an. Dann schob er die Mappe dem schlauen Tim hinüber und sagte: »Scheinbar ein Italiener, sieh du dir mal den Pass an.«

Ein Blick genügte, so war Tim der gleichen Ansicht. »Aus Neapel«, sagte er kurz. »Giuseppe Trappatoni aus Neapel. Schau an, wen man im ›Schauinsland‹ nicht alles treffen kann.« Er klappte das Mäppchen zu, wischte mit dem letzten Stück seiner Frikadelle den Senf vom Teller und schob den Brocken genüsslich in den Mund. Dann stand er auf, ging noch einmal zu der langen Theke und suchte sich ein Mettbrötchen aus. Hinter ihm stand ein schwarzhaariger Herr mit einem Tablett in der Reihe, auf dem ein Glas Fanta stand. Und als Tim Thompson sich wieder in die Schlange vor der Kasse hineinzwängen wollte, stieß er unglücklicherweise gegen das Tablett des Dunkelhaarigen, sodass sein Glas mit Fanta umkippte. »Maledetto«, entfuhr es dem kleinen Herrn, »heute geht auch alles schief. Erst verlier ich meine Brieftasche und jetzt das!«

»Ach«, sagte der ungeschickte Thompson auf Italienisch, »entschuldigen Sie bitte! Sagen Sie, heißen Sie zufällig Trappatoni? Ich höre, dass Sie Italienisch sprechen.«

»Woher kennen Sie mich?«, fragte der kleine Schwarzhaarige erschrocken.

»Wir haben Ihre Brieftasche gefunden«, sagte Herr Thompson. »Sie lag draußen auf dem Gehweg. Kommen Sie doch bitte gleich einmal an diesen Tisch dort hinten. Dann bekommen Sie das gute Stück sofort wieder. Ihre Fanta werde ich Ihnen selbstverständlich ersetzen.«

»Aber nicht doch«, wehrte nun der kleine Herr ab, »wenn Sie meine Brieftasche gefunden haben, ist dies mehr wert als 1.000 Fanta-Flaschen. Da nehme ich Ihnen dieses kleine Missgeschick überhaupt nicht übel. Ich bin gleich da.«

Als der kleine Italiener nach wenigen Minuten erschien,

hielt ihm Herr Thompson schon den Pass entgegen. »Das ist er«, nickte Tim, indem er das Passbild mit dem Gesicht des Italieners verglich. »Prego, prego, Signor Trappatoni.« Der Italiener lächelte und schaute besorgt zu seiner Brieftasche, die geöffnet vor Herrn Thompson auf dem Tisch lag. Dann prüfte er mit einem schnellen Blick den Inhalt und ließ die Mappe in seiner Innentasche verschwinden.

»Wissen Sie«, sagte er entschuldigend, »vor der Schweizer Grenze bin ich immer ein wenig nervös, aber dass ich gleich die Brieftasche fallen lasse ...« Herr Trappatoni griff zum Taschentuch. Auf seiner Stirn waren kleine Schweißperlen zu sehen und man merkte, dass ihm nicht ganz wohl in seiner Haut war.

»Nichts für ungut«, lachte jetzt der schlaue Tim und sah den Italiener eingehend an. »Der hat was zu verbergen«, dachte er und fragte mit einem erneuten Lächeln auf den Lippen: »Fahren Sie öfter über diese Grenze?«

»Jedes Jahr«, erwiderte der Italiener. »Wissen Sie, ich bin Zirkusdirektor und bin auf dem Weg in meinen wohlverdienten Jahresurlaub. Im Sommer verdienen wir uns in Deutschland das Geld und in Neapel geben wir es im Winter wieder aus«, scherzte er jetzt. Langsam schien seine Nervosität ein wenig nachzulassen.

»Ach, das ist ja sehr interessant. Und Sie haben echte Tiere dabei, Pferde, Elefanten, Bären usw.? Ich meine, ein Zirkus ohne Tiere ist ja eigentlich kein richtiger Zirkus.«

»O ja«, erhellte sich jetzt die Miene des Direktors, »natürlich haben wir Tiere dabei, und zwar nicht nur ein paar Ponys.«

Tim Thompson blickte kurz in die Runde. Dann fragte er mit einem freundlichen Gesicht: »Haben Sie noch ein wenig Zeit, Herr Trappatoni? Ich würde Ihnen gerne noch ein Bier ausgeben. Ich freue mich ja so, dass ich wieder einmal mit jemandem Italienisch plaudern kann.«

Der Zirkusdirektor sah auf seine Uhr. »Wir müssen heute noch über die Grenze«, fing er an, »aber weil ich so froh bin, dass Sie meine Brieftasche gefunden haben ... sehr gerne.

Ich gebe nur schnell meinen Leuten Bescheid, dass die Pause noch ein wenig länger dauern wird.«

»Was hast du vor?«, fragte Herr Greenwood, nachdem der Direktor gegangen war. »Wir müssen nach Basel. Die Zeit läuft uns davon.«

»Ich schätze, der kann Geld gebrauchen«, raunte Tim dem Tom ins Ohr. »Den spannen wir ein.«

»Wie meinst du das?«, flüsterte Tom zurück.

»Das ist *die* Gelegenheit!«, sagte Herr Thompson leise. „Wir schwatzen ihm den Eisbären auf. Unauffälliger als in einem Zirkuswagen bekommen wir den Bären nie über die Grenze. Ich lass mir schon 'ne passende Geschichte einfallen.«

In diesem Moment tauchte Herr Trappatoni auf, ging zur Theke und bestellte Bier. Bei den Kanadiern angekommen, sagte er: »Die Runde geht auf meine Rechnung, Sie verstehen, die Brieftasche ...«

»Schon gut, Herr Direktor«, sagte Tim lächelnd. »Wissen Sie, um an meine Frage von vorhin wieder anzuknüpfen, wir verdienen auch mit Tieren unser Geld. Übrigens, wie waren denn die Geschäfte in diesem Sommer?«

»Mäßig«, entgegnete Herr Trappatoni, »Zirkus ist auch nicht mehr das, was er einmal war. Es kommen kaum noch Leute.«

»Hmm«, machte Thompson jetzt sehr mitfühlend, »das ist schade. Gibt es im Winter denn keine Möglichkeiten für einen Nebenverdienst?« Jetzt wurde das Bier gebracht und die Männer prosteten sich zu. Nach einer Weile sagte der Direktor mit den schwarzen Haaren: »Es gibt da schon die eine oder andere Möglichkeit, aber im Allgemeinen ist es schlecht. Der Winter kostet nur Geld und Futter.«

»Da hätte ich vielleicht 'ne kleine Anfrage an Sie«, fing jetzt Herr Thompson vorsichtig an, hob wieder sein Bierglas und nahm einen Schluck.

»Nur zu«, lächelte Herr Trappatoni erwartungsvoll. »Besonders vor der Grenze bin ich für alle Gefälligkeiten zu haben«, flüsterte er scherzend. Dann hob auch er sein Bierglas und bald waren die drei Männer in ein angeregtes Gespräch vertieft. Zwischendurch klopfte sich Herr Trappatoni vergnügt auf die Schenkel und irgendwann, nachdem Herr Greenwood die nächste Runde Bier bestellt hatte, reichte man sich freundschaftlich die Hände. »Perfeto«, sagte der Direktor, der wegen ständiger Geldknappheit für eine Gefälligkeit an der Grenze immer offen war, »das ist ein Ding. Ich nehme den Bären bis Mailand mit. Dort treffen wir uns und gegessen ist der Zirkus.«

»Haben Sie denn einen Gabelstapler dabei?«, fragte Herr Thompson.

»Gabelstapler, Radlader, Futter! Alles dabei, sonst wären wir doch kein richtiger Zirkus!«

»Gut«, sagte Herr Thompson erfreut, »wie nett, dass wir uns kennengelernt haben.« Und nach einem freundschaftlichen Klaps auf des Direktors Schulter fügte er noch hinzu: »Ich werde Ihnen die Hälfte sofort anzahlen, den Rest bekommen Sie in Mailand, einverstanden?«

»Bene, bene«, nickte Herr Trappatoni. »Lassen Sie uns loslegen. Wir dürfen keine Zeit verlieren.«

Ein paar Minuten später trafen sich die Herren bei den Zirkuswagen. Herr Greenwood zählte neun Gespanne. Und jetzt zeigte es sich, dass der Direktor Trappatoni ein ausgezeichneter Organisator war. In kürzester Zeit dirigierte er zwei, drei Wagen unauffällig so, dass der Lkw, wie in einer Wagenburg, inmitten italienischer Zirkusanhänger parkte. Børre und Flavio mussten in das Führerhaus. Und dann erschien ein Gabelstapler, der dem Lkw in den Container griff und in null Komma nichts war der Käfig in einem Anhänger verstaut, den sich schon ein brauner Bär und ein Kamel teilten. Der Neuankömmling brummte einmal kurz mit seinem kräftigen Bass und der braune Artgenosse brummte im Tenor zurück. Nur das Kamel begann bedenklich mit den Höckern zu wackeln. Die Klappe flog zu und die Aktion war beendet. Niemand hatte sich auf dem schlecht beleuchteten Parkplatz für die Räumerei interessiert. Es nieselte und kaum ein Mensch war zu sehen. Die meisten Autofahrer saßen in dem warmen Restaurant und

schlangen ihren Schnellimbiss herunter. Der Herr Direktor verschwand mit dem schlauen Thompson in einem Führerhaus und zählte ein Bündel Geldscheine nach, das Tim ihm zugeschoben hatte.

»Perfeto«, lächelte Herr Trappatoni, »noch ein Tausender mehr, und ich hätte ihn auch bis Neapel mitgenommen. Wo wird das brave Tier denn seine neue Heimat finden, Herr Thompson?«

»Am Kap der Guten Hoffnung«, witzelte der Gefragte und rieb sich das Kinn. Und dann meinte er mit vorgehaltener Hand: »Aber Spaß beiseite, die Bestellung kam aus Süditalien.«

»Es wird doch kein Kollege sein, der mir Konkurrenz machen will?«, fragte der Direktor skeptisch. »Dann müssen wir ihn nämlich wieder ausladen. Ich stärke nicht die Konkurrenz.«

»Keine Sorge, Herr Direktor, ein Zoo ist für Sie doch keine Konkurrenz, oder?«

»Kommt darauf an, der Zoo in Rom oder Neapel würde uns schon zu schaffen machen. Aber wir sind ja überwiegend in Deutschland unterwegs.«

»In Rom oder Neapel ist er jedenfalls nicht bestellt worden«, beruhigte ihn Herr Thompson. »Übrigens, Herr Direktor, könnten Sie mir vielleicht noch einen Gefallen tun? Nur eine Kleinigkeit.«

»Prego«, sagte Herr Trappatoni. »Und das wäre?«

»Vielleicht sind Ihre Leute einmal so nett und würden den Käfig ausmisten? Dazu bin ich leider in letzter Zeit nicht gekommen.«

»Aber sicher«, lachte der schwarzhaarige Direktor, »das machen unsere Leute täglich, kein Problem.«

»Besten Dank«, lächelte Herr Thompson, »dann können wir uns ja beruhigt auf die Socken machen.« Hände wurden geschüttelt, die beiden Jungs mussten in die Schlafkabine klettern, und bald war der Lkw aus Österreich wieder auf der Autobahn. Doch schon einige Kilometer hinter Freiburg-Süd, dort, wo die Autobahn ganz dicht an den

Rhein heranführt, fuhr der Fahrer auch schon wieder ab und hielt auf einem dicht bewaldeten Parkplatz an.

»Hier trennen sich unsere Wege«, sagte Herr Thompson zu den beiden Jungen. »Raus mit euch!«

Børre und Flavio sprangen aus dem Lkw. Fast hätte sich Børre dabei den Fuß verstaucht, denn als er auf dem harten Boden aufkam, knickte sein rechter Fuß zur Seite weg. Aber schnell ließ der Schmerz nach und als der Lkw in der Dunkelheit verschwunden war, konnte er schon wieder auftreten.

»Well«, sagte Herr Greenwood in diesem Augenblick, »dieser Streich ist noch besser als der Containertausch in Rotterdam.«

»Yes«, antwortete Tim Thompson und rieb sich erneut das Kinn, »ohne Raffinesse kommt man nicht zum Ziel. Und die beiden Bengel sind wir auch los. Auf diesem Parkplatz sitzen sie erst einmal eine ganze Weile fest. Dort hinten ist der Fluss im Weg, nach rechts und links sind hohe Zäune. Und falls ein Wagen anhält, haben sie Probleme mit der Verständigung, weil sie kein Deutsch sprechen.«

»Ach, da fällt mir ein«, sagte Herr Greenwood nun, »einer dieser Knirpse hatte ein Handy dabei. Wer soll *das* ahnen.« Herr Greenwood holte das Teil aus der Tasche und spielte ein wenig mit den Tasten herum.

»Meinst du, sie hätten uns damit schon die Polizei auf den Hals gehetzt?«, fragte Thompson kühl.

»Das glaub ich nicht. Was sollen sie der Polizei denn auf Italienisch oder Norwegisch erzählen? Außerdem kennen sie weder das Kennzeichen noch sonstige Einzelheiten.«

Herr Thompson zog eine Grimasse. »Sie hätten sich die Nummer auf dem Parkplatz merken können«, zischte er.

»Mist!«, entgegnete Herr Greenwood. »Daran habe ich nicht gedacht.« Dann betrachtete er das Handy genauer und fingerte wieder an den Tasten herum. »Klingeltöne«, murmelte er, »Adressbuch, gespeicherte Nummern.« Der Kanadier drückte und ging die Liste durch. »Villeneuve, privat, dienstlich, Kripo Toronto. Ich werd verrückt! Die haben hier 'ne Nummer von der Kripo in Toronto! Was hat das denn zu bedeuten?«

»Keine Ahnung«, zischte Herr Thompson, »ich weiß nur eins: Wir müssen uns beeilen! Hoffentlich haben wir keinen Fehler gemacht, als wir sie laufen ließen! Falls das Ding klingelt, nimm bloß nicht ab, hörst du! Wie weit ist es denn noch bis zu dem Kunden?« Aufgeregt redeten die Männer weiter, während der Lkw mit den Fellen seinem Ziel immer näher kam.

Unterdessen erkundeten Børre und Flavio den Rastplatz und versuchten sich ein Bild von der Lage zu machen. Der Nieselregen hatte ihre Jacken ganz durchweicht. Ab und zu fielen auch schon einige Schneeflocken und es wurde merklich kühler. Flavio wickelte sich den gelben Schal um und schließlich meinte er hoffnungslos: »Schöne Bescherung. Wir sprechen kein Deutsch, das Handy ist futsch und die Polizei scheint uns aus den Augen verloren zu haben. Hast du dir die Nummer des Lkws merken können?«

»Nee«, sagte Børre, »es war zu dunkel.«

»Was machen wir jetzt? Ich habe schon ganz kalte Ohren«, jammerte Flavio. »Und das Würstchen hat auch nicht satt gemacht.«

»Wir hätten Herrn Villeneuve in Rotterdam bitten sollen, uns nach Hause zu lassen«, sagte Børre nun. »Das haben wir nun von unserem Detektivspiel. Hocken hier in ›Old Germany‹ und die Gauner sind über alle Berge. Meinst du, dass sie den Eisbären an den Zirkus verkauft haben? Jedenfalls haben sie ihn hinten herausgeholt.«

»Klare Kiste«, antwortete Flavio, »der Bär ist in einem der Zirkuswagen verschwunden.«

»Dann bekommt ihn Benito nie wieder«, stellte Børre fest.

»Und Herr Villeneuve findet den Besteller nicht. Alles umsonst. Ob hier heute noch ein Auto anhält, ist auch zu bezweifeln.«

Enttäuscht und verzweifelt gingen die Jungen auf dem Rastplatz auf und ab. Andauernd betraten sie das kleine Toilettenhäuschen, um sich etwas aufzuwärmen. Und immer, wenn sie glaubten, nahende Motorengeräusche zu hören, rannten sie wieder zur Tür. Bestimmt war schon fast eine Stunde vergangen, als sie auf der Autobahn die vorbeiziehende Zirkuskarawane entdeckten. »Da fahren sie in den sonnigen Süden«, sagte Flavio mit sehnsüchtigem Blick. »Trappatoni ist ein italienischer Name.«

In diesem Moment sah Børre, wie bei einem der Gespanne der Blinker aufleuchtete und es auf den Rastplatz zurollte. Kurz vor den Jungen, die wie gebannt zum Führerhaus hinüberschielten, bremste der Fahrer ab und brachte das lange Gefährt zum Stehen. Der Mann am Lenkrad machte die Tür auf und sprang auf die Straße. Dann ging er prüfend um den Anhänger herum und klopfte mit der flachen Hand auf die Rücklichter. »Immer diese Wackelkontakte«, murmelte der Fahrer. Dann schlug er noch einmal zu. Das Rücklicht flackerte kurz, aber dann blieb es an. Da tauchte wie aus dem Nichts heraus Flavio vor ihm auf. »Buon giorno«, fing er hastig an, »Sie sind unsre Rettung. Fahren Sie nach Italien?« Der Fahrer sah erstaunt auf. Dann musterte er den schmächtigen Jungen mit seinem gelben Schal wie ein Feldwebel seinen Rekruten. »Wo kommst du denn so plötzlich her?«, fragte er. »Bist du hier vergessen worden?«

»J...Ja, ja«, stotterte Flavio. »Ja genau. S...Sie haben uns einfach vergessen.«

»Wer hat dich vergessen?«, fragte der Fahrer und sah den kleinen Landsmann mitleidig an.

»D...Der Busfahrer«, stotterte Flavio weiter. Und in diesem Augenblick bekam er eine Blitzidee. Das war die Rettung. Dieser Plan musste einfach klappen. Dann wären sie auf dem Weg nach Süden und konnten den Eisbären im Auge behalten. Flavio war selbst von dem neu erwachten Spürsinn überrascht. Und dann log er die Geschichte weiter: »Wir waren auf Klassenfahrt in Köln und sind jetzt auf der Rückfahrt nach Italien. Hier haben wir eine kurze Pause gemacht, weil ein paar Leute mal auf die Toilette mussten. Und dann sind sie uns einfach weggefahren, als mein Freund und ich noch dort im Häuschen waren. Unsere ganzen Sachen sind noch im Bus und uns ist jetzt so kalt ... und wir wissen nicht, was wir machen sollen ... der Lehrer hat bestimmt nicht nachgezählt ...« Und nun gelang es Flavio auch noch, ein paar kleine Tränen aus den braunen Augen zu drücken. Der Fahrer schluckte. »Und wo wolltet ihr übernachten?«, fragte er.

»Der Bus wollte die Nacht durchfahren ... bis nach Hause, nach Florenz. Er ist bestimmt schon eine halbe Stunde weg. Und wir frieren so ...«

Der Fahrer sah auf seine Uhr. Schließlich sagte er mit einem Achselzucken: »Dumme Situation! Kommt, Jungs, wenn der Bus nicht mehr Vorsprung hat, können wir ihn mit ein wenig Glück noch an der Grenze einholen. Vielleicht merken sie ja auch etwas und fahren auf der Gegenseite zurück. Wir halten mal die Augen auf. Kommt, steigt ein.« Dann sprach er kurz mit seinem Beifahrer und der winkte die beiden Jungen heran. »Ihr macht ja Sachen«, sagte er mit einem Stirnrunzeln. »Los, herein in die gute Stube. Und jetzt fahr zu, Luccio, sieh zu, dass du die anderen noch einholst. Gehen die Lampen wieder?« Der Fahrer nickte und langsam setzte sich das Gespann in Bewegung. Hinten im Wagen standen zwei Käfige. In dem einen saß ein brauner Bär und in dem anderen ein weißer. Und dazwischen wackelte ein nervöses Kamel mit seinen Höckern.

Zwei Stunden später fuhr der österreichische Lkw in einen dunklen Hinterhof ein. Der Fernfahrer machte das Licht aus und stellte den Motor ab. »Endlich«, sagte er müde, »das war 'ne stramme Tour.« Herr Greenwood sah auf die Uhr. »Gleich 22.00 Uhr, da müssen wir bis morgen warten.« Tim Thompson musterte die flachen Gebäude und die Hallen, die nur als graue Schatten zu erkennen waren. Aber sie waren an der richtigen Adresse. Beim Einbiegen in den Hof hatten sie im Scheinwerferlicht das weiße Schild mit der Aufschrift ›Franco GmbH, Gerberei und Fellhandel« entziffern können. Die Männer schlichen noch ein paarmal um den Lkw und losten schließlich um den begehrten Schlafplatz in der Kabine. Der Fahrer selbst hatte das Glück und zog das richtige Stäbchen. Schnell verschwand er auf der Matratze, während sich die Kanadier die Rückenlehnen herunterdrehten und in unbequemen Liegesitzen schlafen mussten.

Am anderen Morgen klopfte es um 7.30 Uhr an die Kabinenscheibe und als Herr Thompson den Kopf hob, grinste ihn ein Stoppelgesicht mit südländischem Einschlag an. Herr Thompson drückte auf den Fensteröffner und ließ die Scheibe herunter. Kalter Nebel strömte in das Fahrerhaus.

»Buon giorno, Signores«, grinste das Stoppelgesicht. »Ich hoffe, Sie haben gut geschlafen. Luigi Franco, mein Name.«

»Montesanti«, log Herr Thompson. »Wir sind schon etwas früher als geplant.« Tim gähnte und rieb sich mit beiden Händen die Augen. Mit Ächzen und Stöhnen krabbelten die Männer aus der beschlagenen Kabine, in der eine Luftfeuchtigkeit herrschte wie unter einer Aquariumlampe. Herr Franco winkte sie zu einem nicht weit entfernten Büro. »Dort gibt's Kaffee«, sagte er. Die Männer schlurften über den Hof und drückten sich in eine gut geheizte Bude hinein, die so etwas wie ein »Chefbüro« darstellen sollte. Herr Franco sprach mit dem Fahrer und telefonierte anschließend mit einem Lagerarbeiter. Danach schlich der Brummi-Fahrer aus Tirol zu seinem Lkw zurück und mit einem geschickten Wendemanöver platzierte er das Heck seines langen Aufliegers direkt vor einem großen Rolltor. Und während in dem Chefbüro Kaffee getrunken wurde, überwachte der Tiroler den Staplerfahrer, der die wertvollen Kisten mit den Fellen aus Spitzbergen aus dem Container zerrte.

Unterdessen zeigte der Kaffee seine ermunternde Wirkung. Tim Thompson taute immer weiter auf und spielte einen täuschend echten Italiener namens Montesanti.

»Wir haben eigentlich erst übermorgen mit Ihnen gerechnet, Herr Montesanti«, sagte Luigi Franco, der Gerbermeister. »Sind Sie denn mit einem Schnellboot gefahren oder hat die Sturmflut ein wenig nachgeholfen?«

»O ja«, erklärte Herr Thompson diesmal wahrheitsgetreu, »die Stürme in der Nordsee haben es in sich. Da kamen wir voran wie selten zuvor.« Und dann log er weiter: »Aber in Rotterdam mussten wir umdisponieren. Der Binnenschiffer mit seiner ›Loreley‹ war unzuverlässig, da mussten wir den nächstbesten Lkw aus Österreich nehmen.«

»So, so«, sagte Herr Franco, »umso besser. Na, dann wollen wir die Ware einmal in Augenschein nehmen.« Luigi stand auf und marschierte zu der Lagerhalle hinüber, wo der Staplerfahrer soeben die letzte Kiste ausgeladen hatte. Die beiden Kanadier folgten. Eine Kiste wurde geöffnet und Herr Franco hob prüfend ein Polarfuchsfell. »Bella donna«, schwärmte er, »die Nordländer verstehen etwas von der Gerberei. Zu dumm, dass die Naturschützer den offiziellen Handel verhindern. Es könnte alles so einfach sein.« Luigi nahm noch das ein oder andere Stück in die Hand und sagte schließlich: »Okay, kommen wir zu dem geschäftlichen Teil. Gehen wir in mein Büro.«

Die Männer wechselten wieder das Gebäude und nahmen in einem Nebenraum des »Chefbüros« Platz. »Noch einen Kaffee?«, fragte Herr Franco.

»Danke, nicht nötig«, antwortete Herr Thompson.

»Leider haben wir das Geld noch auf der Bank«, fing jetzt Herr Franco zynisch an und schloss hinter sich die Tür.

»Was soll das heißen?«, fragte der Schauspieler Thompson misstrauisch. »Muss ich etwa noch zwei Tage auf die Knete warten?«

Luigi griff in die Jackentasche und kramte eine Zigarettenschachtel hervor. »Vielleicht bekommst du sie nie«, lächelte er und steckte sich eine Zigarette an. »Du bist einfach zu früh, Montesanti.« Langsam drehte Luigi den Kopf zum Fenster und blies genüsslich ein paar Rauchwolken zur Zimmerdecke. Und dann wiederholte er, als ob er mit der Fensterscheibe reden würde: »Du bist einfach viel zu früh, Tim Thompson. Meinst du nicht auch Benito?« In dieser Sekunde bewegte sich der Vorhang neben dem Fenster und Benito Montesanti betrat mit seinem gezückten Revolver den Raum. Er richtete die Waffe mit einem hämischen Grinsen auf die schreckensbleich gewordenen Betrüger und trat vor die Tür. »Da hast du recht, Luigi, und jetzt mal hübsch die Hände hoch, Kollegen!«

»Nehmt Platz«, sagte der Gerbermeister, »wir haben ein Wörtchen mit euch zu reden.«

Herr Greenwood sank in einen Korbsessel und Tim Thompson wankte zu einem Stuhl, der danebenstand. Keiner sagte ein Wort und verbittert starrte Tim auf den Revolver, der genau auf seine Brust zielte.

»Das Spiel ist aus«, sagte Herr Montesanti erbost. »Die Knete könnt ihr vergessen, und ihr könnt froh sein, wenn wir euch hier wieder lebend rauslassen. Zum Glück war ich schneller als ihr.«

»Wenn du uns a...abknallst«, fing jetzt Herr Thompson an, der sich wieder ein wenig gefasst hatte, »b...bekommst du auch den Bären nicht.«

»Was soll das heißen?«, zischte Benito wütend.

»Wir haben nur die Felle abgeliefert, aber den Eisbären haben wir verschwinden lassen«, entgegnete Tim trotzig.

»Maledetto, ist das wahr, Luigi?«

»Im Container war kein Eisbär«, sagte der Gerber achselzuckend.

»Das kommt euch teuer zu stehen!«, sagte Benito drohend und hob den Revolver etwas an. »Wo ist der Bär?«

»Weg!«

»Wo, habe ich gefragt!«

Tim Thompson kniff die Lippen zusammen. Schließlich presste er hervor: »Okay, Montesanti, du bist am Drücker. Du gibst uns 10.000 und ich sage dir, wo der Bär ist. Danach siehst du uns nie wieder.«

»Keinen Cent bekommt ihr!«, zischte Benito. »Zum letzten Mal: Wo ist der Bär?« Er trat einen Schritt vor und fuchtelte mit dem Revolver unter Thompsons Nase herum.

Der sonst so pfiffige Tim Thompson machte ein gequältes Gesicht.

»Komm, Benito«, knirschte er jetzt, »gib uns eine Chance. Wir machen alles wieder gut. Ich sage dir, wo das Tier ist, und wir sorgen dafür, dass der andere Container noch nach Salzburg kommt. Alles so wie geplant.«

»Hmm«, brummte Benito, »das Vertrauen ist weg. Ich jage euch vom Hof.«

»Dann ist der Bär auch weg«, sagte Thompson.

»Maledetto, du Gauner! Zeig mir zuerst, dass du's ernst meinst. Wo ist der Bär?«

»Der Eisbär ist auf einem Zirkuswagen«, stieß Tim Thompson hervor.

»Weiter!«, befahl Herr Montesanti.

»Der Zirkus heißt ›Trappatoni‹ und ist auf dem Weg nach Mailand.«

»Weiter!«

»Legst du ein Wort für uns beim Boss ein?«

»Meinetwegen. Gib mir die Adresse in Mailand.«

Herr Thompson holte seine Brieftasche hervor und warf einen Blick in jedes Fach hinein. Endlich fand er das, wonach er suchte, und legte eine Visitenkarte auf den Tisch. Herr Montesanti prüfte die Adresse, steckte die Karte in die Hosentasche und ließ langsam den Revolver sinken.

»Das wäre alles unnötig gewesen«, knurrte er verbissen und schob seinen Revolver in die Tasche. »Warum habt ihr das getan?«

»W...Wir dachten ...«, fing jetzt der bleiche Greenwood an. Doch sofort schnitt ihm Luigi das Wort ab.

»Schnauze! Wir wollen's gar nicht wissen. Also passt auf! Montesanti und ich mögen keinen Stress. Ihr bleibt jetzt zwei Tage hier. Übermorgen holen wir den Container am Hafen ab, und ihr bringt ihn nach Salzburg. Das Geld wird überwiesen und alles geht seinen Gang. Verstanden?« Die gestellten Betrüger senkten den Kopf und nickten.

»Und ich mache mich schleunigst auf den Weg nach Mailand«, sagte Benito. »Hoffentlich geht das gut. Euren Teil wird der Boss erst zahlen, wenn der Eisbär beim Kunden angekommen ist, wenn überhaupt. Luigi, steht der Viehwagen bereit? Ich will keine Zeit verschwenden. Die ganze Sache ist schon heiß genug.«

Benito Montesanti und Herr Franco gingen noch einmal in das »Chefbüro« und auf einmal war das Geld für die Felllieferung doch da. Benito verstaute die Summe in einem Koffer, nahm den Lkw-Schlüssel und machte sich nach ein paar Minuten mit einem grünen Viehtransporter davon.

Ein Mann mit hochgeschlagenem Kragen notierte sich gegenüber der Hofeinfahrt das Kennzeichen, stieg in einen blauen Dienstwagen ein und nahm die Verfolgung des Viehtransporters auf. Es war Luc Villeneuve, der seit gestern Nachmittag dem Italiener Benito pausenlos auf den Fersen war. In zügiger Fahrt ging es der Schweizer Grenze zu.

Zur gleichen Zeit krabbelte ein Konvoi von neun Gespannen des Zirkus Trappatoni wie ein Tausendfüßler am Ufer des Vierwaldstätter Sees entlang und kämpfte sich mit Mühe durch das einsetzende Schneetreiben. Nur im Schneckentempo eroberte sich der Zirkustreck jeden einzelnen Kilometer. Die Schneefallgrenze war schon auf 500 m gesunken und langsam begann der Schnee auf den Straßen liegen zu bleiben.

Zirkus im St.-Gotthard-Tunnel

Nachdem Børre und Flavio in den Zirkuswagen eingestiegen waren, hatten die beiden Zirkusleute Flavio natürlich unablässig mit Fragen gelöchert. Flavio entpuppte sich als perfekter Schauspieler und seine Erklärungen entwickelten sich zu einer fantastischen Geschichte. Die beiden Jungen saßen in der zweiten Reihe der Doppelkabine des Lkws und Flavio log in die Ohren der Männer hinein, ohne rot zu werden. Endlich unterbrach Børre den Redefluss seines Freundes und fragte ihn auf Norwegisch: »Was redest du denn die ganze Zeit? Wie hast du es überhaupt geschafft, dass sie uns so freundlich eingeladen haben, mitzufahren?«

Flavio grinste. Und dann erklärte er mit sichtlichem Vergnügen, welch geniale Idee das traurige Blatt auf dem Parkplatz gewendet hatte. »Jetzt können wir den Bären verfolgen, bis sich irgendwann die Gelegenheit bietet, mit Herrn Villeneuve zu telefonieren«, flüsterte er. »Die Männer glauben mir alles. Sie werden uns bestimmt bis nach Italien mitnehmen. Und wenn wir dann schon einmal in Italien sind, dann ...«, und jetzt machte Flavio ein ganz geheimnisvolles Gesicht ..., »dann können wir uns gleich bis nach Palermo durchschlagen. Wäre es nicht sahnemäßig, wenn wir doch noch Silvester in Palermo verbringen könnten? Ob wir von hier nach Tromsø zurückreisen oder nach Sizilien durchstarten, spielt jetzt auch keine Rolle mehr.« Flavio knuffte Børre in die Seite und war entzückt von dem Gedanken, vielleicht schon bald bei Opa Antonio zu sein. Er würde gar nicht erst an der Haustür klopfen, er würde einfach in die Küche stürmen und die Überraschung perfekt machen. Wieder stieß Flavio seinen Freund mit dem Ellenbogen an. »Sag mal was, ist die Geschichte nicht genial?« Doch Børre starrte verlegen die Rückenlehne seines Vordermanns an. Seine Miene war ernst und Flavio, der das in seinem Überschwang nicht sofort merkte, hakte nach: »Was ist, verschlägt dir diese großartige Aussicht die Sprache?«

»N...Nein«, flüsterte Børre, »aber das kannst du doch nicht machen! Wie willst du diese Show denn durchhalten?«

Flavio zog wieder einmal eine von seinen berühmten Grimassen und nach langer Pause meinte er eingeschnappt: »Du bist ein Spielverderber. Ich helfe uns mit einem Supereinfall aus der Patsche, und du maulst herum.«

»Aber Flavio – froh bin ich auch, dass es weiterging, aber Lügen ist wirklich nicht okay«, antwortete Børre erregt, »darüber waren wir uns doch schon einig, oder?«

»Aber meine kleine Notlüge bringt uns nach Italien«, schmollte Flavio. »Dein Beten hat dagegen nichts geholfen.«

Børre schluckte. Dieser Treffer saß. Børre wusste keine Antwort und schwieg. Flavio, der merkte, dass irgendetwas nicht in Ordnung war, konzentrierte sich auf die orangen Lampen, die vor ihnen am Horizont auftauchten. Das musste die Grenze sein. Da standen auch schon die anderen Zirkusgespanne und nun reihten sie sich in die lange Warteschlange ein. Von dem Bus, der natürlich nur eine Erfindung Flavios war, war logischerweise nichts zu sehen. Nach der Prozedur an der Schweizer Grenze waren beide Jungen ganz schnell eingeschlafen, und die Männer ließen sie gewähren. Nach den Pässen hatte niemand gefragt. Spät in der Nacht befahl Herr Trappatoni eine vierstündige Pause. Seine Leute sollten versuchen zu schlafen, denn morgen stand ein anstrengender Tag bevor. Und so war es dann auch. In den frühen Morgenstunden hatte es angefangen zu schneien. Jetzt würde Herr Trappatoni keine Gnade kennen. Er würde fahren, fahren, fahren, bis er das grüne Italien erreicht hätte. Und so schlichen sie nun müde am Vierwaldstätter See entlang, ohne die herrliche Aussicht auf den See und die dahinterliegenden Berge genießen zu können, denn die Sicht betrug nur etwa 30 Meter, sodass man gerade noch die Rücklichter des vorausfahrenden Gespannes erkennen konnte. Niemand hatte eine Ahnung, dass in dem letzten Wagen neben einem Eisbären auch noch zwei Jungen saßen, die vorgaben, auf Klassenfahrt zu sein. Wenn Herr Trappatoni, der an der Spitze der Kolonne fuhr, das gewusst hätte, hätte sich seine Nervosität wohl noch um ein Vielfaches gesteigert. Flavio und Børre saßen seit dem Aufwachen wortkarg auf ihren Sitzen und starrten aus den Fenstern, der eine links, der andere rechts. Irgendwann drehte sich der Beifahrer zu den Jungen um und meinte:

»Wir haben uns entschlossen, euch bis in die Nähe von Florenz mitzunehmen. Dort stecken wir euch in den Zug. Es wird wohl kaum möglich sein, noch eine Verbindung mit eurem Bus herzustellen. Also bleibt ihr hier, okay?«

Flavio nickte, und dann ging das Schweigen weiter. Mittags reichte der Beifahrer den Jungen einige Brote nach hinten, die sie dankend annahmen. In unzähligen Kurven schleppten sich die Wagen am See entlang, mal ganz nah am Ufer, mal oben an dem steilen Hang. Und schließlich, als sie auf der Axenstraße Richtung Altdorf waren, tauchten einige Tunnel auf. Hier war die Straße frei und gut gestreut, sodass sie zügig vorankamen. Da meinte der Fahrer plötzlich, Flavio etwas erzählen zu müssen, und fing an, wie Lehrer Bjørndalen, Erdkunde-Unterricht zu erteilen:

»Normalerweise kann man von hier aus schon die ersten Dreitausender sehen, rechts den ›Titlis‹ und links den ›Tödi‹. Wirklich schade, dass wir bei diesem Schneegestöber nichts sehen können. Ich bin mal gespannt, wie's nach Altdorf weitergeht. Dann geht es jedenfalls ständig bergauf. Und dann kommt die letzte Tankstelle vor dem St. Gotthard, da müssen wir noch einmal alle raus und volltanken. Das gibt 'ne Aktion, das kann ich dir verraten.«

Der Fahrer hatte recht. An der Tankstelle herrschte das reinste Chaos. Schneepflüge standen startbereit umher und zahlreiche Lkws mit zentimeterdicken Schneemützen auf den Planen schienen hier überwintern zu wollen. Langsam arbeiteten sich die Gespanne an die Zapfsäulen heran. Und als die Zugmaschinen nach einer Stunde mit gefüllten Tanks auf den dahinterliegenden Parkplatz fuhren, ging Herr Trappatoni an den einzelnen Gespannen entlang und rief den Fahrern den knappen Befehl zu, den er wirklich gerne vermieden hätte: »Schneeketten aufziehen!« Als er das letzte Fahrzeug erreichte, konnte der Fahrer den Jungen gerade noch zuflüstern: »Duckt euch!« Und so merkte der Herr Direktor immer noch nicht, dass im letzten Wagen Passagiere an Bord waren, die eigentlich nie und nimmer hätten da sein dürfen. Schimpfend machten sich die Fahrer daran, die Schneeketten auf die großen Lkw-Reifen zu montieren. Und wer einmal gesehen hat, wie schwer es ist, bei Schneefall und mit halb erfrorenen Fingern Ketten an Zwillingsreifen zu befestigen, der ahnt, warum die nächste Stunde von lautstarken Flüchen begleitet war. Inzwischen kletterten einige Zirkusleute in den Anhängern herum und fütterten die Tiere. Die Kinder sprangen um die Gespanne und bewarfen sich ausgelassen mit Schneebällen. Vorsichtig lugten Børre und Flavio durch die beschlagenen Scheiben und sahen ihnen dabei zu.

Endlich war es so weit. Herr Trappatoni kletterte in den ersten Wagen und übernahm wieder die Führung. Mit rasselndem Geräusch setzte sich die Kolonne in Bewegung und im Schritttempo ging es auf der Autobahn weiter. Die Wagen arbeiteten sich durch den Schnee und gewannen langsam an Höhe. Das Tal wurde immer enger und die Landschaft versank unter weißen Flocken. Jetzt konnte man die Einmündung erkennen, wo die schmale Straße vom Sustenpass herunterkam. Am frühen Nachmittag erreichte die Kolonne bei Göschenen die Einfahrt zu dem sechzehn Kilometer langen St.-Gotthard-Tunnel. Schnaufend und mit qualmenden Auspuffrohren verschwand ein Gespann nach dem anderen in der gelb beleuchteten Tunnelröhre. Als der letzte Wagen, in dem Børre und Flavio saßen, im Felsen des Gotthard-Massivs verschwunden war, machte der Fahrer die Scheibenwischer aus. Auf einer langen Geraden ohne Steigung klebten die Gespanne an den Rücklichtern ihrer Vordermänner und schepperten mit ihren Schneeketten über den Asphalt.

»Das ist es gerade, was den Direktor immer so nervös macht«, fing jetzt Luccio, der Fahrer, an, zu erklären. »Mit Ketten durch den Schnee zu fahren, ist ja kein Problem. Aber wenn der Tunnel erreicht ist, wo kein Schnee mehr liegt, und du klapperst mit 30 Sachen eine halbe Stunde über den Teer, werden die Tiere unruhig. Im vergangenen Jahr hat hier eins unserer Zebras einen Herzinfarkt bekommen. Wenn wir nachher den Tunnelausgang erreicht haben und es durch das ›Valle Leventina‹ bis Bellinzona nur noch bergab geht, ist Herr Trappatoni wie verwandelt. Vorausgesetzt natürlich, alle Tiere überleben. Dann hat er fast immer eine bessere Laune, weil nach dem Tunnel meistens gutes Wetter ist und im Tessin schon Italienisch gesprochen wird.« Flavio fand jetzt auch, dass es hier im Gotthard-Tunnel unheimlich laut war und dass die rasselnden Ketten den Wagen regelrecht zum Schwingen brachten. »Ein Eisbär im St.-Gotthard-Tunnel«, dachte er, »hoffentlich bekommt diesmal nicht der Bär den Herzinfarkt.«

In diesem Moment geriet die Kolonne ins Stocken. Der Vordermann bremste ab und die ganze Geschichte kam zum Stehen.

»Maledetto«, raunte Luccio, »da ist was passiert! Hängen geblieben sind wir im Tunnel noch nie. Das fehlte uns noch.« Aber sie blieben doch hängen! Eine ganze Viertelstunde. Und ausgerechnet, weil am Fahrzeug von Herrn Trappatoni eine Kette gerissen war, die sich so unglücklich um das Rad wickelte, dass ein Weiterfahren bis zur nächsten Nothaltebucht unmöglich war. Sofort entstand ein Stau und die ersten Autos hinter Luccios Gespann fingen schon an zu hupen. Der Fahrer sprang aus dem Lkw und gestikulierte mit den Autofahrern. Schließlich hörte das Hupen auf. Aber dafür begann hinten im Anhänger ein Schlagen und Brummen, weil das nervös gewordene Kamel mit den Hinterfüßen unentwegt vor die Bretterwand des Anhängers trat.

»Wenn das so weitergeht, jage ich das Kamel dahin, wo es herkommt, in die Wüste nämlich!«, wetterte der Fahrer. »Hoffentlich verkraften die Bären diesen Zirkus. Um das blöde Kamel wäre es nicht schade.«

»Ach«, fing nun Flavio an, »Sie haben Bären im Anhänger?«

»Ja«, antwortete Luccio ahnungslos, »einen braunen und einen weißen. Aber den Eisbären nehmen wir nur bis Mailand mit, falls er das übersteht. Mit dem braunen geht die Coloretta in der Manege tanzen. Der ist robust und hat ein dickes Fell. Wir haben ihn schon fünfzehn Jahre, und wie du siehst, hat ihm der Tunnel noch nie geschadet.«

»Und der Eisbär ist zum ersten Mal dabei?«, fragte Flavio harmlos. »Warum wird er denn in Mailand ausgeladen?«

»Da musst du den Chef fragen, Junge. Ich glaube, er hat nur einen Transportauftrag angenommen. Mehr weiß ich nicht«, erwiderte der Fahrer. In diesem Moment hörte er hinter sich einen dumpfen Schlag. Die beiden Männer sahen sich stirnrunzelnd an. »Das war das Kamel«, sagte Luccio und sprang auch schon mit einem Satz aus dem Lkw. Schon von Weitem sah er die Bescherung: In der Seitenwand des Anhängers klaffte ein tellergroßes Loch, aus dem der plumpe Fuß des durchgeknallten Kamels herausragte. An den zersplitterten Bohlen lief in dünnen Fäden Blut herunter. »Da haben wir es!«, schimpfte der Fahrer. »Diese dämlichen Kamele taugen nur was in der Wüste, aber sobald es ein paar Grad kälter wird, friert ihnen glatt das Hirn ein.« Vorsichtig entfernte Luccio ein paar Holzsplitter und schob den zuckenden Kamelfuß sachte in den Hänger zurück. Da registrierte der Fahrer, wie sein Vordermann in sein Führerhaus kletterte und den Motor anließ. »Ah, es geht weiter«, raunte er, spurtete zurück, sprang auf den Fahrersitz und klemmte sich hinter das Lenkrad. Schon setzte sich der Zirkustross in Bewegung. »War nicht so schlimm«, erklärte er unterdessen den Mitfahrern, »die Blutung wird gleich aufhören. Ich seh noch mal nach, wenn wir diesen verflixten Tunnel hinter uns haben.«

Nach einigen Kilometern hatten sie es geschafft. Das Erreichen des Tageslichtes ließ die Insassen der Fahrzeuge aufatmen. Auf der anderen Seite des Gotthard-Massivs schneite es auch. Doch weiter unten im Tal konnten die Zirkusleute schon grüne Flecken erkennen. So fuhr die Kolonne den nächsten größeren Parkplatz an, wo die Männer die Reifen von den Schneeketten befreiten. Herr

Trappatoni kontrollierte die Wagen und erkundigte sich nach den Tieren. Als er die Nachricht bekam, dass alle Tiere bis auf das Kamel, das sich einen wunden Fuß getreten hatte, in bester Verfassung seien, ging ein Strahlen über sein Gesicht. »Bene«, sagte er, »dann versuchen wir heute noch bis Bellinzona zu kommen. 70 Kilometer werden wir bis heute Abend noch schaffen.« Erneut setzten sich die weißen Zirkuswagen mit der roten Aufschrift ›Trappatoni‹ in Bewegung. Das Rasseln und Kettenklirren hatte nun ein Ende, und die Fahrzeugschlange wand sich wie ein Bandwurm von den Bergen herab in das grüne ›Ticino-Tal‹ hinein. Und weil jetzt statt der Auspuffe die Bremsen qualmten, waren die Fahrer froh, als das starke Gefälle endlich aufhörte und die Fahrt auf ebener Talsohle weiterging. Als es dämmrig wurde, stieß Flavio Børre in die Seite und brach sein langes Schweigen.

»Du«, sagte er, »wie geht es jetzt weiter? Sollen wir uns auf dem nächsten Rastplatz wegschleichen und jemanden suchen, der uns mal telefonieren lässt?«

»Weiß ich nicht«, antwortete Børre knapp.

»Oder warten, bis sie uns in den Zug setzen?«

»Keine Ahnung.«

»Hm«, machte Flavio, »vielleicht können wir auch noch weiter mitfahren als nur bis nach Florenz.«

»Ich habe mir die Tour nicht ausgedacht«, sagte Børre. »Wer einmal lügt, muss meistens weiterlügen.«

»Wahrscheinlich wären wir auf dem deutschen Parkplatz schon erfroren«, konterte Flavio.

Børre reagierte nicht sofort. Erst nach einer Weile meinte er gedankenversunken: »Gott hatte bestimmt schon eine bessere Idee. Er lässt seine Leute nicht einfach hängen.«

»Doch, er hätte verhindern können, dass Greenwood unser Handy gefunden hat.«

»Das wird schon einen Sinn haben. Alles, was Gott tut, hat einen bestimmten Sinn«, flüsterte Børre.

»Woher kannst du eigentlich Norwegisch?«, kam es auf einmal von vorne, und der Beifahrer drehte sich halb zu

Flavio um. »Ich rätsel schon die ganze Zeit, warum ein italienischer Schüler perfekt Norwegisch spricht und ein norwegischer Junge in eine italienische Schule geht. Kannst du mir das nicht mal erklären, Junge?« Der Beifahrer legte jetzt seinen Arm auf die Rücklehne und sah Flavio direkt in die Augen.

»Äh ... ich ... ja, das ist so«, fing der überrumpelte Flavio stockend an, »Børres Vater arbeitet in Florenz als ... äh, als Professor, ja, als Professor in der Forschung, und ich habe eine norwegische Mutter. Deshalb sind wir ja auch befreundet und sprechen oft Norwegisch, damit wir es nicht verlernen.« Und diesmal wurde Flavio doch ganz rot im Gesicht, aber der Beifahrer sah es in der Dunkelheit nicht.

»Und deinen Freund habe ich noch nie Italienisch reden hören. Klappt das denn in der Schule?«

»S ... So einigermaßen«, log Flavio weiter, und in diesem Moment kam ihm Børres Aussage von eben in Erinnerung: »Wer einmal lügt, muss meistens weiterlügen.« Flavio wurde es siedend heiß im Gesicht. Und dann bekam er nicht mehr als das ›einigermaßen‹ heraus. Plötzlich hatte er einen Kloß im Hals sitzen, der jede weitere Erklärung verhinderte. Doch der Beifahrer war anscheinend mit der Antwort zufrieden und drehte sich wieder nach vorne. Und vorne im Tal wurde es grüner und grüner. Schnee war jetzt gar nicht mehr zu sehen und die Flocken waren schon längst in Regen übergegangen. Für einige Minuten hörte man nur noch das leise Quietschen der Scheibenwischer, wenn sie ihre Richtung änderten. Bis Bellinzona sagte keiner der Insassen des letzten Zirkuswagens mehr ein Wort.

Dafür ging es gerade in dem ersten Gespann umso lebhafter zu. Herr Trappatonis gute Laune steigerte sich von Kilometer zu Kilometer. Je mehr italienische Namen der Zirkusdirektor auf den Autobahnschildern las, desto heiterer wurde er. Neben ihm saß der Kassierer und hinter ihm seine Frau.

»Bene«, sagte er jetzt kurz vor ihrem Etappenziel, »die Panne im Tunnel war zwar weniger schön, aber die Tiere haben sich tadellos benommen.«

»Bis auf das Kamel«, sagte seine Frau.

»Na gut«, meinte der Kassierer, der den ganzen Sommer am Kassenhäuschen gesessen und das Eintrittsgeld eingenommen hatte, »ein Kamel ist eben ein Kamel.«

»Gut, dass der Eisbär friedlich war«, fing jetzt Herr Trappatoni an. »Was frisst so ein Tier eigentlich?«

»Robbenfleisch und Fisch«, kam es aus der zweiten Reihe.

»Wäre ein Eisbär auch 'ne gute Nummer für einen Zirkus?«, fragte jetzt der Kassierer.

»Wie kommst du denn darauf?«, hob der schwarzhaarige Direktor an und strich sich mit den Fingern über seinen schmalen Schnurrbart.

»Ich meine nur so. Aber wenn wir schon einmal einen seltenen Eisbären an Bord haben, sollten wir ihn nicht unbedingt in Mailand schon wieder abgeben.« Der Kassierer hob seine Hand vor den Mund und lächelte verwegen. Dann flüsterte er: »Der letzte Wagen ist doch nicht nur für *eine* Schandtat nützlich!«

»Ich verstehe nicht recht«, gestand der Direktor wieder.

»Na, pass auf, Giuseppe!«, lachte der Kassierer. »Der Eisbär wäre doch ein tolles Zugpferd für den nächsten Sommer. Wir zähmen und dressieren ihn und bieten eine bärenstarke Nummer in Braun-weiß. Da kommen Leute, das bringt gutes Geld!«

»Aha, da läuft der Hase entlang!«, pfiff Herr Trappatoni durch die Zähne. »Du meinst, wir sollten den Eisbären gar nicht in Mailand abliefern, sondern ...«

»Genau«, raunte der Kassierer, »endlich klingelt es bei dir im Kasten, Giuseppe. Wir lassen diesen Thompson einfach sitzen. Der hat doch was auf dem Kerbholz, da wird er sich hüten, die Polizei einzuschalten. Wir lassen den Bären einfach verschwinden und können gegebenenfalls behaupten, das Tier wäre unterwegs verendet.«

»Hm«, brummte der Direktor stirnrunzelnd, »ein Eisbär braucht viel Pflege, ist sehr empfindlich, benötigt viel Wasser und ausgesuchtes Futter. Das lohnt sich nicht.«

»Dann lass uns ihn doch an einen Zoo verkaufen, das wollten diese beiden Herren doch auch.«

Herr Trappatoni kratzte sich am Kopf. »Wir denken einmal darüber nach«, sagte er. »Bis morgen haben wir ja noch ein bisschen Zeit. Die Idee ist wirklich nicht schlecht.«

»Macht bitte nicht noch mehr krumme Sachen!«, jammerte jetzt Frau Trappatoni von hinten. »Die Geschichten mit dem letzten Wagen sind schon aufregend genug.«

Herr Trappatoni tat so, als habe er nichts gehört, und sprach mit seinem Kassierer, der um den knappen Kontostand stets besorgt war, leise weiter. Und als sie dann am anderen Morgen auf dem Autobahnschild ›Milano 1 km‹ lasen, sahen sich die beiden Verantwortlichen für den Kassenstand des ›Zirkus Trappatoni‹ bedeutungsvoll an. Dann gab der Herr Direktor Gas und der weiße Zirkusbandwurm rollte an der Abfahrt ›Milano‹ vorbei, als ob nichts gewesen wäre. Im letzten Wagen hob Flavio fragend die Augen: »Wollten Sie den Eisbären nicht in Mailand abliefern?«, fragte er vorsichtig.

»Eigentlich schon«, antwortete Luccio und zuckte träge mit den Schultern. »Aber bei unserem Chef kann man nie wissen. Heute so, morgen so. Wir sind solche Überraschungen gewohnt.«

In der Mailänder Innenstadt warteten unterdessen ein genervter Benito Montesanti, der immer wieder auf die Adresse einer Visitenkarte starrte, und ein kanadischer Agent namens Villeneuve auf die Dinge, die da kommen sollten. Herr Montesanti saß seit vielen Stunden in seinem grünen Viehtransporter und hatte kalte Füße, weil die Standheizung kaputt war. Von einem Zirkuswagen mit der Aufschrift ›Trappatoni‹ war weit und breit nichts zu sehen. Und Herr Villeneuve saß in seinem blauen Dienstwagen keine 50 Meter dahinter und wusste nicht, worauf er überhaupt warten sollte. Auf die stundenlange Warterei an dieser Stelle konnte er sich keinen Reim machen. Er wusste nur eins: Der grüne Viehwagen war leer! Der Eisbär war verschwunden und die beiden Jungen ebenso. Sämtliche Spuren waren im Sande verlaufen, der Kontakt zu ihnen war abgerissen. Schöne Bescherung! Hatte er als Agent der Kriminalpolizei versagt? Nun ja, der Gerber in Basel war als Kontaktperson in dieser Schmuggelgeschichte jedenfalls entlarvt. Und die Adresse ausfindig zu machen, wo der Container auf der ›Loreley‹ hingebracht werden sollte, war nur eine Frage der Zeit. Tim und Tom saßen so gesehen schon in der Falle. Aber der Eisbär! Wo waren der Eisbär und die Jungen? Herr Villeneuve war verwirrt. Schon wurde es dunkel und die dritte Nacht ihres Verschwindens stand bevor. Da klingelte plötzlich sein Handy. Der schrille Klingelton riss ihn schlagartig aus allen Überlegungen heraus.

Auf der ›Strada del sole‹

Nachdem der ›Trappatoni-Treck‹ auch an den Ausfahrten Milano-Mitte und Milano-Süd vorübergerollt war, stand es auch für die letzten Zweifler fest, dass der Zwischenstopp in Mailand ausfiel. Stattdessen zockelte die Zirkuskarawane auf der kerzengeraden ›Strada del sole‹, der Sonnenstraße, durch die flache Po-Ebene. Die Autobahn verlief hier so gerade wie mit einem Lineal gezogen. Der weiße Bandwurm, der sich noch vor drei Stunden quicklebendig aus den Tessiner Alpen herausgeschlängelt hatte, lag jetzt auf der Fahrbahn wie eine bayerische Weißwurst in der Tiefkühltruhe. Und weil bei solcher Eintönigkeit auch der zäheste Fernfahrer einmal müde wird, ordnete Herr Trappatoni kurzerhand vor Piacenza eine Kaffeepause an. Auf einem Rastplatz, der einen Namen hatte, den deutsche Kinder unmöglich aussprechen können und noch länger als der Name des Schwarzwald-Berges ›Schauinsland‹ war, hielten sie an.

»Hier könnt ihr mal an die Luft«, sagte Luccio. »Geht mal auf die Toilette und macht euch ein wenig frisch. Ihr tragt ja einen Geruch mit euch herum, als ob ihr tagelang hinten im Bärenanhänger gehaust hättet.« Børre und Flavio sahen sich an und dann huschten sie aus dem Lkw zu den Toiletten hinüber. Dort ließen sich die Jungen ihre Hände mit Leitungswasser volllaufen und wuschen sich ihre müden Gesichter. Wie gut das nach so langer Zeit tat! Eigentlich wären auch die Haare wieder einmal dran gewesen, aber sie befanden sich hier ja schließlich nicht in einem Waschhaus eines Campingplatzes. Nach und nach trudelten auch die einzelnen Fahrer und einige Jungs ein, die mit zum Zirkus Trappatoni gehörten. Flavio wischte sich gerade mit einem Papiertuch sein nasses Gesicht ab, als einer dieser Jungen plötzlich meinte: »Euch habe ich schon irgendwo gesehen. Ich weiß nur nicht mehr, wo.«

»Das kann gar nicht sein«, antwortete Flavio.

»Doch«, beharrte der Kleine, »ihr kommt mir bekannt vor. Seid ihr aus Deutschland?«

»Sehen wir so aus?«, gab Flavio barsch zurück und sah in den großen Spiegel, der über dem Waschbecken hing.

»Jetzt fällt es mir wieder ein«, sagte das pfiffige Kerlchen. »Ihr habt in dem Lkw gesessen, als wir in Deutschland den Eisbären eingeladen haben. Da habt ihr aus dem Fenster geguckt.«

Flavio sah in dem Spiegel, dass seine Backen rote Flecken bekamen. Das durfte doch wohl nicht wahr sein, dass ein Junge dieser Größenordnung solch ein gutes Gedächtnis hatte. Das war doch unmöglich! Flavio tat gelangweilt, als er antwortete: »Wir wissen nichts von einem Eisbären.«

»Ich hab's ja auch gesehen, ich saß in dem Zirkuswagen neben euch. Und aus eurem Container hat Onkel Falco den Käfig herausgeholt. Ich weiß es genau!«

»Wir waren noch nie in Deutschland«, log Flavio, und jetzt wurde auch die Stirn noch rot. »Lass uns in Ruhe.« Da wandte sich ein Fahrer an den Knirps und zischte ihm in die Ohren: »Hör auf, hier von einem Eisbären zu sprechen. Sonst bekommst du Ärger mit dem Direktor.«

Vor der Tür zog Flavio Børre zur Seite. »Der Bubi hat uns erkannt«, flüsterte er erregt.

»Nicht möglich!«, flüsterte Børre zurück. »Was hast du mit ihm gesprochen?«

»Ich ... Ich hab uns rausgeschwindelt.«

»Hm«, brummte Børre, »die Sache wird immer verzwickter und der Lügensumpf immer tiefer.«

»W... Wir können mit dem Zirkus nicht mehr weiterfahren«, stotterte Flavio, »m...mir fällt bald keine A...Ausrede mehr ein.« Die Erregung Flavios wurde immer stärker. Ängstlich sah er zu den Zirkuswagen hinüber. Die Fahrer und ihre Familien standen mit Thermoskannen in der Nähe ihrer Fahrzeuge und ließen sich den heißen Kaffee schmecken. Børre überlegte. Dann sagte er nüchtern: »Ich weiß zwar nicht genau, was du ihm für Geschichten aufgetischt hast, aber es ist wohl besser, wir geben den ganzen Schwindel endlich auf und schlagen gerade Bahnen ein. Hast du noch Sachen im Wagen?«

»Nur meinen Schal.«

»Den können wir ihnen als kleines Dankeschön zurücklassen.«

»Nein, das geht nicht«, sagte Flavio. »Den hat meine Mutter gestrickt. Ich hole ihn noch.« Flavio ging schlendernd auf den letzten Wagen zu, kletterte flink das Trittbrett hoch und öffnete die Beifahrertür. Børre stand noch in der Nähe des Gasthauses und beobachtete ihn. Da sah er, wie der kleine Pfiffikus, der sie offensichtlich zu kennen glaubte, auf den Lkw zusteuerte. Hinter ihm ging schnellen Schrittes der Herr Direktor Trappatoni persönlich. Das Kerlchen hob den Arm und zeigte auf Flavio, der soeben im Führerhaus verschwunden war und hinter sich die Tür zumachte.

»Ich kenne sie ganz bestimmt, Onkel Giuseppe, und jetzt ist er auch noch einfach in den Wagen gestiegen. Bestimmt ist er ein Dieb!«, rief der Knirps. Schon hatten die beiden den Lkw erreicht, auf den inzwischen auch der Fahrer Luccio zueilte. Der Direktor riss die Tür auf, wollte gerade den Mund aufmachen, um Flavio zur Rede zu stellen, als dieser auf der entgegengesetzten Seite vom Lkw heruntersprang und über den Parkplatz davonflitzte. Nun war auch Luccio da und fing mit dem Herrn Direktor an zu diskutieren. Børre sah, wie er heftig mit den Armen ruderte und dann kräftig mit dem Kopf schüttelte. Offensichtlich gab es gegensätzliche Meinungen, denn immer mehr Zirkusleute mischten sich in die Debatte ein. Schließlich zeigte Herr Trappatoni in die Richtung, in die Flavio verschwunden war. Zwei, drei Fahrer machten sich auf und rannten davon. Jetzt war es für Børre an der Zeit, abzutauchen. Er drückte sich um einige Müllbehälter herum, rutschte anschließend eine Böschung herunter und verschwand in einem dichten Gebüsch. Flavio war inzwischen um einige parkende Lastwagen herumgekurvt und schlich sich nun in einem weiten Bogen zum Gasthaus zurück. Dort angekommen, huschte er wie ein Wiesel durch eine Tür, wo ein Schild mit einer Dame hing, drückte sich um ein paar geflieste Ecken herum, an einer Oma vorbei, und drehte dann blitzschnell hinter einer Toilettentür den Schlüssel herum. »Prego, prego«, rief ihm die Oma noch kopfschüttelnd hinterher, »hier bist du falsch, mein Junge!« Flavio reagierte nicht. Keuchend ließ er sich auf den Toilettendeckel fallen und veranstaltete eine mindestens einstündige »Sitzung«. Erst dann wagte er sich zaghaft aus der Damentoilette wieder hervor. Vorsichtig schielte er um eine Gasthausecke: Der Parkplatz war leer. Der ›Trappatoni-Treck‹ war weitergezogen.

Schon vor einer halben Stunde hatte Herr Trappatoni das Zeichen zum Aufbruch gegeben. Die »Weißwurst« aus Bayern lag wieder fest auf der Bahn und schob sich am Rande der ›Apenninbergkette‹ nach Südosten.

»Maledetto«, sagte der Zirkusbesitzer gerade, »wenn der

Kleine recht haben sollte, haben uns die beiden Jungen ganz schön an der Nase herumgeführt. Dass Luccio aber auch nicht gesagt hat, dass er Passagiere aufgegabelt hat!«

»Die beiden müssen ein schlechtes Gewissen gehabt haben, sonst wären sie nicht abgehauen«, erwiderte der Kassierer neben ihm. »Also muss etwas Wahres an der Geschichte dran sein.«

»Wenn die beiden mit Thompson und Greenwood unter einer Decke stecken, können sie sie auf unsere Spur bringen«, meinte Herr Trappatoni und streichelte wieder sein schmales Schnurrbärtchen. »So ein Schlamassel!«

»Der Kleine wird sich geirrt haben«, sagte der Kassierer. »Die Sache ist zu unwahrscheinlich. So raffiniert können doch Knirpse in diesem Alter noch gar nicht sein.«

»Trotzdem«, entgegnete der Zirkusdirektor, »die Angelegenheit hat einen unangenehmen Beigeschmack bekommen. Wir müssen alle Auffälligkeiten mit dem letzten Wagen vermeiden. Luccio fährt ja ohnehin durch die Toskana, um bei Giovanni die Beute abzuliefern. Da kann mein Bruder mir auch mal einen kleinen Gefallen tun und den Eisbären übernehmen. Wir fahren gemütlich weiter nach Neapel und Giovanni bringt den Bären unauffällig hinterher. Das ist sicherer.«

»Wir hätten den Käfig nicht in Luccios Wagen laden sollen«, meinte der Kassierer jetzt. »Der Wagen muss vor jedem Risiko geschützt werden.«

»In den anderen Anhängern war kein Platz mehr«, sagte der Direktor. »Der letzte Wagen ist eben für unsere Zusatzeinkünfte da«, schmunzelte er.

Mit dieser Erklärung war der Kassierer zufrieden und der ›Trappatoni-Treck‹ setzte seine Fahrt in den wohlverdienten Jahresurlaub auf krummen Bahnen fort.

Wie Herr Trappatoni hatte auch Flavio inzwischen ein schlechtes Gewissen bekommen. Die Zirkuskolonne war zwar nicht mehr da, aber Børre war auch weg. Und dann war da noch die Sache mit den Lügen. Fast hätte er sich total verfranzt. Plötzlich war ihm bewusst geworden, dass er sich irgendwann in Widersprüche verwickelt hätte und dass dann die Sache aufgeflogen wäre. War sie ja eigentlich auch. Nur mit Mühe und Not war er dem Direktor entkommen. Dieser kleine Bengel! Wie konnte so ein Dreikäsehoch ein Gedächtnis haben wie ein Physik-Professor? Ob Gott dahintersteckte? Grübelnd schob er sich auf einen Barhocker in der Autobahn-Raststätte. Noch nicht einmal Geld hatte er. Nicht die kleinste Münze. Wenn überhaupt, würde er Børre am wahrscheinlichsten hier in der Raststätte wiederfinden. Und mit diesem Gedanken sollte er schließlich auch recht bekommen. Nach bangem Warten erschien Børre in der gläsernen Eingangstür. Als er Flavio erkannte, glitt ein breites Lächeln über sein Gesicht. Erleichtert gingen die beiden Freunde aufeinander zu.

»Da bist du ja, du alter Schneehase!«, empfing ihn Flavio. Und dann verzogen sie sich in eine ruhige Ecke des Gastraumes und besprachen ihr weiteres Vorgehen. Schließlich senkte Børre den Kopf und bedankte sich bei Gott für das glückliche Wiedersehen. Es war das erste gemeinsame Gebet in Italien. Flavio hauchte ein zaghaftes ›Amen‹ und blieb etliche Minuten gedankenversunken sitzen.

»Jetzt suchen wir eine Möglichkeit zu telefonieren«, sagte Børre endlich. »Komm, Flavio, *dein* Typ ist gefragt. Frag mal, ob uns jemand kostenlos ein kurzes Telefongespräch führen lässt.« Flavio sah sich um. Dann erhob er sich und ging auf die Bedienung hinter der Theke zu. Flavio sagte ein paar Sätze und dann schüttelte die Dame den Kopf. Flavio ging zu einem Herrn, der sich hinter einer Zeitung versteckt hatte. Der Mann sah kurz auf und schüttelte ebenfalls den Kopf. Einen dritten Versuch startete er bei einem Pärchen, das sich in einer Ecke ganz tief in die Augen blickte. Aber irgendwie kam hier überhaupt keine Reaktion. Flavio sah Hilfe suchend zu Børre hinüber. Dieser nickte mit dem Kopf in Richtung der Tür, wo ein Brummi-Fahrer in einem karierten Hemd saß und sich genüsslich Spaghetti um die Gabel drehte. Flavio sprach ihn an. Der Spaghettimann griff ohne ein Wort zu sagen in seine Latzhose und zog, während er sich mit der anderen Hand die Nudeln in den Mund schob, sein Handy heraus. Ohne aufzusehen streckte er es dem erstaunten Flavio entgegen. Dann half der Hungrige noch mit den Fingern etwas nach, als einige Spaghetti nicht so recht in seinem Mund verschwinden wollten. Flavio kehrte an den Tisch zurück, wo Børre wartete.

»Hast du die Nummer von Herrn Villeneuve auf einem Zettel?«, fragte Børre unsicher.

»Nein, im Kopf«, antwortete Flavio. »Es sind doch nur acht Zahlen!«

Børre sah seinen Freund mit offenem Mund zu, wie er nun drauflosdrückte. Der Daumen sauste über die Tastatur und dann hielt sich Flavio das Handy vor das rechte Ohr. Gespannt wartete Børre ab. Leise schickte er ein kurzes Stoßgebet zum Himmel. Am anderen Ende der Leitung klickte es, und dann legte Flavio los:

»Herr Villeneuve? Ah, das ist gut! Bene, bene. Hier spricht Flavio von der Kripo in Toronto.«

»N...Nein, Herr Villeneuve. Nicht vom St.-Lorenz-Strom, ich bin der Junge aus dem Eisbärencontainer.« Und jetzt lachte Flavio lauthals in das Telefon hinein. Da fragte Herr Villeneuve, der in Mailand einige Meter hinter dem grünen Viehtransporter parkte:

»Wo steckt ihr bloß? Warum habt ihr so lange nichts mehr von euch hören lassen?« In der Leitung knackte es.

»Wie heißt der Rastplatz? Casal...sag das bitte noch einmal...Casalpus...Casalpusterlengo. *Das* ist ja ein Zungenbrecher, Junge!« Herr Villeneuve hielt das Telefon jetzt ganz dicht an sein Ohr.

»Wie bitte? Der Eisbär ... in einem Zirkuswagen? Das ist ja der Hammer!« Der Kripobeamte war ganz aufgeregt und Flavio redete und redete. Da stand auf einmal der Brummi-Fahrer neben ihm, griff zu, drückte die Ausschalttaste und stopfte das Handy wortlos in seine Latzhose. Langsam schlurfte er zu seinem Teller zurück und grunzte dabei noch irgendwelche unverständlichen Laute.

»Herr Villeneuve ist in Mailand und sitzt Herrn Montesanti im Nacken«, erklärte Flavio nun seinem Freund, der gespannt auf das Ende des Telefonates gewartet hatte. »Das ist gar nicht so weit weg von hier. Herr Villeneuve muss Benito im Auge behalten, aber so schnell wie möglich will er uns hier aufgabeln.«

Unterdessen hatte Benito Montesanti die Warterei an der Mailänder Adresse satt. Ärgerlich startete er den Dieselmotor seines Viehtransporters und schlängelte sich durch den Spätnachmittagsverkehr aus der Stadt heraus. An den zahlreichen Autobahntankstellen auf dem Mailänder Ring erkundigte er sich, ob irgendjemand eine vorbeifahrende Zirkuskolonne gesehen habe. Am dritten Rastplatz hatte er Glück bei einem Tankwart.

»Zirkus Trappatoni? Ja, der ist gegen Mittag hier vorbeigekommen. Eine Zirkuskolonne fällt überall sofort ins Auge.« Benito hatte genug erfahren. Diese Trappatonis, diese Gauner! Sie haben sich einfach aus dem Staub gemacht. Ihr Eisbär war anscheinend heiß begehrt. Benito tankte noch einmal voll, bedankte sich bei dem Tankwart und dann schaltete er die Gänge hoch. Mit einem Motorengeräusch, das bei jedem Fahrzeugkenner bedenkliche Stirnfalten erzeugt, heulte er die Beschleunigungsspur entlang, scherte in den Autobahnverkehr ein und nahm die Verfolgung auf. Herr Villeneuve flitzte in seinem blauen Dienstwagen hinterher. Unauffällig natürlich. Mal blieb er etwas zurück, mal fuhr er dichter auf. Benito donnerte mit seinem grünen Viehwagen über die ›Strada del sole‹, wobei die Klappe des Transporters bei jeder Unebenheit der Fahrbahn bedenklich hoch- und runtersprang. »Diesen Zirkus kauf ich mir«, sagte er sich. »Avanti, tempo, in ein paar Stunden hole ich dich ein – und dann gibt's ›Circus Maximus‹, wie im alten Rom!« Nach ungefähr anderthalb Stunden tauchte in der Ferne der Rastplatz ›Casalpusterlengo‹ auf. »Mamma mia«, zischte Benito, »das sind ja Namen hier!« Dann bremste er ab und brachte den Transporter vor der Gaststätte zum Stehen. Børre und Flavio wollten es sich in einer dunklen Ecke gerade gemütlich machen, als Børres Blick noch einmal zur Glastür des Restaurants wanderte. Wie von einer Wespe gestochen sprang er auf und schüttelte Flavio an der Schulter. »Ich glaub, mich knutscht ein Elch! Den kennen wir doch!« Hastig zog er den verwirrten Freund hinter die Garderobe. »Benito Montesanti. Das gibt's doch nicht!« In diesem Moment betrat Benito die Gaststube und ging auf die Bedienung hinter der Kasse zu.

»Prego, Signora«, sagte er, „ist hier vielleicht heute Nachmittag ein Zirkus namens Trappatoni vorbeigefahren?« Die Dame hinter der Kasse nickte. »Ja, nicht nur vorbeigefahren«, schimpfte die Kassiererin. »Eine Pause hat er gemacht. Da halten hier auf einen Schlag 30-40 Personen und niemand kauft etwas. Diese knauserige Zirkusbande. Stattdessen schwärmen die Leute auf dem Rastplatz aus wie ein Bienenschwarm und gucken hinter jeden Mülleimer. Was *das* sollte, weiß ich auch nicht.« Benito bedankte sich für die Auskunft und ging zum Wagen zurück. »Wo Benito ist, ist Herr Villeneuve auch«, flüsterte Flavio. »Los, hinterher!« Und tatsächlich. Als der grüne Transporter wieder seine Gänge in den italienischen Abendhimmel schraubte, fuhr ein dunkelblauer Mittelklassewagen über den Platz, dessen Fahrer sich suchend umsah. Und da entdeckte er die beiden Jungen vor der Restauranttür. Er hupte zweimal und winkte sie heran. Børre und Flavio machten die Wagentür auf und schoben sich auf die Rücksitze. Während Herr Villeneuve schon wieder durchstartete, gab es in dem blauen Dienstwagen eine herzliche Begrüßung. Flavio sprudelte die Erlebnisse der letzten Tage und Stunden hervor wie ein Gebirgsbach. Erst ganz allmählich ließ die Spannung nach und der Gebirgsbach hörte auf zu sprudeln. So saßen nun ein Italienerjunge mit einem gelben Schal und ein blonder Norweger mit einer bunten Ohrenklappenmütze in einem blauen Dienstwagen und schnurrten mit einschläferndem Geräusch über die ›Strada del sole‹ durch Norditalien. Sie verfolgten einen grünen Viehtransporter aus Basel. Und der Viehtransporter wollte den ›Trappatoni-Treck‹ einholen. Und im letzten Trappatoniwagen wackelte zwischen zwei Bärenkäfigen ein fußgeschädigtes Kamel mit seinen Höckern.

Zur gleichen Zeit saßen in dem Norskeveien Nr. 8 in Tromsø zwei Familien vor einem flackernden Kamin und hatten einen Zettel vor sich liegen, den Frau Brusco heute Mittag aus dem Briefkasten gefischt hatte. Draußen reichte der Schnee schon bis zu ihrem Garagendach. Die Schulen waren seit Tagen geschlossen und die Tromsøer beschäftigten sich in der Polarnacht eigentlich nur noch mit ihren Schneeschaufeln. Frau Brusco hatte Børres Eltern sofort angerufen und sie für den Abend in den Norskeveien eingeladen. Nun nahm sie das Notizbuchblatt in die Hand und las laut vor:

Liebe Eltern! Wir sind auf einem Forschungsschiff, das Polarstern heißt, gefangen. Wir sind im Tromsøer Hafen gekittnäppt worden. Aber es geht uns gut. Bitte macht euch keine Sorgen. Die Polizei soll im Hafen sofort nach dem Schiff fahnden. Es gehört einer Schmuglerbande. Wo wir hinfahren, wissen wir nich genau. Aber im Moment sind wir in der Belmont-Bucht. Das ist auf den Schättlandinseln. Bitte nich Weinen. Wir kommen bestimmt bald wider nachhause. Børre und Flavio.

Frau Brusco ließ die Hand sinken und Børres Mutter zog sich ein Taschentuch aus der Jacke. »Haben Sie schon die Hafenpolizei benachrichtigt, Frau Brusco?«, wollte Børres Vater wissen.

»Das habe ich sofort gemacht«, sagte die Gefragte. »Gut, dass wir schon mehr von den Jungen wissen als nur diese Zeilen. Wer nur den Zettel in den Briefkasten geworfen hat?«

»Ja«, sagte jetzt Børres Mutter, »das ist nicht nachzuvollziehen. Aber wie bin ich froh, wenigstens Børres Handschrift zu lesen. Lieber würde ich ja einmal mit ihm telefonieren und seine Stimme hören.«

»Auf jeden Fall ist dies ein Grund, Gott dankbar zu sein«, sagte Herr Ålsen, Børres Vater. »Darf ich einmal ein kurzes Dankgebet sprechen, Herr Brusco? Sie wissen ja vielleicht, dass das bei uns im Hause so üblich ist und dass wir täglich für die Jungen beten.« Herr Ålsens anschließende Worte waren voller Wärme und Dankbarkeit. Nach dem ›Amen‹ ergab sich endlich einmal ein Gespräch zwischen den Familien, wo Herr Ålsen von seinem Glauben an Gott und an sein Wort, die Bibel, erzählte.

Während nun die Eltern der verschleppten Jungen bei Tee und Gebäck in eine angeregte Unterhaltung vertieft waren, bog der blaue Dienstwagen 3.000 km weiter südlich bei Bologna nach Süden ab und nahm die Bergstrecke durch die Apenninen mit elf Autobahntunneln in Angriff. Spätestens hier würde man die langsame Zirkuskolonne wohl einholen. Herr Villeneuve hatte inzwischen durch einige Telefonate mit der italienischen Polizei herausgefunden, dass der Zirkus Trappatoni in Neapel registriert war und dort sein Hauptquartier hatte. Herr Montesanti würde sicher alles daransetzen, bis dahin seinen Bären wiederzubekommen. Den grünen Viehwagen hatten sie immer noch in Sichtweite vor sich.

Børre und Flavio saßen mittlerweile müde auf dem Rücksitz und schwiegen. Jeder hing seinen eigenen Gedanken nach. Børre dachte gerade noch einmal an die Hitze im Maschinenraum des Forschungsschiffes und Flavio an das beinahe stattgefundene Polarnachtwettschwimmen im Tromsesund. Wie man auf der ›Strada del sole‹ auf solche Gedanken kommen konnte, wusste keiner der beiden

38 Km

Jungen zu beantworten. Doch plötzlich dachte Flavio wieder an den Zirkus und dann an das Lügen. Während ihm eben bei dem Gedanken an das Wettschwimmen im Tromsesund noch ein kalter Schauer den Rücken heruntergelaufen war, wurde ihm jetzt wieder siedend heiß. Lügen war für Flavio immer ganz normal gewesen, aber irgendwie war das seit dem Parkplatz mit dem komischen Namen anders geworden. Plötzlich wusste er, dass lügen falsch war. Und dann waren da noch die vielen anderen Dinge, von denen Børre nicht den blassesten Schimmer hatte. War er wirklich auf dem besten Wege in die Hölle? Ganz automatisch, wie auf einer Rolltreppe, die man nicht anhalten konnte? Flavios Herz klopfte so laut, dass Børre es bestimmt schon hörte. Unverhofft hörte er sich selber fragen: »Du, Børre, kann man mit Gott irgendwie über ›Aufräumen‹ reden?«

Børre atmete laut aus. Aus seinen eigenen Gedanken völlig herausgerissen, erwiderte er: »Wie meinst du das?«

»I...Ich meine, ob Gott...ob Gott mit meinem unordentlichen Leben und dem ganzen Dreck was anfangen kann? Du weißt schon ... die Show mit der Klassenfahrt ... kann man solche Sachen wieder hinkriegen? Wie kann man eigentlich ein Leben aufräumen? Das geht doch gar nicht so wie bei einem Zimmer!«

»Da hast du recht«, sagte Børre jetzt. »Wir Menschen können da nicht viel machen. Aber Gott hat sich einen ganz tollen Plan ausgedacht, wie er wieder Ordnung in unser verkorkstes Leben hineinbekommen kann.«

»Einen tollen Plan? U...Und das wäre?«

Børre überlegte kurz. Dann erklärte er: »Für unsere total vielen Sünden, für die wir echt die Hölle verdient hätten, hat Gott nicht uns, sondern seinen Sohn, Jesus Christus, bestraft. Stell dir das mal vor: Gottes eigener Sohn, der selbst nie was Schlimmes getan hat, hielt seinen Kopf hin, um uns unsere Strafe abzunehmen.«

»Ach«, sagte Flavio betreten, »hat Gott ihm den Kopf abgehauen, d...diesem Jesus?«

»Nein, das nicht«, sagte Børre und rutschte auf dem Rücksitz ganz dicht an seinen Freund heran, »Jesus ist als Mensch auf die Erde gekommen, hat gepredigt, was den religiösen Führern nicht passte, und die haben dann dafür gesorgt, dass Jesus an einem Kreuz hingerichtet wurde. Das war damals die schlimmste Methode, einen Schwerverbrecher zu quälen und umzubringen.«

»Aber dann haben ihn doch eigentlich die Menschen um die Ecke gebracht und nicht Gott«, warf Flavio ein.

»Hmm, sagen wir mal so«, fing Børre neu an, »Gott hat seinen Tod jedenfalls nicht verhindert, weil er wusste, dass wir Menschen dann freigesprochen werden könnten und nicht bestraft werden müssten. Das ist so ähnlich wie bei den Indianern, wo ein Gefangener mit einem Sieg über den Häuptling die anderen raushauen kann. Jesus hat sein Leben für uns gegeben.«

Flavio überlegte. »Und nur weil Jesus für uns starb, ist alles wieder in Butter? Ohne irgendwas zu machen – Geld für 'ne Kirche geben oder so?«

»An den Sohn Gottes, Jesus Christus, und seinen Kreuzestod zu glauben, reicht«, sagte Børre. »Und natürlich müssen wir unsere Schuld vor Gott zugeben und bereuen. Aufräumen sozusagen. Wenn das große Reinemachen wirklich ernst und gründlich ist, vergibt Gott auch den größten Mist, den wir gebaut haben.«

»M...Meine Klassenfahrtlüge auch?«

»Klaro«, sagte Børre, »die auch. Ich habe Jesus meine ganze Schuld bekannt, und er hat mir alles vergeben.«

Flavio lehnte sich zurück und versuchte, das soeben Gehörte zu verdauen. Im Wagen wurde es für einige Minuten mucksmäuschenstill. Doch dann hörten die Jungen Herrn Villeneuve sagen: »Da sind sie!«

Børre und Flavio schnellten mit ihren Oberkörpern nach vorne und starrten in die Dunkelheit. »Das sind Zirkuswagen!«, rief der Kripobeamte. »Jetzt sind wir alle wieder beisammen.«

»Endlich«, japste Flavio wie von der Rolle. »Wie geht's nun

weiter? Haben Sie Handschellen dabei, um Benito festzunehmen?«

»Nein, nein«, lächelte Herr Villeneuve. »Immer langsam. Meine Spürnase sagt mir, dass mich dieser Montesanti doch noch zu der Adresse führen wird, wo der Eisbär bestellt worden ist. Dieser Zirkusdirektor kann es nicht gewesen sein. Wir müssen uns noch ein wenig in Geduld üben.«

Schleichwege durch die Toskana

»Maledetto!«, rief Herr Trappatoni erschrocken, »die winken uns raus. Einen Kilometer weiter, und Luccio wäre weg gewesen.« In einer Entfernung von etwa 200 Metern wurde am Fahrbahnrand eine rot beleuchtete Kelle geschwungen. Wahrhaftig, eine Polizeikontrolle. Mitten in der Nacht! Und das so kurz vor dem Autobahndreieck Florenz-Süd, wo Luccio in Richtung Siena abbiegen musste. Herr Trappatoni bremste ab und der komplette Treck folgte seinem Beispiel. Auf dem kleinen Parkplatz wurde es eng. Hastig kramte er die Papiere zusammen. Dann kurbelte der Zirkusdirektor die Scheibe herunter.

»Guten Abend, meine Herren, Polizeikontrolle!« Herr Trappatoni blickte auf seine Uhr. »Guten Morgen, würde ich sagen, Signor Carabiniere. Werden wieder einmal ein paar Mafiosis gesucht?«

»Nur eine Routinekontrolle«, sagte der Beamte. »Wer ist der Verantwortliche für diesen Konvoi?«

»Meine Wenigkeit«, antwortete Herr Trappatoni höflich. Der Beamte bat den Direktor mit in den Mannschaftswagen, und einige Kollegen, die mit Pistolen und Taschenlampen bewaffnet waren, schwärmten aus. Nachdem der Beamte eingehend in den Unterlagen gestöbert hatte, sagte er mit einem Kopfnicken zu einem Beamten: »Wir machen nur einige Stichproben. Werfen Sie mal einen Blick in einige Wagen.«

»D...Da schlafen Kinder«, sagte Herr Trappatoni schnell, »bitte nehmen Sie Rücksicht.«

»Selbstverständlich«, lächelte der Beamte.

»Und im letzten Wagen sitzen die Bären. I...Ich kann für nichts garantieren.«

»Ich nehme an, sie sitzen in Käfigen«, lächelte der Beamte weiter, der mitten in der Nacht immer noch sehr freundlich sein konnte. Inzwischen leuchteten seine Kollegen die Reifen ab, überprüften das Profil, die Nummernschilder und die Fahrzeugbeleuchtung. »Was haben Sie geladen?«, fragte gerade ein Beamter, der das dritte Gespann in Augenschein nahm. »Das Zirkuszelt«, antwortete der Fahrer, »Planen, Bänke usw.« In diesem Augenblick sah sich der Beamte in dem Mannschaftswagen den Fahrtenschreiber des ersten Lkws an. »Hmm«, murmelte er, »die vorgeschriebenen Fahrzeiten scheinen Sie kaum zu interessieren. Was sagen Sie dazu, Herr Direktor?«

»Das ist mit einer solchen Kolonne nicht machbar. Wir haben sechzehn Kinder, fünf davon unter drei Jahren, und 37 Tiere, die alle unterschiedlich gefüttert werden müssen, dabei. Wir haben eine Sondergenehmigung.«

»Bene«, sagte der Beamte. »Ich will einmal nachsehen, wie weit die Kollegen sind.«

Am letzten Wagen gestikulierte gerade ein besonders eifriger Beamter mit Luccio: »Was ist da drin?«, fragte er und zeigte auf den langen Anhänger. »Heu«, sagte Luccio kurz.

»Noch etwas?«

»Ein Kamel mit zwei Höckern.«

»Ach«, sagte der eifrige Beamte, »das hätte ich nicht gedacht. Ich war immer der Überzeugung, ein Kamel hätte *drei* Höcker. Ist das nun alles, oder ...?«

»Es hocken auch noch zwei Bären drin.«

»Sehr interessant. Aufmachen!«

»Das ist gefährlich«, fing Luccio abwehrend an. »Sie können auch dort vorne durch das Loch in der Seitenwand sehen. Hat das doofe Kamel fabriziert.« Der Beamte sah Luccio schief an. »Sieht eher aus wie Einschusslöcher. Ist das Blut?« Doch weil in diesem Moment der Einsatzleiter dazukam, sparte sich Luccio die Antwort. Der Leiter ordnete das Ende der Überprüfung an und trommelte seine Leute zusammen. »Gute Fahrt, Herr Trappatoni«, sagte der lächelnde Beamte. »Ich wünsche Ihnen und Ihren Leuten einen erholsamen Jahresurlaub.«

»Danke«, lächelte der Direktor ebenso freundlich zurück. »Danke für Ihr rücksichtsvolles Verhalten.« Herr Trappatoni wechselte noch einige Worte mit Luccio, und dann gab er das Zeichen zur Weiterfahrt. Am Ende des Parkplatzes ließ auch Herr Villeneuve den Motor an. In aller Ruhe hatte er die Polizeikontrolle abgewartet. Børre und Flavio lagen auf dem Rücksitz und schnarchten um die Wette. Nur von dem grünen Viehtransporter war nichts zu sehen, aber das störte Herrn Villeneuve wenig. Wenn Herr Montesanti seinen Bären wiederhaben wollte, würde er über kurz oder lang schon wieder auftauchen.

Klar, Benito hatte keine Lust auf eine Polizeikontrolle gehabt. So war er einfach in dem Vorhaben an dem Parkplatz vorbeigefahren, bei der nächsten Möglichkeit auf den Zirkuskonvoi zu warten. Aber statt eines Parkplatzes kam das Autobahndreieck. Wohl oder übel musste er bis zur nächsten Abfahrt durchfahren, um auf der Gegenseite zurückzukehren. Denn woher sollte er wissen, welche Route der Zirkus an dem Dreieck wählen würde? Die Ehrenrunde war schnell gedreht und kurz darauf war er dem ›Trappatoni-Treck‹ wieder auf den Fersen. Gerade verließ der letzte Wagen den Parkplatz, als Benito aufkreuzte. Und dann kam das Problemchen: Acht Trappatoniwagen fuhren geradeaus, und der letzte bog nach Siena ab. Was nun? Instinktiv betätigte Herr Montesanti den Blinker. Im Bruchteil einer Sekunde entschied er: Wer ausschert, hat etwas Besonderes vor, und das konnte ja eigentlich nur mit dem Bären zusammenhängen. Auch der Kripobeamte mit der Spürnase witterte, dass etwas Besonderes in der

Luft lag, und bog ab. Und so schlichen sich die Fahrzeuge im Schutze der Dunkelheit wie Katz und Maus durch die wellige Toskana, bis das Zirkusgespann im Morgengrauen in eine schmale Zypressenallee einbog, die zu einem abgelegenen Bauernhof führte. Der grüne Viehtransporter und der blaue Dienstwagen waren verschwunden. Benito Montesanti hockte auf einem Hügel und beobachtete das ruhig gelegene Anwesen in 8-facher Vergrößerung durch sein Fernglas. Von einem Zirkuswagen war weit und breit nichts zu sehen, denn der war schon längst in einer großen Scheune abgetaucht. Einige 100 Meter weiter entfernt schob Herr Villeneuve die Zweige eines Gebüsches beiseite und tat das Gleiche wie Benito, nur in 12-facher Vergrößerung. Als die Jungen schließlich aufgewacht waren, begann das langweilige Warten. Auf dem Bauernhof war nichts Verdächtiges zu bemerken, nur ab und zu sah man die Bäuerin über den Hof gehen.

Hinter dem schweren Scheunentor jedoch wurde emsig gearbeitet. Der Bruder von Herrn Trappatoni, dem der Hof gehörte, hatte den Eisbärkäfig aus dem Zirkuswagen geholt und ein schlaksiger Bursche kratzte mit einer langen Mistgabel das schmutzige Stroh heraus. Dabei gab er sich sichtlich Mühe, nicht zu dicht an die Eisenstäbe des Käfigs heranzukommen. Luccio montierte im Wagen an einem Brett herum. Bald waren drei, vier Bretter gelöst, und in dem dahinter auftauchenden Hohlraum von etwa 60 Zentimetern Tiefe wurden ein paar Kisten sichtbar. Eine nach der anderen trug er nun in die Küche des Bauernhofes und stellte sie auf den Tisch. Giovanni Trappatoni stand mit einer Zange daneben und machte sich daran, die erste Holzkiste zu öffnen. »Mal sehen, wie das Zusatzgeschäft meines Bruders in diesem Sommer gelaufen ist«, sagte er zu Luccio, als dieser gerade die dritte und letzte Kiste hereinbrachte.

»Der Clown ist unbezahlbar«, schmunzelte Luccio. »Er kaspert durch die Zuschauermenge, macht seine Witzchen und schwups – fehlt hier ein Handy und dort ein

Portemonnaie. Alle lachen und keiner merkt was. Es ist jedes Mal dasselbe. Selbst wir als Zirkusangehörige, die seine Tricks kennen und ihn dabei beobachten, merken so gut wie nichts. Trotzdem hat er am Ende jeder Vorstellung meistens zwei, drei Handys und drei bis fünf Geldbörsen erwischt.«

»In der letzten Saison hat uns sein Geschick über 12.000 Euro eingebracht«, ergänzte der Bruder des Direktors. »In einer Geldbörse steckten sogar über 600 Euro. Dass manche Leute aber auch so viel Geld mit in den Zirkus schleppen!«

»Jedenfalls bin ich froh«, sagte Luccio in diesem Augenblick, »dass wir das Zeug wieder sicher in unserem Elsternnest abliefern konnten. Denk dir nur, bei einer Polizeikontrolle in Florenz wollte doch so ein Carabiniere unbedingt in den letzten Wagen klettern. Stell dir mal vor, der hätte die doppelte Rückwand entdeckt! Da hab ich ihm lieber die Einschusslöcher, äh, ich meine, das Leck in der Bordwand gezeigt. War das doofe Kamel. Hat Füße, als ob sie mit Hufeisen beschlagen wären.«

»Und was ist mit dem Eisbären?«, raunte Giovanni. »Soll wohl 'ne ganz dolle Nummer werden, was?«

»Den will dein Bruder an den Zoo in Neapel verkaufen. Giuseppe meint, der müsse auch noch 20.000 Euro bringen. Er will, dass du ihn mit dem Pferdeanhänger nach Neapel bringst. Aus Sicherheitsgründen.« Luccio erklärte dem Bauern, was Herr Trappatoni von seinem Bruder erwartete. Doch Giovanni schüttelte energisch den Kopf. »Da mach ich nicht mit«, protestierte er, »Tiere liegen mir nicht. Vereinbart war, dass ich mich um den Verkauf der Handys kümmere. Mit dem Bären will ich nichts zu tun haben. Sag das dem lieben Giuseppe. Lad ihn wieder ein und dampf ab. Wo sollte ein Eisbär sicherer sein als in einem Zirkusanhänger?«

»Na gut, wie du meinst«, sagte Luccio und zog den Kopf ein. In diesem Moment fuhr draußen auf dem Hof ein grüner Viehtransporter vor. Kurz darauf klopfte es an der

Haustür. »Mach die Kisten zu«, zischte Giovanni. »Ich seh mal nach.« Vor der Tür stand Benito. »Buon giorno, mein Herr«, sagte er höflich, »gehört Ihnen diese Ranch?«

Giovanni nickte. »Was wollen Sie?«, fragte er barsch.

»Eine Auskunft«, sagte Benito lässig. Langsam glitt seine Hand in die rechte Jackentasche. »Ich suche einen Eisbären, den ...«

»Einen Eisbären?«, fuhr Giovanni hoch, und dann fing er an, laut loszulachen. »Einen Eisbären in der Toskana? Sehr witzig! Sie meinen doch wohl hoffentlich ein Tierchen aus Stoff, oder? Luccio, komm doch mal her! Hier ist ein Herr, der glaubt, er befinde sich in Grönland.« Der Gerufene erschien hinter Giovannis Rücken. Doch Benito hatte sich schon umgedreht und ging geradewegs auf das große Scheunentor zu.

»Stehen bleiben!«, rief Giovanni. »Wir haben hier keinen Teddybären gefunden, kapito? Verschwinden Sie von meinem Hof!« Schon eilten die beiden Männer hinter Benito her, um ihn am Kragen zu fassen. Doch da drehte sich dieser blitzschnell um. In seiner Hand funkelte ein Revolver auf. Wie angewurzelt blieben die Verfolger stehen. Schon zog Benito mit der einen Hand das Scheunentor auf, während er mit dem Revolver die Männer in Schach hielt. Keine drei Meter hinter dem Tor tauchte der Käfig auf. »Bene, Signores«, lächelte Benito befriedigt, »da ist ja das gute Stück. Herzliche Grüße von meinen Kollegen Thompson und Greenwood. Ich schlage vor, Sie verladen den Käfig unverzüglich in den Viehwagen und wir vergessen die ganze Angelegenheit. Avanti, tempo!« Drohend hob Herr Montesanti den Revolver. »Keine Diskussion!«

Einige 100 Meter weiter ließ Herr Villeneuve sein Fernglas sinken. »Der geht aufs Ganze«, flüsterte er den Jungen zu. »Total abgebrüht. Holt sich mit der Waffe in der Hand seinen Bären zurück.« Dann reichte er Flavio das Glas und in 12-facher Vergrößerung sah Flavio nun, wie der Bärenkäfig tatsächlich in den grünen Viehtransporter bugsiert wurde. Jetzt gab er Børre das Fernglas. »Nun verladen sie noch die Kiste mit dem Futter. Ich denke, wir sollten schleunigst zum Wagen zurück.«

»Das erleichtert uns die Verfolgung ungemein«, sagte Herr Villeneuve lächelnd. »Genau das hatte ich früher oder später gehofft. Dieser grüne Viehtransporter wird uns nun zu dem Besteller des Bären führen, da bin ich mir ganz sicher!«

Einige Minuten später verließ der Viehwagen den Hof und holperte die Zypressenallee zur Landstraße zurück. Und dann begann das Räuber- und Gendarmspiel von Neuem. Benito schlich durch die toskanische Landschaft wie ein Fuchs durch das Maisfeld. Zurück blieb ein etwas ungehaltener Luccio, aber ein zufriedener Giovanni.

»Warum haben wir uns nicht gewehrt?«, fragte Luccio aufgebracht. »Mit dem wären wir doch spielend fertig geworden!«

»Sollen andere sich um diesen Bären kümmern«, antwortete Giovanni. »Mir gefällt die Nummer nicht. Ich garantiere dir, der Lausebär schafft es höchstens noch bis Rom. Weiter südlich hält es kein Eisbär mehr aus. Da ist es viel zu heiß. Ich kümmere mich lieber um die Technik. Handys funktionieren auch noch auf dem Ätna.«

Inzwischen hatte Benito die Hauptstraße erreicht. Er bog auf die ›Via Cássia‹ ab, die durch die südliche Toskana bis nach Rom führt. Natürlich war die Autostrada bequemer zu fahren, auch hätte er die Küstenautobahn nach Süden wählen können. Es führten halt viele Wege nach Rom. Doch Benito hatte diese Strecke absichtlich gewählt. In dieser Gegend war er oft als Kind gewesen. Gleich würde auf der rechten Seite der ›Monte Amiata‹ auftauchen, der mit über 1.700 Metern der höchste Berg der Region war. Nur eine Stunde später würde er den ›Lago di Bolsena‹ erreichen. Im Sommer wäre er dort bestimmt baden gegangen, doch um diese Jahreszeit konnte sogar ein See in Mittelitalien einmal zufrieren. Aber der Bär, ja, der Eisbär würde sich über ein Bad im kalten Wasser freuen. Aber das ging natürlich nicht. Ah, diese

Kurven, diese Tornantis, sie waren einfach herrlich. Benito hatte eine Laune wie ein Radprofi, der soeben den ›Giro d'Italia‹ gewonnen hat. In der nächsten Stadt würde er sofort den Boss anrufen und ihm mitteilen, dass nun alles wieder im Lot sei. Alles verlief nun fahrplanmäßig. In Neapel würde er die Fähre nehmen. Da kam ja schon der nächste Ort. ›Acquapendente‹ las er auf dem Schild. Vor dem Postamt bremste er ab, schloss die Fahrertür und betrat das graue Gebäude. Dann kramte er einen Zettel aus der Tasche und wählte eine ziemlich lange Nummer. Kurz darauf klingelte in Hammerfest das Telefon. In der nördlichsten Stadt der Welt herrschte tiefster Winter und die Polarnacht war allgegenwärtig. Das störte den Papagei aus den Tropen herzlich wenig. »Telefon, Telefon«, krächzte er und wurde wieder einmal in das Nebenzimmer geschoben. Dann legte der Norweger in dem Büro nervös die Pfeife weg und nahm den Hörer ab.

»Ahh, Benito, hast du den Bären wieder? ... Sehr gut, wenigstens ein Erfolg ... pass auf, Benito, in Basel muss was schiefgelaufen sein. Sie haben Luigi festgenommen!«

»Waaas!«, rief Benito durch den Hörer. »Festgenommen? Dann sind sie uns auf der Spur. Ist der Robbencontainer in Salzburg denn noch angekommen?«

»Ja«, sagte der Norweger in Hammerfest, »der ist da. Der Kollege hat gestern angerufen.«

»Angerufen, angerufen«, krächzte es nun aus dem Nebenzimmer.

»Und gestern ist die ›Polarstern‹ von der Polizei durchsucht worden«, sagte der Norweger erregt. »Der Kapitän hätte fast geplaudert. Aber dann haben sie ihn mangels Beweisen laufen lassen. Noch haben wir den Eisbären. Sei vorsichtig! Besonders in zwei Tagen bei der Übergabe. Ändere notfalls die Route noch einmal ab, hörst du, Benito ... Benito? Bist du noch da?«

»Ja«, kam es leise aus Acquadingsbums, »alles kapito. Du kannst dich auf mich verlassen.« Eilig legte Benito den Hörer auf. Schwitzend verließ er das Postamt. Dicke

Schweißtropfen liefen ihm über die zerfurchte Stirn. Sich ängstlich umblickend, kletterte er in seinen Lkw. Die gute Laune war wie weggeblasen. Wenn Luigi festgenommen war, würden auch Greenwood und Thompson bald hinter Schloss und Riegel sitzen. Das war so klar wie Klärchen. Wer hatte sie verpfiffen? War die Polizei ihm auch schon auf den Fersen? Benito sah in den Rückspiegel. Da fuhr immer noch dieser blaue Wagen hinter ihm her. Herr Montesanti schluckte. Noch etwa 120 Kilometer bis Rom. Da würde er im Stadtverkehr untertauchen. Gauner sein war gar nicht so leicht. Mit schlechtem Gewissen näherte er sich den Vororten der italienischen Hauptstadt.

Ein Eisbär in der Kfz-Werkstatt

Børre und Flavio saßen schweigend auf der Rückbank des blauen Dienstwagens und dösten. Die ›Via Cássia‹ war hier, gut 20 km vor Rom, schon vierspurig, und in zügiger Fahrt näherten sie sich dem Autobahnring, der um die ganze Stadt herumführte. Plötzlich fragte Flavio in die Stille hinein: »Wie viele Tage sind wir eigentlich schon von zu Hause fort?«

Børre streckte sich. »Hmm«, meinte er träge, »in der Belmont-Bucht waren es fünf Tage. Das hat der Maschinist gesagt.«

»Dann müssen wir bis heute noch sechs Tage dazuzählen«, antwortete Flavio kurz, der im Rechnen immer ziemlich flink war, und Herr Villeneuve sagte: »Wir haben heute Samstag, den 3. Dezember.«

Børres Gedanken kreisten. Schließlich meinte er: »Dann haben wir morgen schon den 1. Advent.« In Tromsø würden dann noch mehr Kerzen angezündet als gewöhnlich, und die winterliche Landschaft trug dazu bei, sich auf das nahe Weihnachtsfest einzustimmen. So war es jedenfalls bei den meisten Einwohnern. Viele freuten sich allerdings noch mehr darüber, dass Ende Dezember die Polarnacht ihren Wendepunkt erreicht. Børre schaute aus dem Autofenster. Draußen tauchten immer mehr Häuserblocks und Industrieanlagen auf. Die wenigen freien Flächen waren grün, der Himmel über Rom war grau und trübe.

»Hoffentlich fährt Montesanti gleich auf die Stadtautobahn«, sagte Herr Villeneuve plötzlich. »Er wird den Bären doch wohl nicht durch die Innenstadt schaukeln wollen!«

Doch genau das tat Herr Montesanti. Immer tiefer drang er in den Samstagnachmittagverkehr ein. »Der arme Bär!«, ließ Herr Villeneuve vernehmen. »Auf einer einsamen Eisscholle zu treiben, würde ihm mehr Spaß machen, als die Auspuffgase römischer Autos einzuatmen. Jungs, haltet die Augen auf, damit uns der Brummi nicht entwischt!«

In diesem Moment hörten sie vor sich ein lautes Scheppern und Herr Villeneuve sah, wie der Viehtransporter an den Fahrbahnrand drängte und schließlich stehen blieb. Gerade noch rechtzeitig bog der Kriminalbeamte in eine Seitenstraße ein und suchte eine Wendemöglichkeit. Aus einiger Entfernung beobachteten sie, wie Herr Montesanti ausstieg und sich unter seinem Lkw zu schaffen machte.

»Ihm ist der Auspuff abgerissen«, sagte Herr Villeneuve. »Ich schätze, das wird eine Unterbrechung unserer Reise bedeuten. So kann er unmöglich weiterfahren.« Doch auch diesmal hatte sich Herr Villeneuve geirrt. Nachdem Herr Montesanti mit einem Passanten gesprochen hatte, setzte er die Fahrt kurzerhand fort. Dabei schleifte das abgerissene Auspuffrohr mit dem hinteren Ende über das Pflaster, sodass die Funken sprühten wie bei einem Feuerwerk. Das Dröhnen und Röhren des Viehtransporters war nun so laut, dass sich sogar hier und da einmal ein paar Einheimische umdrehten und dem grünen Transporter mit Schweizer Kennzeichen erstaunt hinterherblickten. Und das soll in Rom schon etwas heißen!

»Wenn wir ihn aus den Augen verlieren sollten, verfolgen wir ihn eben mit unseren Ohren«, schmunzelte Herr Villeneuve.

»Der arme Eisbär«, meinte Flavio, nachdem sie gerade eine Unterführung passiert hatten und vor ihnen der Tiber auftauchte. »Das ist ja noch lauter, als mit Schneeketten durch den ›St.-Gotthard-Tunnel‹ zu rasseln. Eisbären müssen doch starke Nerven haben!«

»Sieh mal da«, sagte Børre mit erstauntem Gesicht, »die Ruinen und alten Säulen. So dicke Mauern habe ich noch nie gesehen.«

»Du sollst auf den Viehtransporter achten«, raunte Flavio. »Sechs Augen sehen mehr als vier!«

»Wieso?«, lachte Børre. »Ich höre ihn doch noch!«

Langsam schlängelte sich der Baseler Lkw am Tiber entlang. Und weil am Steuer kein Schweizer saß, sondern ein Italiener, überfuhr der Lkw auch rote Ampeln, wie sich das eben für einen echten Italiener gehört. Und da kam Herr Villeneuve aus Kanada ganz schön ins Schwitzen. Um den Viehtransporter immer wieder einzuholen, musste er sämtliche Verkehrsregeln außer Acht lassen. Trotzdem schafften es Dutzende von Rollerfahrern, ihn immer wieder abzuhängen. Aber solange Benito es nicht schaffte, war das ja egal. Børre klammerte sich mit beiden Händen am Vordersitz fest. Seine Gesichtsfarbe war inzwischen blasser, als sie es im Sturmtief auf der Nordsee je gewesen war.

»Mir ist schlecht«, flüsterte er, »u...und ein wenig schwindelig.« Flavio lachte und mit lauten Rufen feuerte er den schwitzenden Fahrer an: »Avanti, Herr Villeneuve, schneller. An der Ampel rechts, bitte!«

Gerade dröhnte der Viehtransporter mit seinem Feuerwerk an der ›Engelsburg‹ vorbei, als dahinter die ›Via della Conciliazione‹ auftauchte, die zum Petersplatz im Vatikan hochführte. »Da wohnt der Papst«, sagte Flavio. »Hier in Rom müssen sogar die Eisbären aufpassen, dass sie nicht katholisch werden.« Und dann lachte er über seinen Spaß, bis ihm das Zwerchfell wehtat. Nach einem weiteren Kilometer, wo man neben der Straße einige Reste der antiken Stadtmauer erkennen konnte, zog Benito den

Transporter unvermittelt nach rechts und hielt vor einer Autowerkstatt an. An einer dazugehörigen Tankstelle sprach er mit dem Kassierer. »Nein, nein«, schüttelte dieser energisch den Kopf. »Unsere Leute haben seit drei Stunden Feierabend. Schweißen können wir erst wieder am Montagmorgen.«

»Prego, prego«, legte Benito los und fuchtelte heftig mit den Armen, »ich zahle 100 Euro extra, wenn Sie mir noch einen Schweißer besorgen. Ich habe Rinder an Bord, die ich nicht einfach über einen Tag lang hier stehen lassen kann. Sagen wir 150 Euro zusätzlich.« Aufgeregt kratzte sich Benito am Arm. Und dann am Oberschenkel.

»Keine Chance«, entgegnete der Kassierer. »Heute kommt keiner mehr. Die Kollegen gehen alle zum Petersdom. Dort spendet Papst Benedikt in der Abendmesse seinen Segen. Tut mir leid.«

»Ich zahle 200 Euro extra«, fing Benito wieder an und griff schon zum Portemonnaie.

Der Tankwart schüttelte jetzt noch energischer seinen Kopf: »Nein, und nochmals nein! Selbst wenn Sie 1.000 Euro bieten, bekommen Sie um diese Uhrzeit in ganz Rom keinen einzigen Schweißer mehr. Lassen Sie den Wagen einfach stehen. Füttern Sie noch einmal ihre Tiere und kommen Sie am Montag wieder. Dann helfen wir Ihnen gerne weiter. Sagen wir, Montag, um 10.00 Uhr. Ich lege dem Mitarbeiter noch einen Zettel hin.«

Herr Montesanti ließ die Arme sinken und gab auf. Unmöglich konnte er dem Eisbären noch länger diesen Krach zumuten. Benito rangierte den Wagen noch etwas um, sodass er niemandem im Wege stand, nahm seine Tasche und fragte sich zu dem erstbesten Hotel durch. Kurz darauf betrat Herr Villeneuve die Tankstelle, zeigte seinen Kriminalausweis und verlangte, den Chef zu sprechen. Als er zu den Jungen zurückkehrte, gab er ihnen das Programm der nächsten Stunden bekannt: »Wir verbringen den 1. Advent in Rom«, sagte er sachlich. »Euch bringe ich zum Hilton-Hotel. Ich selbst muss noch zum

Hauptkommissariat der Polizei, um einige Dinge zu klären. Das bedeutet möglicherweise für euch, dass ihr morgen zurück nach Norwegen fliegen könnt. Auf jeden Fall lade ich euch heute Abend noch zum Essen in ein Restaurant ein und arrangiere ein Telefongespräch mit euren Eltern. Endlich können wir uns einmal eine kleine Verschnaufpause gönnen.«

Zwei Stunden später standen Børre und Flavio frisch geduscht am Fenster eines nobel eingerichteten Doppelzimmers des Hilton-Hotels und blickten staunend auf die Abendkulisse Roms herunter. Ein Hotelangestellter hatte ihnen neue Anziehsachen besorgt, und die Jungen begannen sich mehr und mehr zu wundern, was in einem Hilton-Hotel alles in kürzester Zeit organisiert werden konnte. Børre meinte, man würde sie hier behandeln wie König Harald von Norwegen und Karl Gustav von Schweden.

»Ich möchte morgen nicht nach Hause«, sagte Flavio endlich und sah besorgt zu Børre hoch. »Ich möchte sooooo gerne nach Palermo! Sieh mal, Børre, wir haben es doch schon fast geschafft.«

»Wir sprechen nachher mit dem Chef«, sagte Børre und hob ein wenig stolz den Kopf. »Er kann seine Hilfsagenten so kurz vor dem Ziel doch nicht einfach nach Hause schicken!«

»Das finde ich auch«, sagte Flavio leidenschaftlich. »Wir haben uns bewährt. Und unsere Eltern werden nichts dagegen haben, wenn wir noch bei Opa Antonio vorbeischauen. Die Polizei wird uns das Geld für die Reise nach Palermo bestimmt geben.«

In diesem Augenblick klopfte es an die Zimmertür. Der kanadische Chefagent steckte seine Nase durch den Spalt und trat dann mit feierlicher Miene in das Hotelzimmer.

»Meine Herren«, sagte er würdevoll, »die Kriminalpolizei in Toronto würde sich freuen, wenn die Agenten Børre und Flavio mich bis zum Abschluss dieses Kriminalfalles begleiten und unterstützen würden. Auf Kosten der Behörden natürlich. Seid ihr damit einverstanden, wenn wir vor dem Abendessen noch versuchen, eure Eltern zu erreichen?«

Børre und Flavio machten einen Luftsprung. Fast wäre dabei die Zimmerlampe abgestürzt. So kam es, dass ein wenig später ein recht kostspieliges Telefonat zwischen Rom und Tromsø geführt wurde. Flavio hatte seine Mutter sofort am Apparat und schwatzte mindestens 20 Minuten in die Muschel hinein. Schließlich stieß ihn Børre in die Seite: »Ich will auch endlich«, sagte er. Frau Ålsen fing an zu schluchzen, als sie Børres Stimme erkannte. Die Sätze flogen zwischen Nord- und Südeuropa hin und her. Nach einem gedehnten »Bis daaaaahaaaan« legte Børre auf. Seine Wangen glühten. »In Tromsø liegt der Schnee 2,30 m hoch«, trompetete er aufgeregt los. »Das hätte ich gerne einmal gesehen. Die Garage ist vollständig zugeweht und bei der Schule guckt nur noch der Schornstein raus.«

»Und Polarnacht haben sie auch«, maulte Flavio betreten. »Sag mir lieber, ob wir nach Palermo dürfen!«

»Wir sollen das mit deinem Opa klären.«

Flavio machte wieder einen Luftsprung und diesmal ging die Lampe aus. »Hurra!«, rief er. »Opa Antonio, wir kommen!« Herr Villeneuve saß schmunzelnd auf dem Sofa, als der Raum in ein dämmriges Licht gehüllt wurde. »Auf, auf, Kollegen«, sagte er amüsiert, »dann lassen Sie uns das Abendessen einnehmen.« Nur ein paar Minuten später saßen ›König Harald von Norwegen‹ und ›Karl Gustav von Schweden‹ mit ihrem Begleiter in einem vornehmen Speisesaal und wurden mit Aufmerksamkeiten bedacht, wie sie es ihren Lebtag noch nicht erfahren hatten. Børre bestellte norwegischen Lachs und Flavio ›Lasagne‹. Als der geschniegelte Ober das Essen servierte und mit einer dreifachen Verbeugung einen guten Appetit wünschte, meinte Herr Villeneuve anerkennend: »Von diesem »Kaiserpinguin« kann ich noch viel lernen.«

Später, als die Jungen auch noch ein paar Eiskugeln mit Schokoladenstreuseln verdrückt hatten, fing Herr Villeneuve an, von seiner Arbeit als Kriminalbeamter zu erzählen. »Mir überlassen sie immer die Fälle, deren Spuren ins Ausland führen«, sagte er leise.

»Bestimmt, weil Sie fünf Sprachen sprechen«, antwortete Flavio scharfsinnig.

»Genau«, nickte der Beamte, »so ist es. Und viele Fälle, die ich bearbeite, haben mit dem Artenschutz zu tun. In Kanada werden jedes Jahr etwa 350.000 Robben zum Töten freigegeben. Es ist eine Schande, dass die Regierung sich für diese Tierquälerei starkmacht. Wisst ihr, wie man Robben tötet, damit man ihr Fell nicht beschädigt? Man nimmt einen dicken Knüppel und zertrümmert den Tieren einfach den Schädel. Manche Fischer sollen den Sattelrobben sogar bei lebendigem Leibe das Fell abziehen. Das ist natürlich grausam. Aber da es bei uns diese Gesetze nun einmal gibt, können wir nichts daran ändern. Bisher blieben die Proteste der ausländischen Tierschutzbehörden unbeachtet. Damit der Ärger in Europa aber nicht noch größer wird, versucht unsere Regierung wenigstens, die kriminellen Auswüchse zu verhindern. In den letzten Jahren sind die Preise für ein Robbenfell um das Zehnfache gestiegen. Eine weitere Einnahmequelle, neben den Fellen, ist das Öl, das aus den Tieren gewonnen wird. Herr Greenwood war einer der Fischer, der die erlaubten Fangquoten nicht einhielt und ein gutes Geschäft witterte. Unsere Leute sind diesem Greenwood schon seit Jahren auf der Spur. Aber diesmal haben wir rechtzeitig Wind davon bekommen, auf welchem Schiff die illegal erbeutete Ware nach Europa transportiert werden sollte.«

»Und da haben Sie sich als Ober getarnt und auf dem Containerschiff angeheuert. Total krass«, flüsterte Flavio. »Endlich können wir einmal darüber reden, wie die ganze Sache angefangen hat. Kann man denn wirklich nichts gegen das Töten der Robben unternehmen?«

»Solange die Regierung dahintersteht, nur sehr wenig. Das Robbengeschäft bringt Kanada viel Geld ein. Doch das Todesgeheul der Tiere ist entsetzlich. Allein im Golf des St.-Lorenz-Stromes werden ca. 90.000 Robben erschlagen. Die übrigen 260.000 Tiere lassen ihr Leben an den Küsten Labradors und Neufundlands. Ich habe vorhin erfahren, dass Herr Greenwood und sein blonder Kollege Thompson in Salzburg festgenommen worden sind. Das ist ein wichtiger Schlag gegen die Kriminalität. Aber dass die beiden mit einer anderen Bande von Kriminellen zusammenarbeiteten, die Felle aus dem Polarmeer verkaufen, dazu lebendige Eisbären verschiffen, ist der Gipfel. Wie der Bär die Rallye durch Rom verkraftet hat, bin ich auch gespannt zu erfahren. Wenn Herr Montesanti schon mehrere Touren dieser Art hinter sich haben sollte, wird es Zeit, dass auch ihm endlich das Handwerk gelegt wird. Wir haben inzwischen Informationen bei allen Zoos in Süditalien eingeholt. Der am südlichsten lebende Eisbär hat hier in Rom sein Zuhause. Aber anscheinend gibt es eine Art Wettbewerb bei süditalienischen Zoodirektoren, den bisherigen Rekord zu überbieten. Ich sehe schon kommen, bald exportiert man Eisbären noch in die Sahara. So eine Tierquälerei. Man soll die Tiere in den Lebensräumen lassen, wo sie aufgrund ihrer natürlichen Eigenschaften hinpassen. Ein Papagei gehört in den Urwald und ein Kamel in die Wüste.«

»Genau meine Meinung«, sagte Flavio. »Ein Eisbär gehört auf eine Eisscholle und ein Italienerjunge nach Sizilien.« Herr Villeneuve sah Flavio an. »Hmm«, sagte er langsam, »gefällt es dir etwa nicht in Norwegen, mein Junge?« Das war das Stichwort für Flavio, und den Rest des Abends unterhielten sie sich über die endlose Polarnacht und den heißen Wunsch des Sizilianerjungen, diese Zeit einmal in Palermo verbringen zu können. Herr Villeneuve staunte: »In Palermo? Da gibt es den südlichsten Zoo Europas. Ich würde mich nicht wundern, wenn Benito den Bären genau dorthin transportieren würde.«

»Der Abend war langweilig«, beschwerte sich Børre später, als er in dem weichen Federbett des Hilton-Hotels lag. »Die ganze Zeit habt ihr Italienisch gesprochen. Worüber habt ihr denn die ganze Zeit gequatscht?« Und als Flavio seinem Freund eine kurze Zusammenfassung der Unterhaltung gegeben hatte, meinte Børre nur: »Du solltest endlich lernen, dich mit Tromsø und der Dunkelheit anzufreunden. Da ist jetzt eben dein Zuhause!«

»Für meinen Vater vielleicht, für mich nicht«, beharrte Flavio stur. »Wenn ich achtzehn bin, zieh ich auf jeden Fall wieder nach Italien!«

»Dann würde ich ziemlich schnell einen guten Freund verlieren«, antwortete Børre. »Wir müssen uns im Winter halt noch öfter treffen und was zusammen unternehmen.«

»Brrrrr«, machte Flavio und schüttelte sich, »ich hasse Kälte und die Polarnacht.«

»Menschen können verändert werden«, fing Børre nun vorsichtig an. »Gott kann uns ...«

»Will ich aber nicht«, fuhr Flavio bockig dazwischen, »und jetzt Schluss für heute! Ich bin müde und habe keine Lust, mit dem Gedanken an Schnee und Eis einzuschlafen.« Und damit zog er sich die Decke bis zur Nasenspitze und drehte Børre den Rücken zu.

Der 1. Advent begann mit Sonnenschein und einem strahlend blauen Himmel. Die zahlreichen Pfützen jedoch, die von dem Regenwetter der letzten Tage übrig geblieben waren, waren mit einer dünnen Eisschicht überzogen. Der 1. Advent in Rom. Mit Sonnenschein. Das war schon fast so wie Silvester in Palermo. Flavio war begeistert. Als Herr Villeneuve später mit den Jungen zur Innenstadt fuhr, ließ Flavio sogar seinen gelben Schal im Hotel liegen. Das Auto, in dem sie diesmal saßen, war allerdings nicht blau, sondern rot. Ein roter Fiat. »Den habe ich gestern Abend beim Kommissariat gegen den blauen eingetauscht«, erklärte Herr Villeneuve. »Jetzt wird Herr Montesanti eben nicht sein blaues, sondern sein rotes Wunder erleben. Eine neue Tarnung war unbedingt nötig.« Børre kam aus dem Staunen nicht heraus. Er war zwar schon einmal in

Oslo gewesen, aber im Vergleich mit Rom war die Hauptstadt Norwegens nur ein Dorf. Und ständig hatte man hier in Rom den Eindruck, die Zeit sei um einige Jahrhunderte zurückgeschraubt worden. Die Häuserfronten sahen zum Teil sehr altertümlich aus und immer wieder konnte man hohe Säulen entdecken, von denen allerdings schon längst die Kapitelle heruntergefallen waren. Bunt angepinselte Holzhäuser wie in Norwegen sah Børre gar nicht. An einem Café am Capitol* hielt Herr Villeneuve an, drückte den Jungs einige Euro in die Hand und sagte: »Ich werde noch eine Tasse Kaffee trinken. Geht mal alleine los und seht euch ein wenig um. Wir treffen uns in zwei Stunden hier am Capitol wieder, okay?«

Natürlich war das okay, und die Jungen stürmten unternehmungslustig los. Sie rannten über die ›Via della Imperiali‹ und verschwanden anschließend hinter den dicken Quadern und langen Säulen des ›Forum Romanum‹. »Hier lag damals das Zentrum Roms, die wichtigsten Gebäude des Römischen Reiches und der Marktplatz«, fing Flavio emsig an zu erklären. »Und dahinten, in der Mitte des großen Platzes, das ist das ›Colosseum‹, das Amphi-Theater, das Kaiser Vespasian bauen ließ. Da war zur Kaiserzeit immer tüchtig was los.« Flavio kam sich jetzt vor wie ein Fremdenführer und war stolz, dass er Børre auch einmal etwas erklären konnte. Doch Børre schien jetzt mit den Gedanken nicht ganz bei der Sache zu sein.

»Sieh mal, wie hoch die Mauern sind«, schwärmte Flavio weiter, »in das Theater passten damals 45.000 Zuschauer rein. Und hier haben die Gladiatoren** gekämpft. Mann, das hätte ich gerne einmal gesehen!«

»Und hier sind die Christen von den Löwen zerrissen worden«, antwortete Børre bedrückt. »Das hat mit Spaß haben nichts zu tun.«

»Was sagst du?«, fragte Flavio und drehte sich ruckartig zu seinem Freund um. »Christen zerrissen? Von Löwen? Soweit ich weiß, sind hier höchstens mal ein paar Verbrecher hingerichtet worden.«

* der alte Regierungspalast ** zum Tode verurteilte Verbrecher

»Leider nicht«, flüsterte Børre düster. »Hier haben unzählige Christen ihr Leben für ihren Glauben lassen müssen. Die damaligen Kaiser hassten die Christen und wollten nicht, dass sich das Christentum ausbreitete.«

Flavio wurde nachdenklich. »Ist der Glaube an Jesus so gefährlich?«, fragte er.

»Kommt darauf an, wo man wohnt und in welcher Zeit man lebt«, entgegnete Børre, der jetzt seine bunte Norwegermütze aus der Tasche zog, weil plötzlich ein kalter Wind um das ›Colosseum‹ herumgepfiffen kam. »Damals starben sie hier in diesem Amphi-Theater, später zu Tausenden in den Verfolgungen der katholischen Kirche und heute durch den Hass der Muslime in islamischen Ländern. Christen lebten immer schon gefährlich. Aber mein Vater meint, es sei eine Ehre, für Christus zu leiden und zu sterben. So kann man zeigen, dass Gott einem das Wichtigste ist.«

Langsam schlenderten die Jungen an einem Park vorbei und bogen zu den ›Caracalla-Thermen‹ ab. »Gebadet haben die Römer auch gerne«, sagte Flavio mit nachlassender Begeisterung. Irgendwie war seit der letzten Bemerkung Børres der Schwung weg. Auf einem Schild las Flavio ›Via Appia Antica‹. »Das war eine ganz berühmte Römerstraße«, erklärte er jetzt. »Diese Straße führte bis Brindisi. Die ›Via Appia‹ war immer das Lieblingsthema von Signor Rossi, meinem ehemaligen Klassenlehrer.« Nach einer Weile blieb Børre stehen. »Komm, wir machen mal eine Pause«, sagte er und setzte sich auf einen dicken Quaderstein. »Wir genießen ein bisschen die Wärme.«

»Welche Wärme?«, fragte Flavio. »Ich hätte besser doch den Schal mitgenommen. Der Wind ist noch eiskalt!« Anstandshalber blieb Flavio ein paar Minuten stehen und wartete. Doch dann zeigte er auf das Ende des Parks und meinte: »Wir gehen noch bis zur Stadtmauer. An der ›Porta Sebastiano‹ kehren wir dann um.« Als die beiden Jungen bedächtig durch das alte Stadttor gingen, deutete Børre auf ein schlecht lesbares Schild. »Was steht da?«, fragte er und ging noch einige Meter dichter auf das abgenutzte Brett zu.

»Zu den Katakomben«, erwiderte Flavio, »das ist ein uralter Friedhof unter der Erde, mehr nicht.«

»Ach«, fragte Børre interessiert nach, »kann man ihn besichtigen?«

»Im Sommer schon. Aber sag bloß, du interessierst dich für Gräber und unterirdische Gänge?«

»In den Katakomben von Rom haben sich die verfolgten Christen getroffen«, sagte Børre aufgeregt. »Das habe ich in einem Buch gelesen. Ich hätte nie gedacht, dass ich hier einmal hinkommen würde.«

Flavio verzog das Gesicht. »Komm«, sagte er, »wir sind hier schließlich nicht auf einer Pilgerreise, lass uns wieder zurückgehen. Ich bekomme langsam kalte Füße.«

Auf dem Rückweg zog Børre seinen Freund plötzlich hinter einen Pfeiler. »Ich krieg die Pimpernellen«, flüsterte er, »dahinten steht Benito!«

»Wo?«, fragte Flavio und riskierte einen Blick hinter dem Pfeiler hervor.

»Vor der Pizzeria dort. Der Mann mit der schwarzen Jacke. Erkennst du ihn?«

»Ach was«, erwiderte Flavio, »der Typ sieht doch ganz anders aus. Benito gelt sich nicht die Haare. Komm, wir gehen weiter.«

Bald darauf saßen die beiden Jungen im Straßen-Café neben Herrn Villeneuve, der inzwischen wieder einmal eine ganze Zeitung durchgelesen hatte. Flavio erzählte dem Beamten einige Geschichten von Caesar und Kleopatra, während Børre staunend den Verkehr beobachtete. »Die spinnen, die Römer«, sagte er nach einer Weile. »Da haben Asterix und Obelix vollkommen recht. Sie stellen zwar Verkehrsschilder auf, fahren aber trotzdem so, wie es ihnen passt.«

»Rom ist einfach krass«, schwärmte Flavio am späten Abend. »Besonders in der Polarnacht. Die Sonne schien heute bis 17.30 Uhr. In Tromsø läge ich schon seit Stunden in den Federn. Vor Langeweile gehe ich manchmal um 18.00 Uhr ins Bett.«

»Was soll denn erst der arme Eisbär sagen«, erwiderte Børre. »Seit Wochen hockt er hinter Gittern und starrt schwarze Wände an. Wie sehr gönne ich ihm die Freiheit auf hohen Eisbergen und weiten Schneefeldern.«

»Morgen kommt er erst einmal in eine Kfz-Werkstatt«, grinste Flavio. »Er ist bestimmt der erste Eisbär, der so etwas erlebt. Ich finde, damit hat er es verdient, in das Guinness-Buch der Rekorde aufgenommen zu werden.«

»Ja«, lachte jetzt auch Børre, »wenn der Mechaniker wüsste, wen er da in der Werkstatt hat! Ich glaube, er würde sofort 'nen Zeitungsreporter anrufen.«

Der Mechaniker rief keinen Reporter an. Als er am nächsten Morgen unter Benitos scharfer Beobachtung in der Grube stand und versuchte, das abgerissene Auspuffrohr anzuschweißen, ertönte über ihm ein kräftiges Brummen und Scharren. Lässig legte er das Schweißgerät beiseite und kroch aus der Grube.

»Ihre Rinder machen aber komische Geräusche«, sagte er und zog ein Kaugummi aus seiner ölverschmutzten Arbeitsjacke. »Was is'n das für eine Rasse, wenn ich mal fragen darf?«

»Eine seltene Art aus Nordeuropa«, log Benito.

»Ach«, hob jetzt der Schweißer, der seine schwarzen Haare zu einem Pferdeschwanz zusammengebunden hatte, an, »etwa Wisente oder Galloways? Darf ich mal sehen? Ich interessiere mich nämlich sehr für solche Viecher. Wünsche mir, in meinem nächsten Leben als stattlicher Büffel geboren zu werden.«

»Machen Sie, dass Sie fertig werden«, brummte Benito mürrisch. »Ich müsste schon längst in Palermo sein. Wären Sie bereit gewesen, am Samstag den Auspuff zu schweißen, anstatt zum Papst zu rennen, wäre ich schon zweimal am Ziel.«

Der Mechaniker sah Benito erstaunt an. »Ich? Zum

Papst?«, sagte er und hob abwehrend die Hände. »Ich wüsste nicht, was ich da sollte. Da hätte mein Guru* bestimmt was gegen. Ich bin Hindu!«

»Maledetto«, brauste Benito jetzt auf, »ich habe wirklich weder Zeit noch Lust, mit Ihnen über Religion zu quatschen. Noch viel weniger über irgendwelche »Kängurus«. Schweißen Sie weiter, Mann!«

Der Mechaniker warf noch einmal einen flüchtigen Blick auf den grünen Viehtransporter und verschwand Kaugummi kauend in der Grube. Funken sprühten, einige kurze Hammerschläge ertönten, und dann saß der Auspuff fest. Der Mechaniker krabbelte aus dem Loch hervor und ließ den Motor an. »Alles in Butter«, sagte er, »die Geräusche klingen wieder normal. Nur Wisente brüllen anders, das weiß ich genau.« Und ehe sich Benito versah, stand der Mechaniker schon an der grünen Bohlenwand des Viehtransporters und spähte mit einer Taschenlampe durch die Ritzen in das Innere des Lkws hinein. »Dachte ich mir's doch«, maulte der neugierige Schweißer mit seinem Pferdeschwanz und produzierte mit seinem Kaugummi eine tischtennisballgroße Blase. Schallend ließ er sie platzen. »Ich kann doch wohl noch Wisente von Eisbären unterscheiden!« Damit drehte er sich auf dem Absatz um und bahnte sich den Weg durch die kleine Kfz-Werkstatt zum Büro seines Chefs.

Als Benito wenig später die Werkstatt verließ und mit seinem Transporter die ›Via Appia Nuova‹ hinuntergurkte, um die Autobahnauffahrt zu finden, sagte der Mechaniker zu seinem Meister: »Wenn der Mann von der Kriminalpolizei kommt, sag ihm, dass der Schweizer nach Palermo will. Das wird den Beamten interessieren.«

»Bene«, antwortete der Chef lächelnd. »Herr Villeneuve wird gleich hier sein. Das haben wir am Samstag so abgesprochen. Schön, dass du das Reiseziel herausbekommen hast, Francesco. Du hast Talent, du solltest bei der Kriminalpolizei anfangen!«

Unterdessen heizte Benito durch Rom wie ein Teilnehmer

* ein hinduistischer Lehrer

der Rallye ›Paris – Dakar‹ durch die Sahara. Bloß raus aus dieser Stadt. Die Leute hier stellten zu viele Fragen. Endlich erreichte er die Autobahn, schraubte die Gänge hoch und verließ ›Roma‹ in Richtung ›Napoli‹. Erst kurz vor Mittag hielt er auf einem unsauberen Parkplatz an, um dem geduldigen Gesellen auf der Ladefläche sein Frühstück nachzureichen.

Kalte Asche am Vesuv

Während Benito in eiliger Fahrt am Schienbein des italienischen Stiefels entlang nach Süden rauschte, schmiedeten Børre und Flavio auf dem Rücksitz des roten Fiats Pläne, was sie in der Zeit bei Opa Antonio in Palermo unternehmen könnten.

»Wie lange können wir eigentlich dortbleiben?«, fragte Børre auf einmal.

»So lange, wie wir wollen«, antwortete Flavio bestens gelaunt. »Bei Opa wird es nie langweilig. Wir wollten doch auf jeden Fall Silvester in Palermo verbringen.«

»Und wenn nächste Woche wieder Schule ist?«

»Das interessiert mich nicht. Ich bin gekidnappt worden und bin halt nicht da.«

»Aber zu lange dürfen wir auch nicht bleiben«, sagte Børre mit pflichtbewusster Miene. »Sonst verpasse ich zu viel Stoff in Mathe.«

»Sag mal, du alter Schneehase«, fragte Flavio argwöhnisch, »du willst doch nicht etwa so schnell wie möglich in die Polarnacht zurück, oder? Jetzt hat uns der Zufall nach Italien befördert, und du willst dieses Glück schnellstens wieder sausen lassen? Das finde ich komisch!«

»Zufall? Glück? Ein bisschen Lüge war auch dabei. Das hast du wohl schon wieder vergessen.«

»Na ja«, gab Flavio kleinlaut zu, »davon einmal abgesehen. Jedenfalls sind wir bald in Palermo, durch welche Umstände auch immer. Und wenn wir schon einmal da sind, habe ich keine Lust, am nächsten Tag schon wieder nach Hause zu fliegen. Basta!«

»Noch sind wir nicht am Ziel«, bemerkte Børre. »Auf den nächsten Kilometern kann noch 'ne Menge passieren. Außerdem glaube ich nicht an Zufälle, sondern an die Allmacht Gottes und dass ER in allem seine Hand im Spiel hat.«

»Noch 20 km bis Neapel«, sagte Herr Villeneuve in diesem Augenblick. »Mal sehen, was Benito nun vorhat.«

»Benito mag die Innenstädte«, seufzte Herr Villeneuve nach einer Viertelstunde. »Es scheint mir, er will zum Hafen.«

Und so war es auch. In einer atemberaubenden Fahrt wiederholte Benito die römische Stadtrallye. Nur, dass in Neapel nicht der Auspuff röhrte. Jedenfalls nicht *der* unter dem Baseler Viehtransporter. Dafür knatterten Hunderte von Vespa-Rollern und Mofas durch die Straßen. »Die sind alle frisiert«, meinte Børre. »In Tromsø fahren sie nicht so schnell.« An den Straßenrändern konnten die Jungen riesige Müllberge erkennen. Säcke lagen verstreut, und Hunde wühlten in den Abfällen herum. »Wahrscheinlich streikt gerade die Müllabfuhr«, erklärte Flavio gelassen. »Das kommt hier alle vier Wochen einmal vor.«

Die drei Augenpaare in dem roten Fiat mussten sich ungemein anstrengen, um dem Schweizer Viehtransporter auf den Versen zu bleiben. Endlich konnte man zwischen grau-gelben Häuserschluchten das Mittelmeer erkennen. Die Bucht von Neapel lag in gleißendem Sonnenlicht. Benito steuerte auf den Fährhafen zu und reihte sich in einer Fahrzeugschlange ein, über der an einem rostigen Eisenträger das Schild ›Palermo‹ angebracht war. Herr Villeneuve hielt auf einem Besucherparkplatz an, und von dort aus beobachteten sie den Transporter, bis dieser im Bauch der Fähre verschwunden war. Erst jetzt stieg Herr Villeneuve aus, um sich nach den Abfahrtszeiten zu erkundigen. Nach zehn Minuten hatte er alle Infos in der Tasche, die wichtig waren.

»Wir lassen ihn alleine nach Palermo übersetzen«, sagte der Beamte, als er wiederkam. »Auf dem Schiff hängt er über neun Stunden fest. Wenn wir mitfahren, ist das Risiko zu groß, entdeckt zu werden. Also lassen wir uns etwas anderes einfallen.« Und da man in einer Sache, in der man schnell entscheiden muss, nicht 1.000 Möglichkeiten abwägen kann, war der Entschluss schnell gefasst: »Wir gehen in die Luft!«, sagte Herr Villeneuve kurz.

Die Vorbereitungen am Flughafen von Neapel waren schnell erledigt. Um 19.30 Uhr würde die Maschine starten und nur eine Stunde später in Palermo landen. »Ein Katzensprung«, sagte Herr Villeneuve. »Kaum hat man sich nach dem Start abgeschnallt, schnallt man sich zur Landung wieder an. Bis zum Abflug haben wir noch fast vier Stunden Zeit. Habt ihr einen Vorschlag, was wir in der Zwischenzeit noch unternehmen könnten?«

»Der Müllabfuhr helfen«, meinte Børre trocken.

»Da macht man sich zu schmutzig«, griente Flavio. »Wie wäre es mit einem Ausflug auf den Vesuv? Einmal im Leben muss man doch auf einem Vulkan gestanden haben.«

»Auch zu schmutzig.«

»Dann könnten wir eine der vielen Thermalquellen von Neapel besuchen.«

»Zu heiß«, meinte Børre knapp.

»Dann mach einen besseren Vorschlag, du alter Schneehase«, sagte Flavio mit einem langen Gesicht.

»Wir besuchen Pompeji. Da ist die Asche weggeschaufelt worden!«

»Du kennst Pompeji?«, fragte Flavio erstaunt.

»Ja, warum denn nicht? Meinst du, wir lernen in Norwegen nichts über die italienische Geschichte? Ausbruch des Vesuvs, 79 n. Chr., 3.000 Tote. Der Ascheregen war so gewaltig, dass der Ort innerhalb kürzester Zeit eingeschneit war. Ich meine, zugeschüttet. Mit Asche natürlich. Sonst noch ein paar Infos gefällig?«

»Ist das weit von hier?«, fragte Herr Villeneuve, nachdem Flavio übersetzt hatte.

2

»Nicht der Rede wert«, flachste Flavio. »Nur ein Katzensprung. Kaum hat man sich im Wagen angeschnallt, muss man sich auch schon wieder abschnallen.«

Langsam lenkte Herr Villeneuve den roten Fiat durch den Stadtverkehr am Fuße des Vesuvs entlang. Weit draußen im ›Golfo di Napoli‹ lag die Insel ›Capri‹ in der Nachmittagssonne. »Pompeji ist weltberühmt«, gab inzwischen Flavio sein Wissen zum Besten. »Man hat den ganzen Ort, der früher einmal 20.000 Einwohner hatte, ausgegraben. Anhand der vielen Funde kann man heute genau wissen, wie die Römer damals gelebt haben. Und ganz tolle Mosaike sind gefunden worden.«

Als sie schließlich den weltberühmten Ort Pompeji erreicht hatten, fand Børre das, was er sah, gar nicht so berühmt. Am Kassenhäuschen hing das Schild, das alle Touristen verärgert, wenn sie sich nicht richtig informiert haben: ›Geschlossen‹.

»Von November bis Februar ist hier tote Hose«, meinte Flavio enttäuscht, »da herrscht hier sozusagen Polarnacht.«

»Kalte Asche am Vesuv. Nix los!«, sagte Børre. »Schade. Ich wäre gerne einmal auf den Resten der Vergangenheit herumspaziert. Im Sommer verbrennt man sich auf diesen Steinen hier bestimmt die Füße.«

»In Italien verbrennt man sich überhaupt nichts«, antwortete Flavio eingeschnappt. »Wir sind hier schließlich nicht in Tunesien. Hier haben wir genau die richtigen Temperaturen!«

»Schon gut, du sizilianische Eidechse«, lachte Børre und weil jetzt auch der brave Flavio wieder grinste, lachte sogar Herr Villeneuve mit, obwohl er nichts verstanden hatte.

»Wie liegen wir in der Zeit?«, fragte der Kripobeamte jetzt.

»Gut. Noch fast drei Stunden bis zum Abflug«, entgegnete Flavio. »Ich bin schon ganz aufgeregt, weil ich mal endlich wieder fliegen kann.«

»Dann fahren wir einmal um den Vesuv herum«, schlug Herr Villeneuve vor. »Hoffentlich besinnt er sich nicht darauf, ausgerechnet heute wieder loszuspucken!«

Nachdem der rote Fiat sich am Fuße des Vulkans in Bewegung gesetzt hatte, wurde es im Fond des Wagens still. Børre stellte sich vor, wie es wohl wäre, wenn plötzlich glühendes Gestein den Berg herunterfließen würde, und Flavio war über die Weinberge an den Hängen erstaunt. Im Sommer, wenn die grünen Blätter und Trauben an den Weinstöcken hingen, würde der jetzt noch graue Bergkegel aussehen wie ein grüner Chinesenhut. Doch in dieser öden Jahreszeit wirkte er eher wie ein riesengroßer Maulwurfshaufen. Schnee lag hier wahrscheinlich selten.

In diesem Augenblick machte Herr Villeneuve eine Vollbremsung. Børre und Flavio erschraken und warteten auf den Aufprall. Doch der blieb aus. Stattdessen zeigte der Beamte auf eine Wiese in der Nähe der Straße. »Seht ihr auch, was ich sehe?«, fragte er Flavio.

»Bella donna, der Zirkus Trappatoni!«, rief Flavio überrascht. »Das muss ihr Wintercamp sein.« Tatsächlich, auf den Wagen, die in einem wilden Durcheinander umherstanden, war deutlich der Name ›Trappatoni‹ zu erkennen. Einige Tiere waren auf der Wiese angepflockt, andere rannten frei über den Hof des dazugehörigen Bauernhofes. Man sah deutlich, dass sich das Camp erst im Aufbau befand.

»Ich wünsche Ihnen einen angenehmen Jahresurlaub«, feixte Herr Villeneuve und bis zum Flughafen sprach er mit Flavio über nichts anderes mehr als über die sogenannten Zufälle des Lebens.

»Der Fiat wird von der Kripo in Neapel übernommen«, sagte Herr Villeneuve, als sie später im Wartesaal des Flughafengebäudes saßen. »Geht noch mal auf die Toilette, wir müssen gleich durch die Gepäckabfertigung.«

Als Børre und Flavio wieder auftauchten, winkte Herr Villeneuve sie schon zu einem Drehkreuz am Ende der Halle herüber. Die Jungen eilten an etlichen Reisebüros und Schaltern der verschiedensten Fluggesellschaften vorbei. Das Einchecken war schnell erledigt. Der Kontrollbeamte sah kopfschüttelnd hinter Børre her und sagte zu seinem Kollegen: »Die Kripo in Toronto hat aber seltsame Agenten! Er hat den Kleinen ja wie einen Norweger verkleidet.« Und als Herr Villeneuve draußen auf dem Rollfeld die Maschine erblickte, die sie nach Palermo bringen sollte, sagte er mit sorgenvoller Miene: »Die Italiener haben aber seltsame Flugzeuge! Die fliegen hier ja noch mit Propellermaschinen.« Kurz darauf kletterten der kanadische Agent und seine beiden Begleiter aus Norwegen die Gangway hoch und quetschten sich in das verrostete Ungetüm hinein, das so etwas Ähnliches wie eine sizilianische Linienflugmaschine darstellen sollte. Wahrscheinlich hatte diese Rostbeule ihren Lebtag noch keine anderen Landebahnen kennengelernt als die von Neapel und Palermo. Aber offensichtlich hatte sie es schon einige Jahrzehnte geschafft, sich jeweils etwa eine Stunde über dem Tyrrhenischen Meer in der Luft zu halten.

»Wir hätten doch besser das Schiff nehmen sollen«, sagte Flavio beklommen, als er sich umsah. »Wie viel Passagiere kommen denn noch? Die Sitze sind doch schon alle besetzt!« Gerade drängelte sich noch eine Dame mit einem Schoßhündchen herein und setzte sich ausgerechnet neben einen grauhaarigen Herrn, der einen ebenso grauen Kater auf dem Arm hatte. »Das kann nicht gut gehen«, meinte Flavio. Jetzt wurde die Tür verschlossen, und draußen begannen vier Propeller zu rotieren. Als sie endlich auf Hochtouren liefen, bemerkte Børre, dass einige Fluggäste immer noch keinen Platz gefunden hatten. Aufgeregt diskutierten sie mit einer Stewardess, die ausgezeichnet zu diesem veralteten Flugobjekt passte. Nachdem auch noch der Pilot dazukam, war die Show perfekt. Fünf Passagiere mussten die Kiste wieder verlassen, und zwei setzten sich demonstrativ in den Mittelgang. Der Pilot ließ sie gewähren. Die Propellermaschine startete mit einer halbstündigen Verspätung. Und während 4.000 Meter unter ihnen auf einer Mittelmeerfähre ein Eisbär ungeduldig mit den Tatzen scharrte, fauchten sich 4.000 Meter über ihm ein Schoßhündchen und ein grauer Kater an, dass den Fluggästen Hören und Sehen verging. Die altertümliche Stewardess machte gute Miene zum bösen Spiel, und die Besitzer der beiden Haustiere zeigten sich gegenseitig einen Vogel. Alles in allem, in dem tollkühnen Propellerflieger herrschte ein ziemliches Theater. Aber trotz Theater hielt sich der verrostete Vogel beachtlich in der Luft. Die vier Propeller schraubten sich durch den Abendhimmel wie ein heißer Metallbohrer durch die Butter. Einer der beiden Passagiere, die auf dem Boden der Maschine hockten, war inzwischen nach hinten übergekippt und eingeschlafen.

Flavio und Børre saßen auf ihren schmalen Sitzen und starrten vor sich hin. Zu allem Überfluss kroch jetzt auch noch beißender Zigarettenrauch durch die Kabine. Die Stewardess machte dem qualmenden Sizilianer ein Zeichen. »Das ist hier verboten, Signore«, lächelte sie säuerlich, und jetzt sah man deutlich, wie ihr dick aufgetragenes Make-up Risse bekam. »Der Rauch kommt unten vom Ätna«, meinte der Angesprochene trocken und versuchte dabei seine Zigarette zu verstecken. »Ich rauche nicht.« Und dann ging das Theater zwischen Hund und Katze wieder los.

»Meinst du, wir stürzen ab?«, fragte Flavio nach einer Weile.

»Wie kommst du darauf?«, fragte Børre zurück.

»Die Motoren hören sich an, als ob sie eine Lungenentzündung hätten«, flüsterte Flavio. »Daran sterben viele alte Leute.«

Børre lächelte. »Bei dem Krach und der Überlastung bekommt die Maschine eher einen Herzinfarkt. Vielleicht haben die Techniker ihr aber auch schon einen Herzschrittmacher eingesetzt.«

»Bitte anschnallen und zur Landung vorbereiten!«, ertönte eine Stimme aus dem knisternden Bordlautsprecher. »In wenigen Minuten …« Und das war das Letzte, was Flavio verstehen konnte, denn in diesem Moment riss sich das Schoßhündchen los und sprang mit einem Satz auf den Rücken des grauen Katers. Der ärgerliche Besitzer packte das Hündchen blitzschnell am Kragen und beförderte es mit einem energischen Ruck auf den Schoß seiner Sitznachbarin zurück. Doch jetzt machte der zu Tode erschrockene Kater einen Satz und sprang auf die Kopfstütze des Vordersitzes, sodass sein Schwanz von oben durch das Gesicht einer dahintersitzenden schwarz gelockten Schönheit strich. Ein gellender Schrei ertönte, und nun ging das Affentheater in der alten Rostbeule erst richtig los. Die Stewardess fuchtelte aufgeregt mit den Armen und versuchte die Fluggäste zu beruhigen. Als das nicht gelang, kam ihr der knisternde Bordlautsprecher zu Hilfe: »Liebe Fluggäste ... leider verzögert sich ... Landung ..., da wir ein Problem mit ... Fahrgestell haben.«

Schlagartig war es in der Kabine still. Einige Passagiere flüsterten miteinander und die Stewardess ging zum Piloten, um sich zu erkundigen, ob sie richtig gehört habe. Kurz darauf ertönte wieder der Lautsprecher: »Liebe Fluggäste! Wir müssen leider noch ein wenig in der Warteschleife kreisen, weil ... Fahrwerk klemmt. Unser Bordtechniker ... Defekt unverzüglich beheben. Bitte haben ... noch etwas Geduld. Danke!«

Børre sah, wie Flavio bleich wurde. Einige Fluggäste schimpften leise, während sich andere verkrampft in ihre Sitze pressten. Herr Villeneuve blickte aus dem Fenster und konnte unter sich die Lichter des Flughafens von Palermo erkennen. »Wenn das so weitergeht, ist Montesanti eher in Palermo als wir«, raunte er Flavio ins Ohr. »Es wäre schlimm, wenn er uns auf den letzten Metern noch entwischen würde!« Und Børre flüsterte in das andere Ohr: »Wir müssen beten, Flavio. Die Propellermaschine leidet doch an Altersschwäche.« Jetzt legte sich die Klapperkiste in eine recht steile Kurve und der schlafende Fluggast im Mittelgang rollte mit dem Kopf vor die Eisenfüße eines Sitzes. Allmählich verlor die Maschine an Höhe. Noch einmal spuckte der Lautsprecher mit einem knackenden Geräusch letzte Anweisungen heraus: »Bitte schnallen Sie sich nach … Landung sofort ab und verlassen das Flugzeug … Notausgänge!«

Børre beugte sich ein wenig nach vorn und sprach ein kurzes Gebet: »Lieber Vater im Himmel, bitte hilf dem Piloten bei der Landung und bewirke doch noch, dass das Fahrgestell wieder funktioniert. Amen.«

Bruchlandung am ›Capo Gallo‹

Der Pilot der alten Propellermaschine starrte angestrengt in die Dunkelheit und setzte jetzt schon zur dritten Schleife über dem ›Aeroporto Punta Ráisi‹ an. Der Flughafen, westlich des ›Capo Gallo‹, etwa 35 km von Palermo entfernt, war auf eine Landzunge gebaut und schob seine Landebahn wie ein Sprungbrett im Hallenbad weit in den ›Golfo di Castellammare‹ hinein. Aber was hilft die schönste Landebahn, wenn die dumme Klappe eines Flugzeugfahrgestelles nicht aufgehen will! Natürlich kann man noch ein paar zusätzliche Schleifen fliegen, aber irgendwann muss die Maschine runter vom Himmel. Der Pilot ließ den Blick jetzt immer öfter über die Messinstrumente schweifen. Da erschien der Bordtechniker in der Tür.

»Ich finde die Ursache nicht«, sagte er schwitzend. »Sende einen Notruf an den Tower und stell dich auf eine Landung ohne Räder ein.«

Der Pilot nickte stumm. Dann drückte er auf die Funkertaste. Unterdessen fummelte der Techniker an verschiedenen Knöpfen herum, schloss hier und da ein Kabel an und starrte auf sein Messgerät. Die Propellermaschine ging in die nächste Runde. Vom Kontrollturm wurde zurückgefunkt: »Wir halten die Piste für Sie frei. Wie weit reicht der Treibstoff noch?«

»Für eine knappe halbe Stunde«, funkte der Pilot zurück. »Noch vier Schleifen, dann muss ich's wagen.«

»Irgendwo müssen wir einen Kurzschluss sitzen haben«,

meinte nun der Techniker. »Vielleicht auch nur einen Wackelkontakt. Nimm einmal den Schub zurück, schwenk mit den Tragflächen oder flieg ein Looping.« Quälend presste der Bordtechniker jetzt ein müdes Lächeln zwischen seinen Zähnen hervor. Doch der Pilot versuchte es. Mit einem kurzen Motorenaussetzer brachte er das alte Ding ins Stottern. Den Passagieren stockte der Atem und der Gast im Mittelgang wachte endlich auf. Vorsichtig tastete er nach den Beulen an seiner Stirn.

»Ich geh jetzt runter«, sagte nun der Pilot zu seinem Kollegen und fing wieder an zu funken. In einer langen Schleife ging die Propellermaschine in den Sinkflug. Zwei Triebwerke hatte der Flugkapitän schon ausgeschaltet. »Wir sollen die Sandpiste neben der Rollbahn nehmen«, sagte er jetzt konzentriert. Da blinkten auf einer Anzeige zwei rote Lämpchen auf.

»Ahhhh!«, rief der Techniker, als er das Flackern bemerkte, »es klappt also doch noch. Das sind die beiden Hinterfüße.«

»Was ist mit dem Bugrad?«

»Nichts«, antwortete der Techniker. »Absolut nichts. Das Vorderbein stellt sich stur!« Wieder griff der Kapitän zum Funkgerät. »Landung auf zwei Beinen bitte auf Startbahn B«, hörte der Pilot den Lotsen in seinem Kopfhörer sagen. »Die Feuerwehr wird Sie in Empfang nehmen. Behalten Sie einen kühlen Kopf!«

Am Horizont tauchten nun die breiten Lichterketten der Startbahnbeleuchtung auf. Wie gebannt verfolgte der Pilot die Zeiger auf den Messgeräten. Und plötzlich war die Piste da. Wie ein langes schwarzes Förderband lag die Landebahn zwischen zwei gelben Reihen von Positionslichtern, die die Bahn rechts und links flankierten. In der Ferne blinkten die blauen Lampen der bereitstehenden Feuerwehren. Mit einem zischenden Geräusch setzte die Propellermaschine auf. Sofort schaltete der Kapitän auch die beiden letzten Triebwerke aus und fegte über die Bahn, wobei er versuchte, die Nase der Maschine so lange wie möglich nach oben zu drücken. Erst am Ende der Landebahn, als die Geschwindigkeit nur noch ganz gering war, ließ die Rostbeule die Nase sinken und schrappte Funken sprühend noch einige Meter mit dem Bug über den Asphalt. Dabei drehte sie sich etwas zur Seite, streckte die Heckflügel in die Höhe und blieb schließlich am Rollbahnrand liegen wie ein Hund, der seine neugierige Nase in ein Mauseloch steckt. Schon war die Flughafenfeuerwehr zur Stelle und schäumte die Tragflächen und heißen Triebwerke mit einem Kühlmittel ein. Die Tür flog auf und eilig wurde eine fahrbare Gangway herangeschoben. Flavio war der erste Passagier, der die Treppe herunterstolperte und von einigen Sanitätern in Empfang genommen wurde.

Die Bruchlandung war glimpflich abgelaufen. Der Pilot wurde in den höchsten italienischen Tönen gelobt und die Feuerwehr war froh, dass kein Triebwerk explodierte. Schnell wurden die Passagiere in sicherer Entfernung in einen Bus verfrachtet, der sie zum nahe gelegenen Terminal schaukelte. Müde und abgespannt ließen sich Børre und Flavio auf ein Ledersofa sinken. Schon kam das Flughafenpersonal angerannt und verteilte großzügig heißen Tee und Gebäck. Da tauchte auch Herr Villeneuve aus dem Getümmel auf.

»Ich muss unverzüglich zum Hafen von Palermo«, sagte er hastig. »Ich fahre mit dem Taxi. Bleibt hier und versucht an meine Koffer heranzukommen. Hier sind die Nummern. Ich will versuchen, Benito abzufangen und herauszubekommen, wo er übernachtet. Bei der nächsten Gelegenheit hole ich euch ab. Sucht euch ein nettes Schlafplätzchen. Es könnte etwas dauern.« Herr Villeneuve zog noch einige Geldscheine aus seinem Portemonnaie und drückte sie den Jungen in die Hand. »Damit ihr euch etwas zu essen kaufen könnt«, meinte er halb im Gehen, und im nächsten Augenblick war er auch schon in der Menschenmenge untergetaucht.

Der Taxifahrer kannte sich gut aus. Nachdem er das Ziel

seines Fahrgastes zur Kenntnis genommen hatte, sauste er los. Und wie! Im Tiefflug nahm er den Flughafenzubringer, schlängelte sich wie ein Wiesel am ›Monte Pellegrino‹, dem Hausberg Palermos, vorbei, und kämpfte sich durch ein Gewirr von Straßen und Gassen, an gewaltigen Palazzi, Villen und Museen vorbei, zum Hafengelände vor. Herr Villeneuve konnte dem Taxifahrer gerade noch sein wohlverdientes Fahrgeld in die Hände drücken, als in der Ferne schon die Lichter eines größeren Schiffes aufleuchteten. Doch bis dieses Schiff endlich in den Hafen von Palermo einfuhr, verging wohl noch eine gute halbe Stunde. Inzwischen telefonierte der Kripobeamte mit der Polizei. Nur wenige Minuten später erschien ein Streifenwagen und zwei Beamte stiegen aus, die sich suchend umsahen. Herr Villeneuve trat auf sie zu, zeigte auf das einlaufende Fährschiff und klärte die Beamten über die Person eines gewissen Benito Montesanti auf. »Stets zu Diensten«, lächelte der größere von beiden. »Wir warten hier auf Sie.«

Unterdessen hatte die Fähre aus Neapel angelegt, und die ersten Fahrzeuge rollten langsam über eine Rampe an Land. Herr Villeneuve und seine beiden neuen Mitarbeiter saßen startbereit in dem Polizeiwagen und beobachteten die gewaltige Klappe der Fähre, die wie ein riesiges Nilpferdmaul in den beleuchteten Hafenhimmel ragte. Auch einige Fußgänger verließen das Schiff, und weil Menschen immer froh sind, ob sie nun aus einem Flugzeug oder einem Schiff aussteigen, wenn sie wieder festen Boden unter den Füßen haben, lachten die meisten. Und das kurz vor Mitternacht. Endlich erschien auch der grüne Eisbärentransporter, dessen Fahrer sich absolut sicher war, dass er nun das exotischste Säugetier von ganz Sizilien an Land setzte. ›Der südlichste Eisbär in Europa‹ würde bald an dem Käfig seines Fahrgastes prangen. Noch eine Nacht in einem Hotel, und dann könnte endlich die lang ersehnte Übergabe an den Zoodirektor von ›Città del Mare‹, einem Ort nur 30 km westlich von Palermo, stattfinden. Eines war Benito jedenfalls jetzt schon klar: 100 Tonnen rote Gummibärchen nach Südafrika zu transportieren, wäre weniger aufreibend gewesen, als einen Eisbären von Tromsø nach Palermo zu begleiten. Morgen Abend würde auch für ihn der schwer verdiente Jahresurlaub beginnen. Noch *eine* Nacht. Benito wählte das ›Holiday Inn‹, und Herr Villeneuve das ›Massimo Plaza Hotel‹ schräg gegenüber. Die Betten waren wunderbar weich, die Sitze in der Wartehalle des Aeroporto von Palermo weniger. Aber Børre und Flavio waren ja inzwischen einiges gewohnt.

Nachdem ihr »Chef« sie in der Wartehalle Hals über Kopf verlassen hatte, erkundigte Flavio sich zunächst bei der Gepäckabfertigung, ob die Koffer des Fluges ›Neapel-Palermo‹ bald übergeben würden. Doch der Angestellte meinte: »Erst wird die Maschine vom Rollfeld in die Wartungshalle gezogen. Das kann noch ein Weilchen dauern.« Also organisierten sich die beiden Jungen erst einmal etwas zu essen. Als sie kurz darauf mit einem Fischbrötchen wieder auf das Ledersofa sanken, wollte der Fisch allerdings nicht so recht in Flavios Magen rutschen. Nach der durchgestandenen Aufregung der letzten Stunden hatte er noch einen leichten Kloß im Hals sitzen, und die Beine Flavios verhielten sich immer noch ein wenig so wie ein Wackelpudding in einem Plastikbecher.

»Das war ein ganz dicker Tintenfisch«, meinte Flavio irgendwann nach Mitternacht. »Da meint man immer, nur ein Triebwerkschaden sei gefährlich, dabei kann schon alles schiefgehen, wenn das Fahrgestell nicht mitmacht.«

»Ja«, erwiderte Børre nachdenklich, »piepegal, wenn der Herzschrittmacher funktioniert, aber die Beine versagen. Das war ganz schön knapp!«

»Meinst du, die Kiste wäre explodiert, wenn wir ohne Räder gelandet wären? Vielleicht auf einem Sandstrand?«

Børre zog die Stirn in Falten. »Keine Ahnung. Jedenfalls war die Lage bitterernst. Mindestens so heikel wie eure

Schaukelei auf der Tromsøbro, wo ihr fast in den Tromsesund abgestürzt wärt.«

»Erinnere mich bloß nicht daran«, sagte Flavio abwehrend. »Das war ein ganz rabenschwarzer Tag.«

»Offensichtlich ist da jemand, der dafür sorgt, dass dir nichts passiert. Ganz abgesehen davon, dass auch Benito uns zu jeder Zeit hätte über Bord werfen können.«

»Oder uns hätte erschießen können«, spann Flavio den Gedanken weiter. Langsam ließ er den Kopf sinken. Es dauerte eine ganze Weile, bis er wieder aufschaute. Aber diesmal blickte er Børre fest in die Augen. »Glaubst du, dass Gott mich so lieb hat, dass er mich vor der Hölle bewahren wollte?«

»Auf jeden Fall«, antwortete Børre. »Wenn wir abgestürzt wären, wäre deine Chance zum ›Aufräumen‹ vertan! Dafür kann man nur das Leben nutzen.«

Flavio schluckte. »Jetzt ist er schon zweimal mein Lebensretter gewesen«, meinte er leise. »So was Ähnliches wie ... wie ein Rettungsschwimmer ... der zupackt, wenn man nicht mehr kann.«

»Ja genau«, bestätigte Børre, »der Herr Jesus will dein *Retter* sein und nicht dein *Richter*!« Übergib ihm doch dein Leben, mach ›klar Schiff‹ und warte nicht mehr länger. Wer weiß, ob du nach *dem* Drama heute Abend noch eine Chance zur Umkehr bekommst.«

Flavio überlegte. »Dann will ich, wenn ich bei Opa bin, mal zum Heiligtum der ›Santa Rosalia‹ auf den ›Monte Pellegrino‹ gehen und mit Gott darüber reden.«

Jetzt war Børre sprachlos. Erst nach einer ganzen Weile war er in der Lage zu antworten.

»Aber Flavio«, hob er an, »wir haben doch auf unserer Tour selbst in einem Maschinenraum und im Container gebetet. Selbst eben noch im Flugzeug. Da brauchst du nicht in eine Kirche gehen, um eine Begegnung mit Gott zu haben. Beten kann man überall. Auch hier in der Wartehalle.«

»Meinst du wirklich? Hier sind so viele Leute.«

»Das macht doch nichts. Beten kann man sogar im Colosseum von Rom. Auch wenn da 45.000 Menschen brüllen, Gott hört es. Das ist die Hauptsache!«

»Ich kann mich hier nicht konzentrieren«, sagte Flavio leise. »Ich weiß auch gar nicht, was ich sagen soll.«

»Sag ihm alles, was dir einfällt«, meinte Børre. »Hab ich auch so gemacht. Ich habe auch meine Lieblingssünden nicht vertuscht. Das hat sowieso keinen Zweck, weil Gott voll den Durchblick hat. Und am Ende solltest du das Danken nicht vergessen. Einem Feuerwehrmann sagst du ja schließlich auch danke, wenn er dich aus einem brennenden Haus rettet.«

»Hmm«, machte Flavio mit besorgter Miene, »meine Mutter wird sich tierisch aufregen, wenn ich zu Hause mit Jesus ankomme. Vati wird's egal sein, den interessiert nur das Nordlicht ...«

»Jeder ist für seine eigene Zukunft verantwortlich, Flavio. Die Ewigkeit ist wichtiger als das bisschen Stress in der Familie. Himmel oder Hölle! Darum geht's doch schließlich.« Børre streckte seine Beine aus und verschränkte die Hände hinter seinem blonden Lockenschopf. Flavio blickte gedankenversunken in der Halle umher. Dann sagte er nach einer Weile:

»Ich brauche mehr Ruhe, um mit Jesus über alles zu reden, was ich falsch gemacht habe. Ich bin auch von der Bruchlandung noch so aufgeregt.«

»Na gut«, sagte Børre, »wie du willst. Dann sollten wir versuchen, jetzt zu schlafen. Geht das hier auf dem Sofa oder sollen wir uns woanders was suchen?«

»Ohne Decke wahrscheinlich nicht. Und die Mafiosis machen mir auch ein wenig Sorgen!«

»Mafiosis?«

»Ja«, sagte Flavio und sah sich noch einmal vorsichtig in der Wartehalle um, »von etwa fünf Millionen Sizilianern sollen ungefähr 5.000 zu diesen Gaunerbanden gehören, und die meisten leben in Palermo. Bestimmt sind auch ein paar von ihnen hier und klauen Koffer.«

»Koffer? Ach du liebe Zeit! Da fällt mir ein, dass wir noch mal nach den Koffern von Herrn Villeneuve fragen müssen.«

»Die sind bei der Gepäckabfertigung sicherer als bei uns«, erwiderte Flavio. »Ich hol sie morgen früh.«

Die Jungen versuchten, es sich auf den Lederpolstern so bequem wie möglich zu machen. Børre mit seinem dicken »Norwegerfell« schlief überall gut ein und war auch bald eingeschlummert. Doch Flavio drehte sich von einer Seite auf die andere. Er war noch zu aufgewühlt, um einschlafen zu können. Sie waren auf Sizilien! In Palermo! Opa Antonio wohnte nur 20 km vom Flughafen entfernt. Sie waren zwar mit einer Bruchlandung angekommen, aber egal. Hauptsache, sie waren da. In der Sonne von Sizilien. Hauptsache, da? Nein! Flavio hatte inzwischen durch die Gespräche mit Børre gemerkt, dass es wichtigere Dinge im Leben gab als die Sonne über Italien. Er hatte angefangen zu begreifen, dass es ein Leben nach dem Tod gibt, und er spürte, dass er sich um eine Entscheidung nicht länger herumdrücken konnte. Als er schließlich in einen unruhigen Schlaf fiel, quälte ihn ein beängstigender Traum: Er war soeben von Bord eines Schiffes gefallen. Wie Jona, der Prophet. Verzweifelt kämpfte er gegen die Wellen und den Sturm, doch schließlich verließ ihn die Kraft und er begann zu sinken. Aber da wurde ihm plötzlich von irgendwoher ein Rettungsring zugeworfen. Hoch über ihm stand der Kapitän und sagte: »Ich will dich retten. Greif zu!« Flavio wachte auf, schüttelte sich und drehte sich auf dem Ledersofa um. Doch jetzt wusste er genau, dass er, Flavio Brusco, gemeint war und nicht mehr ausweichen sollte. Und dann packte Flavio zu. Im Stillen fing er an, mit dem »Kapitän« zu reden, sprach mit ihm über seine Lügen, seinen Ärger, im dunklen und kalten Norwegen wohnen zu müssen, und über alle Schlechtigkeiten seines Lebens. Und das tat Flavio in der Wartehalle des Flughafens von Palermo. Ganz freiwillig. Mitten in der Nacht räumte er in seinem Leben auf, erfuhr Vergebung und vergaß auch das Dankesagen nicht. Auf einmal wusste Flavio, dass er nicht mehr der Alte war. Am liebsten hätte er nun Børre geweckt und ... ja, was hätte er ihm eigentlich gesagt? Dass er Christ geworden war? Oder dass er einfach nur froh war? Dass er nun wusste, dass Jesus ihn liebte? Jesus Christus hatte ihn zweimal vor dem Absturz bewahrt. Und war am Kreuz für ihn gestorben. Morgen würde er Børre einmal fragen, wie es weiterging. Gegen 2.30 Uhr in der Nacht schlief er endlich auf dem Sofa ein. Auf seinem Gesicht lag ein zufriedenes Lächeln. Als Herr Villeneuve die beiden Jungs, friedlich schlummernd, am nächsten Morgen fand, fiel es ihm sichtlich schwer, sie aus ihrem Tiefschlaf aufwecken zu müssen. Aber es musste sein. Das wohl letzte Abenteuer ihrer gemeinsamen Verfolgungsjagd stand bevor.

Der Paradies-Direktor

Als Børre und Flavio verschlafen ihre Augen öffneten, dauerte es eine ganze Weile, bis sie begriffen, wo sie waren. Auch die beiden Polizisten, die hinter Herrn Villeneuve standen, sahen sich etwas begriffsstutzig an. »Das sollen Ihre Kollegen sein, die wir noch abholen müssen?«, fragten sie den Kriminalbeamten aus Toronto ungläubig.

»Aber ja doch«, antwortete Herr Villeneuve heiter. »Das sind meine ›Kiat's‹, was so viel wie ›Kollegen in außergewöhnlicher Tarnung‹ bedeutet. Sie werden sehen: Wo sie auftauchen, bekommen Schmuggler Wackelpudding in den Beinen!«

Børre setzte sich auf und rieb sich mit beiden Händen die Augen. Auch Flavio rappelte sich hoch und gähnte wie ein Löwe in der Morgensonne.

»Wo habt ihr meine Koffer?«, fragte Herr Villeneuve nun.

»Die haben wir aus Sicherheitsgründen noch nicht abgeholt«, sagte Flavio. »Sonst ständen hier heute Morgen bestimmt doppelt so viele.«

»Bene, das war sehr weitsichtig, Herr Kollege«, nickte einer der beiden Polizisten anerkennend. »Taschendiebstahl steht hier auf der Tagesordnung.«

Herr Villeneuve sah sich um. Dann schritt er zielstrebig auf die Gepäckabfertigung zu. Die Beamten aus Palermo bevorzugten den Weg zu einem Schnellrestaurant. Da stieß Flavio Børre in die Seite. »Du«, sagte er, »heute Nacht ist was passiert.«

Børre sah irritiert auf. »Hast du geträumt?«, fragte er. »Nein«, antwortete Flavio, »gebetet. Ich habe mit Jesus gesprochen, und jetzt ist alles klar.«

»Was ist klar?«

Flavio strahlte: »Wenn ich noch mal abstürze, ich meine, *richtig* abstürze, dann komme ich in den Himmel!«

»Ach«, fing Børre an zu begreifen, »du bist Christ geworden? Heute Nacht, in der Wartehalle?«

»J...Ja, bin ich. Ich habe aufgeräumt und habe Gott das Kommando übergeben. Jetzt will ich so leben wie du.«

Und jetzt glitt auch ein Lächeln über das Gesicht des sonst so kühlen Norwegers. »Das ist ja ...!«

»So, Kollegen«, sagte jetzt Herr Villeneuve, der mit zwei Koffern vor den Jungen aufkreuzte. »Los geht's! Bitte unauffällig folgen.« Børre und Flavio trotteten hinter den Beamten her. Vor dem Flughafengebäude sahen sie schon einen Streifenwagen warten. »Wir sprechen später noch einmal über heute Nacht«, raunte Børre, »okay?«

»Machen wir«, gab Flavio zurück, und dann kletterten die beiden ›Kiat's‹ auch schon in den bereitstehenden Wagen, der so etwas wie ein sizilianisches Polizeiauto sein sollte. Den zahlreichen Beulen nach zu urteilen, hatte er so manches Mal wohl schon als Straßensperre gedient.

In einem Hotelzimmer des ›Holiday Inn‹ saß Benito Montesanti am Telefon und wartete auf die Verbindung mit einer Nummer in Hammerfest. Immerhin betrug die Entfernung zwischen diesen beiden Anschlüssen satte 3.700 Kilometer Luftlinie. Der Boss war sofort am Apparat.

»Morgen, Boss. Hier ist Benito. Alles in Ordnung? ... Ja, ich bin da ... nein, noch im Hotel. Die Übergabe findet heute Nachmittag statt.«

»Das hat ja eine Ewigkeit gedauert«, sagte der Boss jetzt. »Wo hast du bloß so lange gesteckt? ... Was? In einer Kfz-Werkstatt? Ach du grüne Neune!«

»Dann bin ich von Neapel vorsichtshalber mit der Fähre gefahren.«

»Das war viel zu teuer!«, zischte der Norweger.

»Aber sicherer. Bestimmt auch schneller«, gab Benito zurück.

»Und? Geht's dem Bären gut? Bürste ihm noch mal das Fell vor der Auslieferung ... Wie bitte? ... ah, nein, sollte nur ein kleiner Scherz sein ... Der Papagei? Der ist krank. Deshalb hält er den Schnabel. Wahrscheinlich bekommt ihm die Polarnacht nicht.«

»Geht das klar mit meinem Anteil?«, fragte Benito jetzt.

»Den muss ich kürzen, uns fehlt jetzt die Knete für die Felle, verstehst du? ... Aber 10.000 Euro ist doch eine Stange Geld, Benito ... ja, gib den Bären erst einmal ab. Dann reden wir noch mal darüber. Bis später! ... Ja, geht klar, mach's gut. Ciao!«

Kurz nach dem Mittagessen verließ Benito das Hotel. In dem grünen Viehtransporter sah er noch einmal auf den Stadtplan und zog das Papier mit der Bestelladresse des Eisbären hervor. Dann ließ er den Dieselmotor an. Der Auspuff vibrierte verdächtig, aber er hielt. Das Schweißen konnte ja nur eine Übergangslösung gewesen sein. Auf jeden Fall musste bald ein neuer Auspuff her. Benito kurvte aus der Innenstadt heraus und machte sich, am ›Capo Gallo‹, dem Horn von Palermo, vorbei, auf den Weg zum ›Golfo di Castellammare‹, einer Mittelmeerbucht, die von vielen Reisebüros als eine der schönsten Küsten Italiens angepriesen wird. In einiger Entfernung beschleunigte ein sportlich aussehender BMW sein Tempo. Am Steuer saß Herr Villeneuve mit einer Baseballkappe auf dem Kopf, neben ihm eine ebenso sportlich gekleidete Dame von der Kripo in Palermo. Hinten blickten Børre und Flavio aus dem Fenster. Ihre norwegischen Schneemützen hatten sie gegen südländische Freizeitjacken mit Kapuze ausgetauscht. Børre trug zusätzlich noch eine dunkle Sonnenbrille. Alles in allem, die Insassen des BMWs gaben eine typische Urlauberfamilie ab.

Benito hatte jetzt die Autobahn erreicht und düste auf den ›Golfo‹ zu. Nach einigen Kilometern ließ er den Abzweig zum Aeroporto rechts liegen und folgte der Beschilderung nach Süden. An der Abfahrt ›Terrasini‹ steuerte Benito seinen Transporter auf eine Kreuzung zu, wo er dann auf einem Schild zum ersten Mal den Namen ›Città del Mare, Feriensiedlung und Zoologischer Garten‹, las. »Ah, noch drei Kilometer«, murmelte Benito vor sich hin. Plötzlich machte die Straße einen Knick. Links wand sich die Straße die steile Felsenküste hinab zum eigentlichen Ferienort, und rechts führte sie auf eine malerisch angelegte Siedlung zu, die genau auf dem Rand der Klippen angelegt war. Benito war fasziniert von der einmaligen Aussicht, die man von dieser Stelle aus über die ganze Bucht genießen konnte. Er hielt an und ließ den Blick eine ganze Weile über das weite Meer schweifen. Das war Italien, genau so, wie er es liebte! Erst nach ein paar Minuten steuerte er den Transporter auf eine Schranke neben einem Pförtnerhäuschen zu.

»Buon giorno«, sagte er, »Montesanti, Internationale Tiertransporte GmbH. Ich habe um 14.30 Uhr einen Termin mit dem Herrn Direktor. Könnten Sie mich bitte weiterleiten?«

»Buon giorno«, sagte der Pförtner ebenfalls und rückte seine blaue Uniformkappe zurecht. »Ein Termin beim Herrn Direktor? Dann können es wohl keine Hühnchen für unsere Löwen sein«, lächelte er. »Einen Moment bitte.«

Kurz darauf hob sich die Schranke, und Benito suchte sich einen Parkplatz in der Nähe des Haupteingangs. Da fuhr ein sportlicher BMW auf das Pförtnerhäuschen zu.

Die Dame auf dem Beifahrersitz ließ die Scheibe herunter. »Geht es hier zum Zoologischen Garten?«, fragte sie den Pförtner.

»Si«, sagte dieser, »um diese Jahreszeit hat allerdings nur das Affen- und Reptilienhaus geöffnet, Signora. Und die Schmetterlings-Ausstellung. Die Tiere in den Freigehegen dürfen erst im März wieder an die Luft.«

Die Dame wechselte ein paar Worte mit dem Fahrer und antwortete dann: »Wir nehmen eine Familien-Eintrittskarte für alles, was geöffnet ist. Zwei Erwachsene und zwei Kinder.«

»Bene«, lachte der Pförtner in seiner Uniform, »die Karten bekommen Sie dort hinten an der Rezeption.« Dann drückte er auf den Knopf der Schranke. »Herzlich willkommen im Ferienparadies ›Città del Mare‹!« Der Sportwagen mit den »Urlaubern« rollte auf das Gelände. Unter einer großen Palme eines schön angelegten Parkplatzes blieb Herr Villeneuve stehen und zog die Handbremse an.

Benito Montesanti von der ›Internationalen Tiertransporte GmbH‹ – die in Wirklichkeit seltene Polartiere schmuggelte – stand mittlerweile abwartend in einem Büro, das mit Yuccapalmen und subtropischen Gewächsen vollgestopft war. Der Direktor des Ferien-Paradieses war ein kleiner Mann mit Schnauzer. In seinem maßgeschneiderten hellen Sommeranzug und der bunten Krawatte wirkte er inmitten all der Grünpflanzen wie ein Kolibri im brasilianischen Regenwald. Außer dass es hier nicht regnete. Und siehe da, auch in diesem Büro, das so gestaltet war, dass beim Betreten eine unmittelbare Urlaubsstimmung aufkommen musste, stand ein Käfig mit einem Papagei. Argwöhnisch betrachtete Benito den rot-gelben Vogel, während er in besorgter Vorahnung eine temperamentvolle Begrüßung über sich ergehen lassen musste.

»Herzlich willkommen in ›Città del Mare‹, dem herrlichsten Urlaubs-Paradies von ganz Italien!«, fing der Direktor seine geschwollene Rede an. »Ich habe Sie schon sehnsüchtig erwartet. Wir müssen nämlich unbedingt unsere Saisonwerbung drucken lassen. Aber weil wir dazu ein Foto des Eisbären in seinem wunderschönen neuen Auslauf brauchen, mussten wir mit dem Druck noch warten. Ich glaube, ich habe Ihren Chef mit meinen häufigen Anrufen etwas verärgert. Er reagierte am Telefon oft so gereizt und wiederholte sich so oft, dass ich's nachher lieber sein ließ.«

»Das wird sein Papagei gewesen sein«, entschuldigte Benito seinen Chef. »Dieses Vieh ... äh, ich meine, dieser Vogel kann ja seinen Schnabel nicht halten. Sie kennen das ja. Spricht ihr Papagei denn nie dazwischen, wenn Sie telefonieren?«

»Nein«, antwortete der Direktor schmunzelnd, »meiner hat diese dumme Angewohnheit zum Glück nicht.«

»Gibt's das denn? Papageien sind doch bekannt dafür, dass ...«

»Meiner nicht«, sagte der Vogelbesitzer. »Ich habe ihm sein schlechtes Benehmen rechtzeitig abgewöhnt.«

»Ach, da können Sie meinem Chef ja mal einen Tipp geben, wie man das hinbekommt. Meistens schiebt er den Vogel bei Telefonaten in den Nebenraum.«

»Nicht nötig. Das geht viel einfacher!«

»Ja, wie denn bitte?«

»Ich habe ihn ausstopfen lassen«, lachte nun der Paradies-Direktor los. »Meinen Sie, ich würde mir durch einen Papagei meine Nerven ruinieren lassen? Die Idee, in Hammerfest einen Papagei zu halten, ist allerdings glänzend. Das wirkt. Jeder Kunde, der sein Büro betritt, wird begeistert sein. Und das ist ja auch genau das, was wir hier mit dem Eisbären erreichen wollen. Genauso wie der Papagei Ihres Chefs mit Sicherheit der am nördlichsten lebende Tropenvogel sein wird, so wollen wir den Eisbären hier in ›Città del Mare‹ als den südlichsten Polarbären in ganz Europa verkaufen. Das zieht. Da kommen die Gäste. Unsere Tiere ziehen Gäste an wie ein Magnet die Eisenspäne. Wenn dann noch der Eisbär dazukommt, versprechen wir uns eine noch bessere Belegung unserer Ferienanlage. Immerhin müssen wir hier 2.000 Betten vollbekommen. Und das möglichst ganzjährig. Wir präsentieren unsere Urlaubssiedlung als Ferien-Paradies, da dürfen Tiere, und möglichst exotische, nicht fehlen. Die Gäste von heute sind so anspruchsvoll, dass ein paar lausige Affen längst nicht mehr ausreichen. ›Der südlichste Eisbär Europas!‹ klingt doch hervorragend, oder? Das Konzept wird hundertprozentig aufgehen! Ich bin schon sehr gespannt, wie der Bär aussieht.«

»Ein wunderschönes Tier«, schwärmte jetzt Benito heuchlerisch, »und ganz einfach zu pflegen. Sehr robust und haltbar bis 43° C im Schatten. Am besten, Sie schließen noch einen Lieferservice mit einem Fischlieferanten, der Lachs im Programm hat, ab, und schon kann überhaupt nichts mehr schiefgehen. Sie sollten nur etwas darauf achten, dass der Eisbär nicht einer Sonneneinstrahlung von über 65° C ausgesetzt wird, sonst könnte das schöne weiße Fell leicht ein wenig zu braun werden ...!«

»Schon verstanden, Signore«, lachte der Paradies-Direktor. »Aber keine Sorge, wir haben an alles gedacht. Unsere Exoten werden von Fachpersonal betreut. Wir sind bestens vorbereitet. Darf ich Ihnen das neue Eisbärenhaus einmal zeigen? Sie werden beeindruckt sein.«

Wenig später schritten der Direktor in seinem Sommeranzug und Benito durch den an die Feriensiedlung angrenzenden Zoologischen Garten, wobei der »Kolibri« mit der bunten Krawatte wieder einmal viel zu prahlen hatte. Ein scharfer Wind pfiff über die Klippen, und die meisten Tiere waren nicht zu sehen. Sie hatten sich in ihren warmen Ställen verkrochen und versuchten, im sizilianischen Winter irgendwie über die Runden zu kommen. Nur wenige Besucher liefen verloren auf dem weitläufigen Gelände des Zoos herum.

»Ein richtiges Eisbärenwetter!«, sagte der sommerlich gekleidete Direktor. Und dann flüsterte er Benito mit vorgehaltener Hand zu: »Ich muss hier so sommerlich auftreten, damit die Anlage zu allen Jahreszeiten ein gewisses Urlaubs-Flair* ausstrahlt, wissen Sie. Das gehört mit zu unserem Verkaufskonzept.«

Bald darauf ereichten die beiden Männer einen Neubau, dem man ansehen konnte, dass daran bis vor kurzem noch gearbeitet worden war. Neben dem recht kleinen Gebäude war ein großes Außenbecken angelegt, dessen Umfeld wie Eisberge gestaltet worden war. Auf dem Wasser sah man Inseln, die genauso aussahen wie eine typische Eisscholle auf Spitzbergen. Die Maler hatten sich sichtlich Mühe gegeben, dem zukünftigen Stargast des Zoos ein wirklich nettes Zuhause zu bieten. Der Paradies-Direktor war begeistert.

»Hier wird er wohnen«, strahlte er. »Eine Polarlandschaft mit Palmen und tropischen Pflanzen. Das gibt's sonst nirgendwo in Italien. Nur hier. Nur in ›Città del Mare‹.

»Sehr schön«, staunte Benito, »hier wird er sich wohlfühlen. Platz genug für eine ganze Bärenfamilie. Sollen wir Ihnen bei Gelegenheit noch eine Eisbärendame vorbeibringen, zwecks Familiengründung? Dann wäre das arme Tier nicht so alleine.«

»Mal sehen«, lachte der Direktor. »Der Eisbär war ja nicht gerade billig. Jetzt muss er uns erst einmal wieder Geld in die Kassen spülen. Sehen Sie dort vorne? Das ist das Kühlhaus. Dort herrschen auch im Hochsommer Temperaturen wie am Nordpol. Wir haben also finanziell an keiner Notwendigkeit gespart.«

Während Benito und der Direktor noch ein Weilchen miteinander plauderten, saß in einiger Entfernung eine Besucherfamilie auf einer Bank und tat so, als ob sie picknicken wolle. Dabei ließen sie die Männer keinen Moment aus den Augen. Dann stand die getarnte Kripobeamtin auf und schlenderte harmlos zu dem zukünftigen Eisbärenhaus hinüber. Interessiert besah sie sich die leere Polarlandschaft und sprach nach einer Weile den Direktor einfach an: »Entschuldigen Sie, Signore, können Sie mir sagen, ob in dieser Landschaft Pinguine wohnen

* eine sommerliche Ferienstimmung

werden? Das sieht ja großartig aus. Fast so wie am Südpol.«

»Nein«, antwortete der kleine Paradies-Direktor im Sommeranzug und streckte stolz die Brust hervor, »das ist ein Gelände für Eisbären. Heute noch wird es bezogen.«

»Ach«, sagte die flotte Dame, »heute noch?«

»Ja, in ca. einer halben Stunde. Wenn Sie wollen, können Sie gerne zuschauen.«

»Da haben wir aber Glück«, freute sich die Besucherin. »Ich werde gleich meinen beiden Jungs Bescheid sagen. Sie fanden es nämlich bis jetzt ziemlich langweilig hier.«

Die Dame blickte noch einmal neugierig über das Geländer und ging dann zu ihrer »Familie« zurück. Der Direktor warf ihr noch einen giftigen Blick nach und verschwand dann mit Benito Montesanti hinter der nächsten Ecke. Wieder im Büro angekommen, klärten sie die letzten Einzelheiten, unterschrieben ein paar wichtige Abmachungen, und dann arbeitete der Herr Direktor sich durch den dichten »Urwald« zu einer Wand hindurch. Hier entfernte er einige Palmzweige, und dann wurde die Tür eines schweren Wandtresors sichtbar. »Unsere Dschungelfiliale für besondere Ausgaben«, schmunzelte er, und Benito schmunzelte verständnisvoll zurück. Innerhalb der nächsten Minuten waren die beiden Männer mit dicken Geldbündeln beschäftigt. Vorsichtshalber hatte der Direktor die Tür seines Paradieses abgeschlossen, um nicht ungebetenerweise vom Personal überrascht zu werden. Als der Geldtransfer beendet war und Benito die vereinbarte Summe mit leuchtenden Augen in einer Aktentasche verstaut hatte, vereinbarten sie, sich in ein paar Minuten beim Eisbärenhaus wiederzutreffen. Dort wartete inzwischen schon ein Tierpfleger mit einem Radlader. Benito rangierte den grünen Viehtransporter vorsichtig durch den Zoologischen Garten an das Bärenhaus heran. In der Nähe der doppelflügeligen Eingangstür öffnete er die große Heckklappe und wechselte ein paar Worte mit dem Tierpfleger, der selber wie ein Bär aussah. In einiger Entfernung stand die vierköpfige Besucherfamilie und sah dem Entladen des Transporters mit neugierigen Blicken zu. Herr Villeneuve machte einige Fotos und versuchte dabei, den Direktor, Benito und den Bären gleichzeitig auf das Bild zu bekommen. Fasziniert starrten Børre und Flavio den Eisbären an. Wie lange hatte es doch gedauert, bis sie das Tier endlich in voller Lebensgröße zu Gesicht bekommen hatten! So groß, so dick war er also. Und ein gelbliches Fell mit schwarzem Hinterteil hatte er. Unwillkürlich stieg den Jungen der Geruch in die Nasen, der sie im Container zwischen Rotterdam und Basel so belästigt hatte.

»Ein strammer Bursche«, nickte der Direktor anerkennend. »Nur ein wenig mitgenommen sieht er aus. Aber das bekommt der Tierpfleger schon wieder hin.«

»Ohne Zweifel«, sagte Benito lächelnd. »Nur den Tatzen sollte er nicht zu nahe kommen!«

Mittlerweile war der Bär in seinem neuen Zuhause verschwunden. Benito machte gerade die Klappe zu, als er von der sportlichen Dame angesprochen wurde. Im gleichen Augenblick tauchten vor der Schranke am Pförtnerhäuschen zwei Polizeifahrzeuge auf, die die Beamtin aus Palermo angefordert hatte.

»Ich bin's mal wieder«, sagte die getarnte Zoobesucherin. »Darf ich Ihnen einmal ein paar Fragen stellen?«

»Prego«, gab Benito knapp zurück, »wenn's nicht zu lange dauert.«

»Bene«, fing sie nun an, »ich hätte gern einmal gewusst, was so ein Eisbär kostet. Können Sie mir das wohl sagen?«

»Da müssen Sie den Herrn Direktor fragen«, antwortete Benito und zog misstrauisch die Augenbrauen hoch. »So eine Frage habe ich allerdings nicht erwartet.«

»Aber Sie werden doch das Geld dafür in der Tasche haben«, sagte die Beamtin und versuchte, ein möglichst unschuldiges Gesicht zu machen. »Wenn man einen Eisbären liefert, bekommt man Geld dafür.«

»Werden Sie nicht so aufdringlich«, wehrte Benito ab. Da trat der Paradies-Direktor vor. »Prego, Signora«, mischte er sich freundlich ein, »solche Summen, die ein Eisbär kostet, bezahlt man nicht in bar, sondern per Überweisung, verstehen Sie? Bitte haben Sie Verständnis, wenn wir uns jetzt wieder unserem Neuankömmling widmen müssen.« In diesem Moment klingelte das Handy des Direktors. Froh über die Unterbrechung, griff er in die Tasche.

»Soeben sind zwei Polizeiwagen eingetroffen, die den grünen Viehtransporter aus Basel überprüfen wollen«, sagte der Pförtner in das Telefon hinein. »Sind Sie mit dem Lieferanten schon so weit, dass das möglich ist? Wohin soll ich die Beamten schicken?«

»W...Was?«, entfuhr es dem sommerlich gekleideten Direktor, der jetzt plötzlich anfing zu zittern, als ob es nun doch endlich Winter geworden sei. »Halten Sie die Beamten an der Schranke auf. Sagen Sie ihnen, dass sie die Kontrolle durchführen können, wenn der Transporter in zehn Minuten das Gelände verlässt, kapito?« Hastig drückte der Direktor auf die Ausschalttaste und gab Benito einen Wink. Als sie in der Tür zum Bärenhaus verschwinden wollten, stand auf einmal der Herr mit der Baseballkappe im Weg. Mit einer straffen Haltung versperrte er den beiden Gaunern den Zutritt.

»Stopp, Signor Montesanti«, sagte er in befehlendem Ton. »Einen Moment bitte!«

Mit einem überraschten Blick sah Benito auf. »Sie kennen mich? Was wollen Sie?«

»Ich merke mir stets die Namen und Gesichter meiner Gäste, die ich einmal fürstlich bewirtet habe«, grinste Herr Villeneuve und sah, wie seine Mitarbeiterin gerade in den Transporter kletterte. »Warten Sie bitte hier, bis meine Kollegin ihre Suche in dem Lkw abgeschlossen hat.« Entgeistert warfen die beiden Männer einen Blick zurück auf den Transporter. »Halt!«, rief Benito und wollte auf den Wagen zuspringen, als er von hinten zum zweiten Mal ein befehlendes »Stopp!« hörte. Ruckartig riss er den Kopf herum und starrte auf die Mündung eines Revolvers. »Hände hoch! Warten Sie das Ende der Durchsuchung ab. Keine

Bewegung, verstanden? Mein Name ist Villeneuve, Kriminalpolizei Toronto!«

Erschrocken sahen die beiden Männer den Mann mit der Baseballkappe an. Dann hoben sie langsam ihre Hände.

»Maledetto!«, zischte Benito. »Der Ober von der ›Ontario‹, jetzt erkenne ich Sie. Sie sprechen ja Italienisch!«

»Richtig«, lächelte Herr Villeneuve. »Wenn es sein muss, spreche ich auch Italienisch. Und dort sind meine Mitarbeiter. Die müssten Ihnen auch bekannt vorkommen. Setz mal die Brille ab, Børre.« Der Kripobeamte zeigte auf die beiden Jungen, die jetzt einige Schritte näher traten. Flavio nahm Børre die Brille ab und sagte zu Benito: »Buon giorno, Herr Montesanti. Ich bin Flavio aus Tromsø. Sie wissen schon: die beiden Jungen, die zu viel wussten!«

Benito ließ langsam die Hände sinken. Seine Augen wurden immer größer und der Unterkiefer klappte herunter wie eine ausgeleierte Türklinke. Erst nach einer ganzen Weile kam ihm die Sprache wieder und mit stotternden Lauten presste er hervor: »I…Ihr? N…Nein, das ist u…unmöglich!« Dann sah er den Direktor an und der wiederum sah mit entsetztem Blick auf die Beamtin, die gerade mit einer schwarzen Aktentasche aus dem Führerhaus des Viehtransporters kletterte. Triumphierend ging sie auf die fassungslosen Männer zu.

In diesem Moment ging hinter Herrn Villeneuve ruckartig die Tür auf. Der bärenstarke Tierpfleger wollte nachsehen, wo der Herr Direktor abgeblieben war. Die Flügeltür traf Herrn Villeneuve genau in den Rücken. Er stolperte nach vorne und der Revolver fiel ihm aus der Hand. Und auf einmal ging alles sehr schnell. Ein zweiter Schlag traf den Kripobeamten am Kopf. Es war die Faust Benitos. Blitzartig hob er den Revolver auf und schleuderte ihn in weitem Bogen in das klare Wasser der Polarlandschaft. Dann sprang er auf die erstarrte Kripobeamtin zu, riss ihr den Aktenkoffer aus der Hand und jagte in der nächsten Sekunde einen Gehweg entlang, der schon bald von Palmen und sonstigem Grünzeug verschluckt wurde.

Das alles war so schnell gegangen, dass die verdutzte Beamtin erst zur Besinnung kam, als der Paradies-Direktor verlegen fragte: »Soll ich für diesen Verletzten einen Notarztwagen anfordern?«

Doch endlich kam Leben in die Frau. Schnell griff sie zum Handy, wählte eine Nummer und gab ein paar hastige Befehle weiter. Dann beugte sie sich zu Herrn Villeneuve herunter, der gerade begann, aus seiner Ohnmacht aufzuwachen. Der Direktor stand klagend daneben. »Hören Sie«, fing er an, »ich kann alles erklären. B...Bitte lassen Sie mir mein P...Paradies, meinen P...Posten. Ich werde für alles aufkommen.«

Die Beamtin stand langsam auf. »Sie sind verhaftet«, sagte sie barsch. »Die Verstärkung wird in ein paar Minuten hier sein. Machen Sie keinen Zirkus und hören Sie auf zu jammern!«

»M...Mein Paradies, mein T...Traum ... der Eisbär«, stotterte der Direktor weiter, und dann begann er auf typisch italienische Art zu lamentieren.

Unterdessen waren Børre und Flavio die Einzigen, die reagiert hatten. Hastig waren sie hinter Benito hergespurtet. Eine wilde Jagd durch das Urlaubsparadies begann. Die Jungen hasteten in Windeseile um das Affenhaus herum, rempelten einen Tierpfleger an, der gerade mit einer Schubkarre voll Stroh um die Ecke bog, und verfolgten den keuchenden Benito, der wie in einem englischen Irrgarten um die Hecken sauste. Mit gewaltigen Schritten steuerte er auf die Mauer zu, die die Feriensiedlung und den Tierpark umschloss. Die Jungen erkannten blitzschnell seinen Plan. »Er will über die Mauer!«, schrie Børre. »Schneller, wir müssen ihn erwischen.« Mittlerweile hatte Benito die Parkmauer erreicht und versuchte an ihr hochzuklettern. Doch dazu brauchte er zwei freie Hände. Mit einem Schwung schleuderte er kurzentschlossen die Aktentasche auf die andere Seite. Doch da waren die Jungen auch schon da und hängten sich mit beiden Armen wie die Klammeraffen an seine Hosenbeine.

Benito keuchte und strampelte mit den Beinen wie ein Schiffbrüchiger, der sich mit letzter Kraft zu einem Rettungsboot hochziehen will. »Ihr verflixten Lausebengel!«, schrie Benito. »Hätte ich euch doch bloß auf den Lofoten gelassen!« In diesem Moment hörten die Jungen eine zornige Stimme hinter sich. Benito machte noch einmal einen verzweifelten Befreiungsversuch, um die Jungen abzuschütteln. »Fallen lassen und Hände hoch!«, rief jemand. Und dann drückte dieser Jemand dem strampelnden Bärenlieferanten seinen Zeigefinger in den Rücken. Als Benito den Druck spürte, gab er auf. Wie ein nasser Sack ließ er sich zu Boden plumpsen. Langsam drehte er den Kopf und sah in das verärgerte Gesicht des Tierpflegers, den Børre und Flavio auf ihrer wilden Jagd über den Haufen gerannt hatten. »Mit euch habe ich noch ein Hühnchen zu rupfen!«, schimpfte dieser los und packte Flavio am Arm. »Überlassen Sie mir diese Knirpse«, sagte er zu Benito, der versuchte, sich vom Boden hochzurappeln. Da tauchten zwischen den Büschen zwei Polizeibeamte auf und als sie das wilde Handgemenge erspähten, rannten sie los. Als der Tierpfleger gerade beginnen wollte, sein erstes Hühnchen zu rupfen, erscholl hinter ihm der durchdringende Befehl: »Aufstehen und an die Wand stellen!« Widerstrebend ließ der Tierpfleger seine Beute los. Als er dann bemerkte, dass immer mehr Beamte wie die Indianer zwischen den Pflanzen auftauchten, besann er sich eines Besseren, stellte sich an die Wand und gab Ruhe. Benito gehorchte ohne Widerstand.

»Wer ist der Mann mit dem Aktenkoffer?«, fragte einer der Polizisten. »Dieser hier!«, rief Flavio sofort und zeigte auf Benito Montesanti. »Die Aktentasche hat er über die Mauer geworfen!« Ein Polizist fing an, Benito abzuklopfen. Kurz darauf zog er ihm den Revolver aus der Tasche und legte ihm Handschellen an. Als jetzt die Kripobeamtin aus Palermo erschien, war der Sachverhalt schnell aufgeklärt. Der Tierpfleger ging schleunigst an seine Arbeit zurück, und der Rest machte sich auf den Weg zum Parkplatz, auf dem die Streifenwagen warteten. Nachdem auch der Koffer mit Geldbündeln gefunden worden war, wurde die Aktion abgebrochen. Nun hatte der Affentanz ein Ende und in dem sonst so friedlichen Urlaubsparadies kehrte langsam wieder Ruhe ein. Benito und der geschäftstüchtige »Kolibri« im Sommeranzug wurden abgeführt. Als Herr Villeneuve mit einer dicken Beule am Kopf angehumpelt kam, war auch die getarnte Besucherfamilie mit dem sportlichen BMW wieder komplett.

»Mir ist zu Ohren gekommen«, sagte Herr Villeneuve, dass wir den Erfolg unseres Unternehmens in besonderem Maße unseren beiden jüngsten Mitarbeitern zu verdanken haben.« Flavio strahlte und drehte den Schirm seines Cappys ein wenig zur Seite. Dann übersetzte er das Gesagte seinem norwegischen Freund. »Wäre Benito über die Mauer gekommen, wäre er uns wahrscheinlich entwischt. Wie gut ist es doch, durchtrainierte und laufstarke Hilfsagenten zu haben!« Die umherstehenden Beamten lächelten und dann verließen die Streifenwagen die Feriensiedlung. Der Pförtner stand an der Schranke und hob zum Gruß seine Hand an die Schirmmütze. Da trat der Tierpfleger aus dem Bärenhaus auf Herrn Villeneuve zu. »Entschuldigen Sie«, sagte er verlegen, »der Schlag mit der Tür in Ihren Rücken war keine Absicht, ich wollte nur nachsehen, wo ...«

»Nichts für ungut«, beruhigte ihn Herr Villeneuve. »Machen Sie sich bitte keine Gedanken. Bis ich wieder zu Hause in Toronto bin, wird die Beule verschwunden sein.

Der Tierpfleger atmete erleichtert auf. »Danke, Signore, nun hoffe ich nur noch, dass ich meinen Job nicht verliere. Ich bin eigens für die Bärenpflege eingestellt worden.«

»Auch darüber machen Sie sich keine Sorgen«, sagte Herr Villeneuve. »Versprechen Sie mir bitte nur, sich gut um das Tier zu kümmern. Der Eisbär hat eine äußerst strapaziöse Reise hinter sich und braucht viel Ruhe und eine gute Pflege. Stellen Sie ihn bitte ab und zu einmal in den Kühlschrank. Wenn die Naturschützer Ihnen keine artgerechte Tierhaltung bescheinigen können, kann ich für nichts garantieren.« Der bärenstarke Tierpfleger grinste und antwortete mit einem Redeschwall, den ihm wohl nur die wenigsten zugetraut hätten: »Ich werde mein Bestes geben, Signore, ganz bestimmt! Ich werde mich um ihn kümmern wie um Onkel Gino im Knast von Palermo. Der arme Kerl sitzt dort schon 18 Jahre ein, nur weil er auf dem Markt mal ein paar Wassermelonen mitgehen ließ. Aber die Polizei hält ihn für einen Mafiosi, der in Wassermelonen Rauschgift geschmuggelt haben soll. Armer Onkel Gino! Er hat mir, als ich noch ein Kind war, so viel Gutes getan, oft hat er mir 'ne Kleinigkeit zugesteckt, mal ein paar Zitronen, mal eine Wassermelone ...«

Die letzten Worte hatte Herr Villeneuve schon gar nicht mehr gehört. Lachend verließ die »Agentenfamilie« das Gelände, um sich wieder etwas wärmer zu kleiden, denn der Dezemberwind fegte immer noch scharf und kalt über die Klippen von ›Città del Mare‹, dem palmenreichen Ferienparadies in einer der schönsten Buchten Italiens.

Schauerwetter auf Sizilien

Endlich war es so weit! Børre und Flavio standen abfahrbereit vor dem Polizeirevier in Palermo. Wie man sie kennt, mit bunter Ohrenklappenmütze und gelbem Schal, warteten sie ungeduldig auf Herrn Villeneuve, der ihnen versprochen hatte, sie heute Abend noch zu Opa Antonio zu bringen. Und das war ja schließlich ihr großes Ziel gewesen. Jetzt, nachdem die anstrengende Verfolgungsjagd beendet war, sehnten sich die beiden Jungen, die in den letzten vierzehn Tagen über 4.500 Kilometer zurückgelegt hatten, nur noch nach Entspannung. Flavio allerdings auch noch nach Sonne, Licht und Opa Antonio. Stattdessen begannen am Ende dieses aufregenden Tages mit herrlichem Sonnenschein Wolken über Palermo aufzuziehen.

Kurz darauf führte Flavio Herrn Villeneuve durch das abendliche Palermo wie der holländische Lotse die ›Ontario‹ zum Container-Terminal im Europoort. Ja, in Palermo kannte Flavio sich aus. Langsam wühlten sie sich, inmitten einer hupenden Blechlawine, die in eine übel riechende Abgaswolke eingehüllt war, zum Stadtrand durch. Opa Antonio wohnte in Mondello, einem kleinen Vorort Palermos, unweit des ›Capo Gallo‹. Man musste nur ein paar Kilometer aus der 700.000 Einwohner zählenden Großstadt heraus um den ›Monte Pellegrino‹ herumfahren und sich dann immer auf der Küstenstraße halten. Flavio wurde unterdessen immer aufgeregter, je näher sie ihrem Ziel kamen. Schon lange hatte er sich zurechtgelegt, wie er Opa begrüßen würde. Nach den unzähligen Kurven und Felsentunneln der schmalen Mittelmeerstraße erschien endlich das Ortsschild mit der halb verblichenen Aufschrift ›Mondello‹. Flavio rutschte unruhig auf seinem Sitz herum, bis sie schließlich um eine Gassenecke bogen, von der man normalerweise zum ersten Mal Opas Haus sehen konnte. Doch mittlerweile war es schon so dunkel geworden, dass die Ankömmlinge nur einen schwarzen Berghang erkennen konnten, an dem hier und da eine einsame Straßenlaterne leuchtete. Trotzdem rief Flavio mit Begeisterung: »Da ist es! Das Haus dort oben am Hang, mit der gelben Bank neben der Tür.« Die schmale Gasse zog sich noch ein steiles Stück den Berg hinauf. Aber endlich stand der BMW vor Opa Antonios Haustür. »Von hier aus hat man die herrlichste Aussicht über das Mittelmeer, die ich kenne«, erklärte Flavio hingerissen. Børre sah in die Richtung, in der er das Mittelmeer vermutete. Aber viel mehr als in der norwegischen Polarnacht konnte er bei bestem Willen nicht entdecken. Børre setzte seine bunte Mütze auf, denn der scharfe Nordwestwind, der heute Nachmittag schon über die Klippen von ›Città del Mare‹ gepfiffen war, kam auch hier in Mondello in ziemlich heftigen Böen den Hang heraufgesaust. Nun standen die drei Gäste aus dem hohen Norden an Opa Antonios Haustür, an der die Farbe schon vor dem Winter abgeblättert war. Flavio klopfte und sofort hörte er von innen ein schlurfendes Geräusch, das sich auf sie zubewegte. Da flog die Haustür auf. Im Eingang stand ein alter Mann mit weißem Bart und weit ausgebreiteten Armen. Im nächsten Augenblick hatten sich diese langen Arme um Flavio gelegt, sodass Børre schon fürchtete, sein Freund würde nun erdrückt werden. Der bekam in der Umklammerung kein Wort heraus. Stattdessen hörte man unter dem weißen Bart ein leises Schluchzen und aus Opas glänzenden Augen kullerten ein paar Freudentränen. »Ich habe dich ja schon so sehnsüchtig erwartet, mein Junge. Kommt herein.« Herr Villeneuve und Børre, die sich etwas im Hintergrund aufgehalten hatten, traten vor, und schon war der enge Hausflur überfüllt.

»Du hast mich erwartet?«, rief nun Flavio erstaunt. Das Konzept für seine Begrüßungsrede hatte er völlig vergessen. Herr Villeneuve schmunzelte und reichte dem Alten die Hand zur Begrüßung. »Ja, natürlich habe ich euch erwartet«, sagte nun der Opa, »und nicht nur ich allein. Wenn zwei Jungs, die von einer Schmugglerbande entführt wurden, freigelassen werden, sollten sie herzlich in Empfang genommen werden, nicht wahr, Herr Villeneuve? Kommt mal mit in die Küche, Jungs!«

Flavio war nun völlig verwirrt. Er hatte fest damit gerechnet, dass sein Auftauchen die Überraschung des Jahrzehnts gewesen wäre. Und jetzt? Warum tat der Opa so geheimnisvoll? Als Flavio die Küche betrat, traute er seinen Augen nicht. Auf der Eckbank saßen Herr und Frau Brusco und seine Schwester Chiara! Aber damit nicht genug, neben den Bruscos hatte sich auch noch Familie Ålsen um den Küchentisch geschart. Schon flog Børre auf seine Eltern zu. Und dann gab es ein Drücken und Händeschütteln in Opa Antonios kleiner Küche, dass die Tassen in dem Schrank zu wackeln begannen. Herr Villeneuve stand bescheiden etwas abseits und sah den stürmischen Begrüßungsszenen bewegt zu. Opa Antonio stellte noch ein paar Gläser auf den Tisch und öffnete eine zweite Flasche Rotwein. Langsam wachten die beiden Jungen aus ihrer Überraschungsstarre auf und überschlugen sich schon bald in einer zusammenhanglosen Berichterstattung. In der kleinen Küche verstand man kaum sein eigenes Wort. Aus allen möglichen und unmöglichen Ecken wurden noch drei Hocker hervorgekramt und endlich, als alle anwesenden Personen einen Sitzplatz gefunden hatten, fing Herr Villeneuve ganz vorsichtig an, ein wenig Ordnung in das Stimmengewirr zu bringen.

»Ich glaube, dass ich Børre und Flavio noch eine Erklärung schuldig bin«, fing er schließlich auf Italienisch an. Langsam wurde es etwas ruhiger im Raum. Dann fuhr er fort: »Als es in Rom deutlich wurde, dass unsere Europareise in Palermo enden würde, habe ich mich dafür eingesetzt, dass dieses Familientreffen zustande kam. Liebe Familie Brusco, liebe Familie Ålsen! Ich freue mich, Ihnen an dieser Stelle und in dieser Umgebung Ihre beiden Söhne, die mit mir zusammen ein außergewöhnliches Abenteuer bestanden haben, gesund und wohlbehalten übergeben zu dürfen. Flavio, übersetz mal bitte.«

Flavio tat es. Und dann redete Herr Villeneuve sehr förmlich weiter. »Ich bin froh, dass dieser verzwickte Kriminalfall zu einem guten Ende gekommen ist. Schließlich ging es hier nicht nur um einen harmlosen Autodiebstahl, sondern um internationale Schmuggelgeschäfte und um Menschenraub mit Todesandrohung. Dafür werden die Verantwortlichen zur Rechenschaft gezogen. Bis auf den Drahtzieher der europäischen Schmuggelbande sind alle Beteiligten gefasst. Was das Zusatzgeschäft, den Eisbären, betrifft, ist es Sache der Naturschutzbehörde, eine Entscheidung zu fällen. Eine Rückführung nach Spitzbergen wird niemand finanzieren wollen. Ich vermute daher, dass der Bär hier auf Sizilien bleibt. Leider muss ich mich heute noch von Ihnen verabschieden, da ich morgen zurück nach Kanada fliege. Wie ich hörte, werden Sie ja noch drei Tage bleiben. Ich wünsche Ihnen und den Jungen alles Gute für die Zukunft und bedanke mich noch einmal für die gute Zusammenarbeit im Namen aller zuständigen Ermittlungsbehörden.«

»Habe ich recht gehört«, fragte Flavio seinen Vater besorgt, nachdem der Kriminalbeamte aus Toronto seine Rede beendet hatte, »dass wir nur *drei Tage* hierbleiben können?«

»Leider«, antwortete Herr Brusco, »ich habe vom Observatorium nicht länger Urlaub bekommen. Du weißt ja, wir haben in der Polarnacht Hochsaison. Außerdem hat in Tromsø drastisches Tauwetter eingesetzt, sodass die Schule in einigen Tagen wieder öffnen wird. Und ich denke, dass mein Sohn dann wieder seinen Pflichten nachzukommen hat.«

»Das heißt, wir können Silvester nicht in Palermo verbringen?«, fragte Flavio erschrocken, und Børre, der mitbekam, dass irgendetwas nicht stimmte, sah Flavio mit fragenden Augen an.

»So ist es«, sagte Herr Brusco, »und Familie Ålsen geht es ähnlich. Um diese Jahreszeit ist es in unseren Berufen schwierig, Urlaub zu bekommen. Bei Børres Vater geht es nur in den Semesterferien. Außerdem sind es bis Silvester noch drei Wochen, Flavio, da müsste ich ja schon die Urlaubstage des nächsten Jahres anzapfen.«

Bedrückt übersetzte Flavio seinem Freund, was er soeben vernommen hatte, und für den Rest des Abends saß er eher schweigsam in der Runde. Obwohl es so viel zu erzählen gab, wurde er immer einsilbiger und antwortete nur noch, wenn ihn jemand etwas fragte.

Gegen 22.00 Uhr erhob sich schließlich Herr Villeneuve und verabschiedete sich. »Schreibt mir mal«, sagte er den Jungen zum Schluss, »und versprecht mir, euch in Zukunft nicht mehr so leichtgläubig auf vermeintliche Forschungsschiffe zu begeben.« Børre und Flavio bedankten sich noch einmal bei ihrem »Agentenchef« und wünschten ihm einen guten Rückflug. »Es kann sein«, sagte er, als er vor dem Haus in den BMW stieg, »dass wir uns bei einem der Gerichtsprozesse noch einmal begegnen. Merkt euch bitte alles gut, was ihr erlebt habt, damit ihr später klare Zeugenaussagen machen könnt. Eure versprochene Belohnung wird übrigens nachgereicht, Ehrenwort. Und jetzt, alles Gute!«

Herr Villeneuve setzte sich ins Auto, schaltete die Scheinwerfer ein und fuhr langsam die steile Gasse zum Dorf herunter. Nach und nach wurde es den beiden Jungen bewusst, dass sie am Ende ihres gemeinsamen Abenteuers angekommen waren. Auf Herrn Villeneuve wartete in Toronto wahrscheinlich schon ein ganzer Berg mit neuen Aufträgen und die Pflicht, einen Fall nach dem anderen abzuarbeiten. So war das eben im Leben. Den Alltagspflichten konnte man sich einfach nicht entziehen.

Am anderen Morgen wachte Flavio mit einem unguten Gefühl im Magen auf. Die Läden des kleinen Schlafzimmerfensters klapperten unentwegt. Und das war um diese Jahreszeit immer ein schlechtes Zeichen. Als Flavio einen der Läden vorsichtig zurückschlug und nach draußen spähte, erkannte er, dass seine düstere Vorahnung nicht verkehrt gewesen war. Der Himmel über dem Mittelmeer war grau und unfreundlich. Und was noch schlimmer war, der heftige Wind trieb dichte Regenwolken, in die sich schon einige Schneeflocken mischten, über das schäumende Wasser. Schnell zog Flavio den Laden wieder vor die Scheibe.

Erst am Frühstückstisch fand Flavio zu seiner alten Spontanität und Lebhaftigkeit zurück. Schließlich sprudelte dann doch, trotz Schneeschauern auf Sizilien, alles hervor, was gestern Abend vor lauter Bedrückung noch nicht zur Sprache gekommen war. Børre war mit seinen Eltern für drei Nächte in einer kleinen Pension einige Straßen weiter untergekommen, und so saßen die Bruscos mit Opa Antonio alleine am Tisch. Und das war richtig gemütlich. Erst am Nachmittag wollten sich die beiden Familien treffen, um sich in ›Città del Mare‹ einmal den

Reisegefährten aus Spitzbergen anzuschauen, der ihre Söhne in unsichtbarer Weise über 4.500 Kilometer bis nach Palermo begleitet hatte.

Nach dem dritten Frühstücksei war Flavio mit seinen Berichten bei der verrosteten Propellermaschine angekommen, die sie von Neapel nach Palermo gebracht hatte.

»Ich werde nie wieder fliegen«, sagte Flavio gerade und wischte sich mit dem Ärmel die Marmelade vom Mund. »Jedenfalls nicht, wenn ein Hund und eine Katze mitfliegen, die sich nicht leiden können. Das war ein Theater! Und dann gingen vor der Landung die Motoren aus und alle dachten, wir stürzen ab. Aber keiner hat geschrien. In dem Flugzeug war es so still wie auf einem Friedhof. Beinahe wären wir noch auf der Landebahn explodiert, bloß weil die Klapperkiste keine Lust hatte, ihre Füße bei der Landung zu benutzen.«

»Mamma mia«, hustete Frau Brusco entsetzt, »da hast du ja fast täglich in Lebensgefahr geschwebt, mein Junge!«

»Ja«, antwortete Flavio, »aber Børre hat immer gebetet. Und ich hab's später auch getan, und dann hatten wir die Gewissheit, dass Gott bei uns ist und alles gut geht.«

»Hmm«, meinte nun Herr Brusco, der von der Aussage seines Sohnes sichtlich überrascht war, »das hat sein Vater auch gemacht. Er hat täglich um Bewahrung gebetet. Immerhin, es hat ja funktioniert.«

Flavio nickte. »Børre hat versucht, mir immer Mut zu machen, ob wir im Maschinenraum eingesperrt waren oder in der Nordsee fast untergegangen wären. Und dann hat er mir davon erzählt, wie schön es im Himmel sein wird und dass er keine Angst vor dem Sterben hat.«

»Das hat er dir erzählt?«, fragte nun Opa Antonio dazwischen. »Woher will er das wissen?«

»Aus der Bibel«, sagte Flavio eifrig. »Da steht alles drin, was man tun muss, um in den Himmel zu kommen. Børre meint, im Himmel ist es noch tausendmal schöner als in deinem Olivenhain!«

»Wenn das so ist, will ich auch dahin«, lachte der Opa.

»Dann lass es dir mal von Herrn Ålsen erklären, wie man dahin kommen kann. Herr Ålsen weiß darüber mächtig Bescheid.«

»Ich glaube, Fred kennt fast die halbe Bibel auswendig«, meinte jetzt Frau Brusco. »Egal, was man ihn fragt, immer hat er eine Antwort parat.«

»Und zwar recht einleuchtende«, nickte ihr Mann zustimmend. »Dass unsere heilige ›Santa Rosalia‹ vom ›Monte Pellegrino‹ uns nicht in den Himmel bringen kann, meint er auch.«

»Da hat er gewiss recht«, stimmte der Opa durch seinen weißen Bart zu, »das Gefühl habe ich schon lange. Und Maria schafft das auch nicht. Ist Herr Ålsen Pfarrer oder Theologe?«

»Nein, nein«, lachte Herr Brusco, »Fred ist Dozent an der Uni in Tromsø. Ein ganz normaler Lehrer. Trotzdem kennt er die Bibel besser als Pfarrer Husshof. Er scheint genau zu wissen, was er glaubt, er hat eine ... wie soll ich sagen ... eine richtige Beziehung zu Jesus.«

»Die habe ich jetzt auch«, sagte Flavio. »In der Wartehalle vom Aeroporto habe ich mich entschieden. I...Ich glaube jetzt auch an Jesus Christus. Viel weiß ich zwar noch nicht über ihn und die Bibel, aber ich will mich mit Børre zu Hause mal hinsetzen, um darin zu lesen. Ich glaube mittlerweile, dass die Polarnacht voll die gute Zeit zum Bibellesen ist.«

Puh, jetzt war es raus! Und Flavio war kein bisschen verlegen, wie er vorher befürchtet hatte. Im Gegenteil, er war nun irgendwie froh, dass er die Situation genutzt hatte, mit der Sprache herauszurücken. Børre fand es bestimmt richtig, was er gesagt hatte. Er redete mit anderen Leuten ja auch über seinen Glauben. Die Eltern Flavios warfen sich nur einen flüchtigen Blick zu, sagten aber nichts dazu. Auf einmal fing Opa Antonio vom Wetter an und meinte, dass es jetzt wohl Schnee geben würde. Zum letzten Mal habe es vor vier Jahren in Mondello geschneit. Und dann sagte er, dass er jetzt den Tisch abräumen wolle. Frau Brusco stand sofort auf und drehte den Deckel auf das Marmeladenglas.

Am frühen Nachmittag kamen dann die Ålsens. Bei Wind und Wetter stapften die beiden Familien zur einzigen Bushaltestelle von Mondello. Opa Antonio wollte lieber ein Mittagsschläfchen halten, weil ihm etwas schwindelig war. In einer knappen Stunde erreichten sie mit einem Bus, dem in jeder Rechtskurve die seitliche Motorklappe aufging, die Feriensiedlung ›Città del Mare‹. In dem weitläufigen Zoo war bei diesem Eisbärenwetter niemand zu entdecken und die Angestellte an der Rezeption, die ein Gesicht machte, das gar nicht recht zu dem Schönwetter-Konzept der Ferienanlage passte, gab die einzigen Eintrittskarten des Tages heraus.

Ein wenig später standen zwei norwegische Familien am Geländer der Polarlandschaft in der Hoffnung, einen Eisbären unter Palmen bestaunen zu können. Stattdessen rief Herr Brusco, der die ganze Wasserfläche des Beckens abgesucht hatte: »Da liegt ja eine Pistole im Wasser!«

»Das muss die Waffe von Herrn Villeneuve sein«, meinte Børre. »Die haben in der Aufregung wohl alle vergessen.«

»Wo ist denn der Eisbär?«, fragte nun Chiara endlich. Aber so gründlich die vielen Augenpaare das Gelände auch untersuchten, von einem Eisbären war nichts zu sehen und auch nichts zu riechen. Auf einmal ging die Tür des Bärenhauses auf und der Tierpfleger guckte heraus. »Hallo!«, rief er zu den Jungen hinüber. »Lange nicht gesehen. Wir kennen uns doch, oder? Seid ihr nicht von der Kripo?«

»N...Nein«, lachte Flavio, »wir haben gekündigt. Sagen Sie mal, ist der Bär etwa noch in seinem Käfig?«

»Der Eisbär? Ist er nicht zu sehen?«

»Nein«, sagte Flavio, »wir haben schon den ganzen Nordpol abgesucht. Er ist nirgends zu entdecken.«

»Dann muss er in der Höhle sein«, antwortete der Bärenpfleger, der es nicht nur gewohnt war, sich um Eisbären zu kümmern, sondern auch um seine Verwandtschaft im Gefängnis von Palermo. »Warten Sie, ich hole ihn an das Tageslicht!« Der Tierpfleger schlurfte in das Bärenhaus zurück und tauchte kurz darauf mit einem Eimer auf, aus dem ein paar prächtige Lachse ihre Flossen herausstreckten. Bei den einzigen Besuchern des Tages angekommen, griff er in den Eimer und warf ein Exemplar der nordischen Fischart im hohen Bogen direkt vor den Eingang einer versteckten Höhle. Dann wartete er. Nach einer Weile meinte der Bärenkenner: »Kein Bär verschmäht solch ein Angebot. Er wird sich's noch überlegen.« Dann warf er noch ein zweites Angebot mit einem klatschenden Geräusch an den Felsen neben der Höhle. Und auf einmal tauchte tatsächlich ein dicker weißer Brummschädel in der Höhlenöffnung auf. Schnuppernd hob er die Nase. Und dann stand er in voller Größe vor dem Eingang und packte sich den Fisch. Der Pfleger warf noch eine Zugabe in das Wasser, um den Eisbären auch noch zum Schwimmen zu bewegen. Aber jetzt streikte der ehemalige Reisegefährte.

»Und mit dem habt ihr zusammen in einem Container geschlafen?«, fragte Chiara ungläubig.

»Ja«, sagte Flavio, »nur zwei Meter neben ihm.«

»Und in einer Kfz-Werkstatt war er auch schon«, ergänzte Flavio. »Mitten in Rom. Da haben sie ihm den Auspuff geschweißt.«

»Seit wann haben Eisbären einen Auspuff?«, meinte Herr Brusco trocken.

»Und spielen mit Pistolen«, fügte Flavio hinzu. »Holen Sie das Ding mal aus dem Wasser«, sagte er zu dem Tierpfleger.

»Bei diesem Wetter können sich Eisbären sogar auf Sizilien wohlfühlen«, meinte Frau Ålsen plötzlich und klappte sich den Kragen ihres Mantels hoch. »Aber im Hochsommer möchte ich hier als Eisbär nicht leben.«

»Nein, lieber als Löwe«, sagte Børre, »die gibt es hier nämlich auch. Löwen kommen mit der Hitze besser zurecht.«

»Das Bärenhaus ist hochmodern«, erklärte nun der bärenstarke Tierpfleger. »Man kann dort die Temperaturen absenken, bis es so kalt ist wie am Nordpol. Wenn mein Onkel im Zuchthaus von Palermo eine so gute Klimaanlage in seiner Zelle hätte, würde er bestimmt noch länger dableiben wollen.«

In diesem Moment brachten die schweren Wolken über dem ›Golfo di Castellammare‹ wieder eine ganze Schiffsladung Schnee mit und hüllten das Ferienparadies in ein trübes Licht. In null Komma nichts sahen die Palmen aus, als ob man sie mit Puderzucker bestäubt hätte, und die Polarlandschaft wirkte noch viel echter als vorher. Unvermittelt richtete sich der Eisbär auf die Hinterbeine, hob den schweren Kopf und ließ sich genüsslich die Flocken um die Ohren tanzen. »Das mag er«, sagte Frau Brusco mitfühlend. »Schnee ist sein Element.«

»Aber er wird sich an Sizilien gewöhnen«, sagte der Tierpfleger eilig. »Ich werde ihn so gut pflegen wie ...«

»... wie Onkel Gino im Knast von Palermo«, ergänzten Børre und Flavio im Chor. »Wissen wir schon!« Und dann lachten die einzigen Besucher des Zoos so laut, dass sich die Schimpansen im Affengehege verwundert umschauten. Nur der Tierpfleger verzog keine Miene. Dass andere Leute über seinen Onkel lachten, konnte er einfach nicht leiden. Er hatte ihm früher so viel Gutes getan, hatte ihm andauernd Zitronen und Wassermelonen geschenkt ...

Als die beiden Familien am Abend nach einer abenteuerlichen Heimfahrt in »Mondello-City« den Bus verließen und den steilen Weg zu Opa Antonios Anwesen hinaufstiegen, sagte Børre zu Flavio: »Hast du nicht einmal behauptet, in Palermo wäre es um die Silvesterzeit mindestens 12° C warm?«

»Na ja«, sagte Flavio mit betretenem Gesicht, »was nicht ist, kann ja noch werden. Bis Silvester sind es immerhin noch drei Wochen. Aber wir müssen übermorgen ja ohnehin wieder heim. Was soll's, genieße ich eben noch zwei

Tage in Mondello mit Opa Antonio und neun Stunden Tageslicht.«

»Dafür haben wir in Tromsø Tauwetter«, tröstete ihn Børre. »Der Schnee schmilzt wie Butter in der Bratpfanne.«

»Davon wird es auch nicht heller«, antwortete Flavio, »aber ich habe schon eine Idee, wie wir die Polarnacht schneller herumbekommen.«

»Ach ja? Spuck's schon aus, du alte Eidechse.«

»Sag ich dir später«, meinte Flavio nun, da sie soeben an der Haustür angekommen waren. »Jetzt freue ich mich schon auf das Abendessen mit Opa in der warmen Stube.« Doch in der warmen Stube angekommen, war von Opa Antonio nichts zu sehen. Frau Brusco ging zur Couch hinüber, wo Opa immer sein Mittagsschläfchen hielt. Als sie die Tür zu dem kleinen Nebenzimmer öffnete, wusste sie sofort, dass irgendetwas nicht in Ordnung war. Opa lag unter der Decke und sein Gesicht war fast so weiß wie sein Bart. Mit der rechten Hand rieb er seine Brust, ungefähr dort, wo sein Herz war. Als Frau Brusco mit der Hand über seine Wangen strich, öffnete er die Augen und flüsterte: »E...Endlich k...kommt ihr! Mein H...Herz...ich komm n...nicht mehr hoch.« Frau Brusco rief erschrocken nach ihrem Mann. Dieser reagierte sofort. »Ein Notarzt«, sagte er kurz, während er auch schon eine Nummer in sein Handy eingab. Bange Minuten verbrachten die Familien nun in der kleinen Küche, bis nach einer Viertelstunde endlich ein Arzt hereingestolpert kam. »Herzinfarkt«, stellte er nach einer kurzen Untersuchung fest, »hat er sich in letzter Zeit einmal stark aufregen müssen?«

»Ja«, hauchte Frau Brusco leise. »Die vier letzten Tage waren hart für ihn. Wissen Sie, er hängt doch so an dem Jungen ...«

»Keine langen Reden!«, unterbrach sie der Arzt. »Sofortige Einweisung in die Herzklinik von Palermo. Machen Sie ihm bitte eine Tasche fertig.« Nach einer weiteren Viertelstunde war Opa Antonio schon auf dem Weg ins Krankenhaus. Herr und Frau Brusco hatten sich den Wagen eines Cousins geliehen, der auch in Mondello wohnte, und fuhren hinterher. In dem Lichtkegel der Scheinwerfer wirbelten die Schneeflocken und Herr Brusco musste den Scheibenwischer einschalten, um eine freie Sicht zu bekommen. Vor ihnen fuhr der Notarztwagen und das blaue Licht blinkte gespenstisch auf der nassen Fahrbahn der kurvenreichen Küstenstraße.

Schneehasen im Olivenhain

Spät am Abend gaben die Bruscos in der kleinen Küche ihres Elternhauses einen kurzen Bericht über den Gesundheitszustand des Opas.

»Es hätte schlimmer kommen können«, sagte Silvio Brusco. »Antonio wird sich erholen. Aber das kann noch drei Wochen dauern. Und dann lautet die Frage, wie es danach weitergehen soll. Opa braucht in Zukunft Betreuung, das steht fest. Ich schlage erst einmal vor, dass ich mit den Kindern alleine zurückfliege, und du, Ariana, noch einige Wochen bei deinem Vater bleibst.«

Frau Brusco nickte. »Das wird wohl das Beste sein«, antwortete sie. »Ich werde mich um ihn kümmern.«

»Wird man Ihren Vater im Krankenhaus noch besuchen können, bevor wir abreisen?«, fragte nun Herr Ålsen.

»Ich denke schon«, sagte Ariana Brusco. »Wir müssen nur alle Aufregungen vermeiden.«

Die beiden Familien besprachen noch das Nötigste und dann suchten die Ålsens ihr Nachtquartier auf. Der nächste Vormittag bescherte den Tromsøer Familien zunächst einmal eine Neuigkeit aus ihrer Heimatstadt in Norwegen. Herr Brusco hatte mit seinem Vorgesetzten telefoniert, um noch einige berufliche Dinge zu klären. Dabei hatte der Chef des Observatoriums ganz nebenbei erwähnt, dass das Tauwetter in Tromsø katastrophale Auswirkungen habe. Die Schneelasten auf den Tromsøer Dächern seien durch die Nässe so gewaltig geworden, dass zahlreiche Dächer öffentlicher Gebäude einsturzgefährdet seien. Das Turnhallendach der ›Roald-Amundsen-Schule‹ sei schon eingebrochen und die Schule auf unbestimmte Zeit geschlossen worden. Das heißt, gar nicht erst wieder geöffnet worden. Flavio schaltete bei dieser Nachricht zuerst.

»Unsere Schule ist noch länger zu? Dann könnten Børre und ich doch noch bei Mutter in Mondello bleiben! Was hältst du davon, Børre?« Børre sah unsicher zu seinen Eltern herüber. »Meint ihr, das wäre möglich?« Fred Ålsen blickte zuerst seine Frau an, dann die Bruscos. Keiner wollte zuerst mit der Sprache heraus, doch schließlich gab Ariana Brusco das entscheidende Signal. »Von mir aus ist es möglich. Gerne. Wenn ihr nichts dagegen habt, kommen wir Weihnachten nach.«

»Gut, dass wir noch einen Koffer mit frischen Anziehsachen mitgebracht haben,« sagte Linda Ålsen. »So bleibt noch eine Weile und genießt das Tageslicht. Aber ihr müsst versprechen, euch gut zu benehmen und Opa Antonio nicht aufzuregen, verstanden?«

»Verstanden!«, riefen die Jungen wie aus einem Mund, und damit war die Entscheidung gefallen.

Am Nachmittag besuchte Herr Ålsen den Opa im Krankenhaus von Palermo und überreichte ihm eine italienische Bibel, die er zuvor noch in einer Buchhandlung besorgt hatte. Flavio war als Dolmetscher dabei. Opas Kraft reichte für eine Viertelstunde und Fred Ålsen nutzte sie, um ihm zu erzählen, wie man bei Gott ein sicheres »Zuhause« finden kann. Opa Antonio wurde nachdenklich und stellte noch ein paar leise Fragen. Der Norweger beantwortete sie so einfühlsam wie möglich. Mit einem kurzen Gebet am Krankenbett verabschiedeten sich die beiden Besucher. Flavio strahlte. »Das war toll, wie Sie Opa das erklärt haben«, sagte er auf dem Krankenhausflur. »Es wäre so schön, wenn Opa die Sache mit Gott noch richtig verstehen und sein Angebot annehmen würde.«

»Wir wollen ab jetzt täglich für deinen Opa beten«, schlug

der norwegische Lehrer vor. »Gottes Liebe ist für alle Menschen da. Ob sie in der Finnmark wohnen oder auf Sizilien.«

Am Nachmittag, als Herr Ålsen und Flavio den Opa besuchten, hatten die heftigen Regen- und Schneeschauer der letzten beiden Tage langsam nachgelassen, sodass die beiden Familien beschlossen, bei Sonnenuntergang noch einen Strandspaziergang in Mondello zu machen. Leider ging die Sonne in Mondello nicht direkt über dem Mittelmeer unter, wie man das in ›Città del Mare‹ beobachten konnte, sondern hinter dem ›Capo Gallo‹. Dennoch tat der Gang am Strand gut, und die Besucher aus dem hohen Norden sogen begierig die würzige Luft ein, die nach wie vor in starken Böen über das Wasser gefegt kam. Der scharfe Wind türmte hohe Wellenberge auf, die sich in kräftig schäumenden Brechern überschlugen und weit den Sandstrand von Mondello hinaufliefen. Nach dem herrlichen Abendspaziergang bereitete Ariana Brusco noch ein ebenso herrliches Abendessen zu, wozu auch noch einige alte Bekannte und der Cousin aus dem Ort eingeladen waren. Trotzdem wäre alles noch viel schöner gewesen, wenn Opa Antonio auch in der Runde gesessen hätte. So war die Stimmung zwar nicht gerade bedrückt, aber auch nicht ganz so heiter, wie es in der Vergangenheit oftmals gewesen war.

Der nächste Vormittag brachte den Abschied von Sizilien. Mit einem Bus fuhren die beiden Familien zum Aeroporto, von wo das Ehepaar Ålsen und Silvio Brusco in die Polarnacht starteten. Auch Chiara wollte bei der Mutter in Mondello bleiben. Noch am Morgen hatte sie sich dazu entschlossen. Herr Brusco freute sich schon wieder auf die herrlichen Farben des Polarlichtes. Natürlich hätte er viel lieber einen gesunden Schwiegervater zurückgelassen und seine Familie mit an Bord des italienischen Airbusses genommen, aber was nicht ging, ging eben nicht. Die Maschine hob steil von der Startbahn ab und bohrte sich nach ein paar Minuten in den grauen Wolkenteppich über dem ›Golfo di Castellammare‹, wo ein Eisbär aus Spitzbergen ein neues Zuhause in einem Urlaubs-Paradies mit Palmen gefunden hatte. Lange blickten die Zurückgebliebenen dem aufsteigenden Flieger nach und winkten. Dann verließen sie die Besucherplattform und durchschritten die große Wartehalle mit den schwarzen Ledersofas.

»Da vorne haben wir geschlafen«, sagte Børre, und Flavio ergänzte nachdenklich: »Auf diesem Sofa habe ich mit Gott gesprochen, mitten im Gedränge des Flughafens.«

»Ja«, sagte Børre, »und Gott hat dich durch eine Bruchlandung dazu bereit gemacht. Das war der letzte Anstoß zu deiner Umkehr.«

»Hmm«, meinte Flavio, »ich glaube, Gott hat schon angefangen, mich wachzurütteln und zu suchen, als ich mit Mutter über dem Tromsesund im Geländer hing.«

Børre blieb stehen. »Gesucht und gefunden!«, strahlte er. »Mit dreizehn! Manche Menschen finden den Herrn Jesus erst am Ende ihres Lebens. Wir aber ...«

In diesem Moment sahen die beiden Jungen, wie Frau Brusco und Chiara, die schon an der Bushaltestelle angekommen waren, heftig winkten, weil soeben der Bus nach Mondello vorgefahren war. »Wir müssen uns beeilen«, sagte Flavio, »sonst fährt der Bus noch ohne uns zurück.« Die beiden Freunde spurteten los und kurz darauf saßen alle Heimkehrer eng zusammengedrängt in einem überfüllten Linienbus, dem wieder einmal in jeder Rechtskurve die Motorabdeckung hochklappte, weil die Verriegelung defekt war. Børre machte sich Gedanken, ob es auf Sizilien überhaupt einen TÜV gab. Aber Flavio danach zu fragen, traute er sich nicht. Jedenfalls kam der Bus auch mit hochschlagender Seitenklappe unbeschadet in Mondello an.

Ein paar Tage später saßen Børre und Flavio auf dem Stamm eines umgestürzten Olivenbaumes in Opa Antonios Olivenhain. Die Sonne stand hoch am Himmel und das Thermometer, das neben dem Hinterausgang zu Opas

Gartenterrasse hing, zeigte 12° C im Schatten an. Die beiden Jungen konnten über das Dach des Hauses hinweg das Mittelmeer sehen und beobachteten die Schiffe, die auf den Hafen Palermos zusteuerten. Børre hatte von der Sonne und dem frischen Wind schon einen leicht geröteten Kopf bekommen.

»Ist das heiß hier«, sagte er zu seinem Freund und streckte die Beine ein wenig vor.

»12° C, wie ich es dir prophezeit habe, du alter Schneehase«, lachte Flavio. »Und kurz vor Weihnachten noch neun Stunden Tageslicht. Weißt du noch, wie wir in deinem Zimmer saßen und von der Polarnacht in Palermo geträumt haben? Und jetzt sind wir wirklich hier!«

»Wenn es in Tromsø kein Tauwetter gegeben hätte, welches das Dach der Turnhalle zum Einsturz brachte, säßen wir jetzt zu Hause auf der Schulbank, du sizilianische Eidechse«, konterte Børre.

»Hmm«, brummte Flavio, »meinst du, Gott hat wegen uns das Turnhallendach runterfallen lassen, damit wir noch drei Wochen auf Sizilien bleiben konnten?«

Børre überlegte und in seinem vierzehnjährigen Gehirn begann es zu arbeiten. »Der Dacheinsturz allein hätte nicht viel genützt«, kombinierte er schließlich. »Wenn dein Opa keinen Herzinfarkt bekommen hätte, hätten wir mit den Eltern zurückfliegen müssen. Sie sind doch extra gekommen, um uns abzuholen.«

Jetzt begann es in Flavios Kopf zu rotieren. »Da hast du auch wieder recht«, sagte er. Und nachdem er eine ganze Weile gedankenvoll in die Ferne geblickt hatte, meinte er traurig: »Aber ich hätte lieber, wenn Opa nicht im Krankenhaus wäre. Ohne Opa ist Palermo auch nichts wert.«

»Aber dafür hast du doch die Sonne und das Tageslicht und 12° C Wärme. Und jetzt beklagst du dich, dass ...!«

»Sei still«, fing Flavio an, »Opa und seine Gesundheit sind viel wichtiger als Sonne und Wärme. Ich würde gerne 12° C unter null und Dunkelheit ertragen, wenn nur Opa gesund in der Küche sitzen würde und von seinen Jungenstreichen erzählen könnte. Ich sage dir: Opa kann stundenlang Geschichten erzählen! Einmal hatten die Jungs von Mondello Zoff mit den Kerlen aus dem Nachbardorf. Da haben sie sich zu einer Schlacht am Strand getroffen. Die Jungs aus Mondello haben mit Tomaten geworfen und die anderen mit Wassermelonen.«

»Und? Wer hat gewonnen?«

»Mondello natürlich. Die Melonen waren viel zu schwer. Die flogen nicht so weit.«

»Tja«, sagte Børre, »jetzt sind wir tatsächlich auf Sizilien und Opa Antonio ist nicht da. Schon schlimm! Aber dafür sind ja andere tolle Sachen passiert.«

»Ja«, nickte Flavio fröhlich, »und mit Opa hat dein Vater auch schon über Gott geredet. Möchte wetten, dass er schon fleißig in der neuen Bibel liest.«

»Tja«, machte Børre wieder, »es ist alles anders gekommen als wir dachten. Aber irgendwie besser ... sinnvoller. Mein Vater würde jetzt sagen: ›Der Mensch denkt, aber Gott lenkt.‹ Die Menschen machen sich ihre Pläne und am Ende kommt es so, wie Gott es haben wollte. Und das ist immer am allerbesten.«

»Gott muss voll der große Supermann sein, wenn er sich solche Sachen ausdenken kann«, sagte Flavio voll Erstaunen. »M...Meinst du, er könnte vielleicht auch aus einer Eidechse einen Schneehasen machen?«

Børre sah seinen Freund von der Seite an und grinste. »Aber klar doch«, sagte er schelmisch, »er lässt den Eidechsen einfach lange Hasenohren wachsen.«

»Hör auf!«, sagte Flavio und puffte seinem Nachbarn auf dem Baumstamm in die Seite, »das meine ich ernst. Glaubst du, er kann mich dahinbekommen, dass ich mich eines Tages mit dem dunklen Winter in Norwegen anfreunden werde? Wenigstens ein bisschen?«

»Klaro, Gott kann alles. Bestimmt hat er auch ein Mittelchen, mit dem er deinen Schüttelfrost beseitigen kann.«

»Hmm«, meinte Flavio und zog für einen Augenblick die Stirn in Falten, »glaubst du, Gott wird mir eine Heizung einbauen? Oder meine Körpertemperatur um zwei Grad erhöhen? Vielleicht reicht es ja auch, wenn ich ein bisschen zunehmen würde.«

Børre lachte. »Das wäre etwa so wie eine Eidechse mit Hasenohren. Ich glaube eher, wenn wir uns in der Polarnacht so oft wie möglich treffen, gemeinsam was unternehmen und in der Bibel lesen, werden wir die Zeit schon ganz gut rumkriegen. Ich finde Kerzenschein und die vielen Lampen auch sehr gemütlich.«

»Stimmt«, sagte Flavio, »das ist genau der Vorschlag, den ich dir neulich auch schon machen wollte. Wir stöbern in der Polarnacht mal öfter in dem Buch von Gott herum, und dann wollen wir doch mal abwarten, ob mir nicht bald ein weißes Schneehasenfell wächst.« Lachend klopfte Flavio mit beiden Handflächen auf seine Knie.

»Und«, antwortete Børre, »ich glaube außerdem, dass Gott eure Familie nicht umsonst nach Tromsø umziehen ließ. So habe ich jedenfalls einen guten Freund gefunden, und wer weiß, vielleicht schickt uns Gott noch irgendwann mit der besten Botschaft der Welt zu den Eskimos nach Grönland.«

Flavio hob abwehrend die Hände und stand von seinem Sitzplatz auf. »Abenteuer ja«, sagte er, »aber bitte nicht auf Grönland. Da benötigen wir schon Eisbärenfelle! Begnügen wir uns fürs Erste mit Norwegen. Komm, du alter Schneehase, gehen wir in die Küche. Mutter wollte uns um 16.00 Uhr einen heißen Tee kochen, einen original sizilianischen Früchtetee mit Zitrone und Kandiszucker. So etwas Gutes gibt's in ganz Norwegen nicht.«

Lachend rannten die beiden Jungen den Hang hinunter und verschwanden in Opa Antonios gemütlicher Küche. Auf dem Herd stand ein dampfender Wasserkessel bereit, und die Jungen rutschten auf die Eckbank, wo Chiara schon saß und auf einer Zitronenscheibe herumkaute.

»Autsch!«, rief Børre nach dem ersten Schluck des Früchtetees. »Ist der heiß. Jetzt habe ich mir den Mund verbrannt.«

»Mmmm, lecker«, grinste Flavio und setzte ebenfalls die Tasse ab. »Genau richtig. Dieser Tee ist das Beste, was Sizilien zu bieten hat. Können wir einige Packungen davon mit nach Tromsø nehmen, Mutter?«

»Selbstverständlich«, lächelte Ariana Brusco, »selbstverständlich. Und einen neuen Fiat nehmen wir am besten auch gleich mit. Was wäre Norwegen ohne wenigstens einen einzigen Fiat aus Italien!«

Und so kam es, dass am Ende der Geschichte einige Personen und Tiere da saßen, wo sie eigentlich gar nicht sitzen wollten. Aber so ist das nun einmal im Leben. Der Eisbär aus Spitzbergen saß im Palmen-Paradies von ›Città del Mare‹, und ein bunter Papagei hockte in der Polarnacht von Hammerfest und hatte aufgehört zu krächzen. Benito Montesanti saß wegen Schmuggeleien im Gefängnis von Palermo, wo auch ein gewisser Onkel Gino einsaß, der vor 18 Jahren einmal ein paar Wassermelonen geklaut hatte. Auch der »Paradies-Direktor« würde eine Zeit lang sein grünes Tropenbüro gegen eine graue Gefängniszelle eintauschen müssen. Opa Antonio saß in einem Krankenhausbett und las eine italienische Bibel, während seine Tochter in seiner Küche Früchtetee kochte. Und bald würde auch wieder ein sizilianischer Junge namens Flavio Brusco in einer norwegischen Schule sitzen. Mitten in der Polarnacht. Aber in seinem Herzen würde es trotzdem hell sein – hell und warm.